龙一 著

恭贺新禧

人民文学出版社

图书在版编目(CIP)数据

恭贺新禧/龙一著.—北京:人民文学出版社,2014
ISBN 978-7-02-010315-7

Ⅰ.①恭… Ⅱ.①龙… Ⅲ.①中篇小说—小说集—中国—当代②短篇小说—小说集—中国—当代 Ⅳ.①I247.7

中国版本图书馆CIP数据核字(2014)第052099号

责任编辑　付艳霞
装帧设计　刘　静
责任印制　张文芳

出版发行　人民文学出版社
社　　址　北京市朝内大街166号
邮政编码　100705
网　　址　http://www.rw-cn.com

印　　刷　北京新魏印刷厂
经　　销　全国新华书店等

字　　数　159千字
开　　本　880毫米×1230毫米　1/32
印　　张　7.75　插页3
印　　数　1—10000
版　　次　2014年6月北京第1版
印　　次　2014年6月第1次印刷

书　　号　978-7-02-010315-7
定　　价　26.00元

如有印装质量问题,请与本社图书销售中心调换。电话:01065233595

目　录

宰相难当 …………………………………………… 1

恭贺新禧 …………………………………………… 75

新女性挽歌 ………………………………………… 126

古　风 ……………………………………………… 168

少年三题：五日流言、穷人的孩子早当家、青丝玫瑰 …… 214

后　记 ……………………………………………… 235

宰相难当

1

大唐先天二年(公元713年)十月十四日,西京长安东面一百多里的新丰界内,渭川陡峻的崖岸边上。

年轻的皇上身着猎装,怒容满面,独自一人伫马在岸边。在他身后不远处,一千多名锦衣怒马的飞骑将士静悄悄地等候在那里,猎鹰停在肩臂上,走犬卧在草丛中,只有皇上的大纛在深秋的寒风撕扯下猎猎作响。如今并不是战时,但军容整肃得简直是有些小心翼翼。

这位皇上就是历史上大名鼎鼎的唐明皇李隆基,后人更熟悉的是他的庙号玄宗。不过,在这个时候,他才登基一年多一点的光景。

今年他刚刚三十岁,生就一副李氏家族特有的那种清癯高瘦的身材,面容貌似文秀,但薄如刀削的嘴唇与猎隼一般略带金黄色的双瞳中却隐含着一股令人生畏的煞气,当然,也有人认为这是一种无边的热情。只可惜曾为武则天武太后看相的大相士李淳风早已经死了,再没有人能对此给出一个令人信服的判断。

今天凌晨丑时二刻他们从新丰出发，名义上皇上是要出来围猎，以排遣这几日在骊山校阅军队给他带来的不快。这也使得皇上摆脱了那群整日围在身边的宰相、重臣，跟在皇上身边的文臣只有一位，就是皇上当年还是临淄王时便结交下的密友，殿中监姜皎。经过了这许多周密的安排，目的只有一个，皇上要在这里约见一个人。

九年前，皇上的伯父中宗皇帝在张柬之等人的拥戴之下，被强行推上了皇位，把持大唐天下四十多年的武太后被迫退位了。正在大唐军民欢欣鼓舞，以为大唐终于迎来中兴之主的时候，却突然发现，武太后的权位并没有真正让给李姓皇族，而是被一位更加自私的泼妇韦皇后所把持。韦氏一族粗俗、贪婪，只几年的功夫就把武太后治下还算整肃的江山搞得面目全非。最后，韦皇后为了能够像武太后一样成为一代女主，竟将她的丈夫中宗皇帝毒死了。

四年前，也就是唐隆元年的六月十五日，当时身为临淄王的李隆基在他的姑母太平公主的全力支持下，联结羽林军中的勇士，一举诛灭了韦氏一族，使大唐免去了再一次沦入女主手中的灾祸，同时，也将李隆基父亲相王李旦推上了皇位。当然，李隆基自己也因这场大功劳，超越过他的两位兄长，被册封为皇太子。

不幸的是，事情并没有像人们预想的那么顺利。很快，同盟变成了死敌，太平公主不喜欢这位皇太子。有人说，太平公主是打算恢复武氏的大周朝，也有人认为她只是想把持朝政。不论她是出于哪一方面的动机，这位当年在大唐各郡游历多年，见多识广，胆大得有些鲁莽，聪敏得近乎狡黠的皇太子都是她的一块绊脚石。

夹在唯一的同父同母的亲妹妹与亲生儿子之间，李隆基那位性情谦和的父亲实在是为难。无奈之下，去年八月，他将皇位禅让给了皇太子李隆基，自己退位为太上皇，打算用这种既成事实的方式息事宁人。

令人感到遗憾的是，太上皇的好意结出的却是恶果。年轻气盛的皇上绝不能容忍自己身居皇位却由太平公主的亲信把持朝政，而太平公主也不甘于就此罢手。于是，就在三个月前的七月四日凌晨，也就是太平公主预定起事夺权的一个时辰之前，皇上发动了一场小规模的政变，干净利落地将太平公主一党一网打尽，太平公主本人也逃入山寺，自杀而死。

自高宗时武后把持朝政以来，五十年的乱政终于结束了，但留给李隆基的是什么呢？

政事混乱，外患频频，朝中人浮于事，没有一个可以撑得起这个局面的人才。这也难怪，在挫败太平公主的阴谋之前，朝中共有七位宰相，太平公主的死党就有四位：中书令萧至忠、御史大夫同中书门下三品窦怀贞、侍中兼户部尚书岑义、检校中书令崔湜。坚定地站在皇上这一边的宰相只有两位：侍中魏知古和兵部尚书同平章事郭元振。最后一位宰相品秩最低，他是中书侍郎陆象先。此人官品在众宰相中虽低，但论人品、才干、经学文章都无可挑剔，对大唐忠心耿耿，并不是偏倚于某一方势力。可惜的是，他是由太平公主保举为相的。

政变之后，太平公主的四个死党全都死了。陆象先被贬为益州长史、剑南按察使，官虽不算小，但唐人重京官，他远在蜀中，怕是一时难有作为。如今能在政事堂中真正起作用的宰相还有谁？

"皇上，看，他来了。"不知什么时候，殿中监姜皎来到了伫马沉思的皇上身后。

虽然十月里天旱少雨，但渭水中仍然是浊流湍急。借着晨光，皇上依稀望见，一只陇右人俗称"一人渡"的小小羊皮筏子正吃力地向南岸驶来。

"帮他们拢岸。"

皇上的圣谕一下，姜皎亲自带领十几名军士下到崖岸水边，纷纷用钩镰枪搭住羊皮筏上的木架，将那上面唯一的一名渡客扶上岸来。而皇上身后的一千多飞骑却举足又却，最后还是决定整齐地站在原地，等候下一步命令。

"皇上。"来人是位六十多岁的老者，头发花白，长髯过腹，身子有些矮胖，面团团的保养得甚好，看上去竟像是个家资颇富的致仕官员，只是当他的双目向姜皎等人一扫时，却如电光一闪，炫人眼目。心中暗怀愧疚的姜皎在老人如刀锋般的目光中，身子不由得缩作一团。

皇上此时早已下得马来，面上露出的是恰如其分的求贤若渴的笑容。

"元之兄，看来你真是老当益壮。"皇上的这个称呼是当年他二十出头，身为临淄王，与此公平辈论交时用的称呼。如今他已贵为天子，这一声称呼，可以让他任何一个故友为之肝脑涂地。

来人没有回应皇上的这声过于亲近的称呼，而是跪倒在地，山呼万岁，然后又舞蹈再拜。这一系列叩见皇上的大礼即使是朝堂之上长年赞襄仪注的侍御史们见了也会大为赞叹，这一切的动静转折，包括抬腿扬袂的舞蹈动作，不是久居朝堂而又身手矫捷者实难为之。

此公不是别人，正是在武太后朝中和太上皇朝中两任兵部尚书、同中书门下三品的姚崇，字元之。两年前，他与吏部尚书同中书门下三品宋璟联名上奏，为保全当时的皇太子李隆基，请求皇上将太平公主迁往东都洛阳居住，并要夺去皇太子四个兄弟的禁军兵权，改任州郡刺史。那个时候正是太平公主权势鼎盛的时节，为此，姚崇与宋璟二人双双获罪，宋璟被贬为距京师二千五百零一里的楚州刺史，姚崇则被贬到一千七百里以外的申州。后来，太上皇禅位，太子登基之后，新皇李隆基立刻便将宋璟调任军事重镇幽州为刺史，将姚崇调到距京师不足五百里的同州为刺史。

此次皇上举行阅兵大典，没有依照惯例前往京城西北的泾阳、醴泉，而是来到了长安城东南的骊山脚下，有两个原因。一个是皇上虽做过几任地方官，却从未有过典兵拜将这种激动人心的经历，雄心万丈的皇上铲除太平公主之后的第一件事，就是要平定边患，所以，他想看一看大唐的军队到底怎么样。结果是喜忧参半，二十万兵马连营五十里，却调度失节，士气不振。为此，三个月前曾协助他铲除太平公主的大功臣、兵部尚书郭元振险些被他在大纛下斩首，最后，经宰相刘幽求、张说等人求情，只斩了此次掌军礼的给事中唐绍，但郭元振也被流放到距京城长安五千多里的新州。

为自己立威的目的是达到了，皇上心中暗想，但这样的军队也着实让他失望。这也更坚定了他的一个信念，一定要将精熟大唐军事的姚崇召回来。

皇上之所以要到骊山,另一个重要的原因当然就是姚崇了。依大唐律法,皇上车驾行幸之所,三百里以内州郡刺史应当前来朝觐。皇上来到渭川,恰好与同州相距三百里,也就给了他们君臣一个相见的机会。

费了这么多的心思约见姚崇,是因为姚崇入阁拜相的阻力太大了。

"回奏皇上,臣在外州每日闻鸡起舞,每餐无肉不饱,身体强健如昔。臣知道,臣得保有用之躯,必有为皇上效力的时候。"姚崇神情轩朗,虽没有一丝自我夸耀的感觉,却也没有臣子身上常见的那种畏葸。

姚崇你总是这么大模大样,难怪太上皇不喜欢你。心里这么想着,嘴上却没有说什么,以他与姚崇交往的经验,他猜想姚崇既已答应效命,下边必定还会有更重要的话讲。

果然,姚崇用手揽住已被河水打湿的长髯,沉吟了片刻,突然抬起目光向侍立在皇上身后的几个人扫去。惯于察言观色的姜皎一见姚崇这个熟识的动作,便知趣地带着卫士们向后退去。

姜皎可不想得罪姚崇这个人,特别是在他做过那件糊涂事之后。姜皎深知此公的厉害,别看他的笑声朗朗,每日里总是春风满面的样子,一旦面色阴沉下来,不是有人丢官,就是有人掉脑袋。特别是那些有过不法情事或为政有重大过失的官员,对姚崇的畏惧甚于畏惧皇上和冰冷如铁的宋璟,因为,皇上多少还讲些情面,而宋璟则讲法理论功过,唯独姚崇对大唐的违纪官员却是本着除恶务尽的原则,手下毫不留情。

"臣有几件事情想要请教皇上。"姚崇将双手合在胸前,叉手为礼。

"姚卿请讲。"虽然只登基一年多的时间,年轻的皇上此时很为自己善用言语而得意。初见面之时用的是旧时称呼,一下子两年多的分别便恍如昨日了,此时再叙君臣之礼,又加上一个请字,这也是善待老臣之道,姚崇一定立刻便能领会这层深意。想到妙处,皇上的脸上不禁浮起了一层淡淡的笑意。姚崇的城府,其深如海,自己没有武太后的老辣,要想善用此人,必得下一番深功夫才是。

姚崇此时当然明了皇上的心意,他也正在为此而担心。皇上原本就是一个聪敏过人,任侠使气,而且热衷权谋的人,如今他完全是靠机谋从韦皇后和太平公主,甚至还可以说是从太上皇和他的长兄宋王李成器手中夺得了皇位,怕只怕他从此太过热衷于权谋了,这会让他日后为政的路子走偏。

"请皇上恕罪,臣如今思绪正乱,请容臣稍后再奏。"姚崇觉得还是等一个较安静的时候再与皇上谈条件的好。

2

来到骊山脚下时,姚崇只远远一望便看出,前来参与校阅的北部边疆各大都督府的军队已经离去了。从列阵的旗号上,两任兵部尚书,多年经营大唐军事的姚崇可以一目了然地分辨出,余下的只有皇上亲自统领的北门四军中的两只,左右羽林军与左右龙武军的一部分,以及南衙宰相统领的左右卫与左右千牛卫两只警卫部队的一部分,总共大约三万多人马。

前来接驾的众宰相已经迎出十里之外。姚崇心中暗道,这是他有生以来见到过宰相人数最少的一朝,即使算上没有宰相之职却号称"内宰相"的王琚也不过四个人。这与中宗朝里近二十位宰相挤在政事堂中,连坐榻都安放不开的情形真有天壤之别。

但对锐于任事的姚崇来讲,这当然算得上是一件大好事。这也表明,皇上对现有的阁僚并不十分满意,而人员的调整似乎是要等他姚某人回来才好进行。

前来接驾的众臣叩拜舞蹈之后,皇上招手把远远站在一边的姚崇叫了过来。"我想用不着介绍了,你们大家都很熟的。"

"崇老,您的身体还是这么健壮。"中书令张说很年轻,只有46岁,经学文章闻名于世。最重要的一点,他在太上皇与皇上还未登基时,曾先后做过相王和太子的僚属,深得太上皇喜爱。他是刚刚被皇上从正四品上的尚书左丞超拔到这个正二品的重要职位上来的。

张说在与姚崇见礼时做出了一个出人意料的动作,他竟用手把住姚崇的右臂,十分亲热地轻轻摇动,那样子让人看起来觉得,张说对姚崇有着说不出的钦敬与欢迎。

"张相公年轻有为,可喜可贺。"姚崇双眉一轩,口中哈哈的笑声不断。在他的印象中,张说这个人过于圆滑,办事缺乏魄力,而且利己之心太重。这不是他喜欢的那种同僚。

皇上踞坐在胡床上,双目微闭,面含笑意。表面上看来,皇上对这种旧友重逢的场面感到相当的满足,而头脑中却在飞也似地运转。在还未宣布姚崇的前程身份之前让他与众宰相见面,这是刻意的安排,虽然从见面时的寒暄中未必能让他得出什么结论,但他至少可以发现一些端倪。

张说的过分热情以至于超出常礼,就很说明问题。太上皇有意栽培张说成为宰相领袖,所以,对姚崇的再次入阁,反对最力的就是张说。让人头痛的是,他代表的竟是太上皇的意思。

就在几天前,张说鼓动御史大夫赵彦昭弹劾姚崇,被皇上压了下去。紧接着,他又劝诱姜皎向皇上进言,举荐姚崇为河东道行军大总管,也被皇上识破了。所以,张说的热情只能说明他感到害怕。以他这样的经学之士,与姚崇共事,他连放屁的机会也没有,更不要说左右朝政了。

更何况,张说还是一个可恶而又愚蠢的钻营取巧之徒。每想到此处,皇上心中就涌出一股说不出的厌恶与恼怒。但他一时又拿张说没有办法,毕竟张说是太上皇与宋王喜欢的人。

下一个上来见礼的是尚书省长官左仆射刘幽求,他比姚崇小三岁,今年整六十。

"崇老,一向可好。"刘幽求的叉手之礼中规中矩。

"刘相公,久仰,久仰。"姚崇叉手回礼。

刘幽求与姚崇不熟,这一点皇上清楚,似乎他也受了张说的影响,对姚崇入朝并不十分满意。刘幽求对朕的忠心甚至到了近乎鲁莽的地步,皇上心道,如果眼前有个乱臣贼子,他一定会用他那硕果仅存的几颗老牙将那人撕烂。不过,他是因为参与了诛韦氏的政变,被太上皇从一个小得不入流的小官——朝邑尉,直接提拔为从二品的大员,此人虽有些能力,但久居末秩,终究不是干国重臣的材料。

"元之兄！"门下省长官，正二品的侍中魏知古激动得热泪盈眶。

"知古，别这个样子，咱们这不是又见面了么？"姚崇眼中一热，但也仅此而已。

姚崇的激动显然与魏知古不同。实际上，魏知古的年龄比姚崇还要大上三岁，只是，魏知古出身小吏，姚崇当年对他有赏拔之恩。如果说有谁是真心欢迎姚崇的话，魏知古应当算是一个。当然，皇上是最重要的一个。

最后一个有资格上来见礼的是王琚。王琚的所谓"内宰相"的称号皇上早就有耳闻，此时，皇上将注意力集中在姚崇身上，他想知道，姚崇将如何对待这位以苏秦、张仪自居，在铲除太平公主一党时立下不世大功的第一宠臣。

"崇老。"王琚的长安土腔土调在这种场合中显得格外的刺耳。

"王老弟。"姚崇回应得挺热络。

王琚走上前来时，皇上看到姚崇的双肩明显放松下来，头略略上扬，举起右手在王琚的左肩上用力一拍。与此同时，王琚的手也拍在了姚崇的肩上。见此情形，皇上险些笑出声来。这种见面打招呼的方式皇上也会，但那是他还是临淄王时，与羽林军中的好友，或是市井中的知交们见面的方式。

姚崇这老家伙可真是个变色龙！

"起驾吧。"皇上心满意足地站起身来。"姚卿，你和他们一起随驾进京。"

"臣官贱职卑，不便与宰臣同行。"姚崇道。

此时皇上已经挥手赶走了跪在马镫下的侍卫，轻巧地飞身跃到他那匹毛色纯黑的大宛马上,回身道:"从现在起,你还作你的兵部尚书,同中书门下三品。"

当皇上催马前行时,他吃惊地发现,自己没有听到姚崇谢恩的声音。姚崇啊,事到今天不容易,你可别出花样!

3

这篇小说讲的是唐玄宗开元初年的故事,既然是以皇上和宰相们为主角,这里有必要向未必熟悉大唐中央权力结构的部分读者做个简单的交代。

在这个时候,皇上当然是至高无上的了,但这只有在他能够安全地保有皇位,并且有能力驾驭群臣,至少是能够控制住主掌军国重事的宰相时才如此。

大唐的中央政权继承了隋朝的三省制,即以尚书省、门下省和中书省为权力核心。尚书省是最重要的部门,典领百官,掌理天下军政事务,有些类似于今日的国务院。尚书省的长官本是正二品的尚书令,但因为太宗皇帝当年曾任过此职,所以理当避讳,于是,尚书省的长官便由两位副职担任,即从二品的左仆射与右仆射。他们的副手是正四品上的左丞与正四品下的右丞。

尚书省中最直接掌握处理政务权力的官员是六部尚书与侍郎,即吏、户、礼、兵、刑、工六部。各设尚书一人,正三品;侍郎二人,正四品上。吏部、兵部与户部尚书常常是宰相的重要人选。

中书省不直接处理庶务,长官中书令设二人,正二品。副职是中书侍郎,正三品。他们的工作是辅佐皇上掌理军国大事,是皇上的智囊。

门下省的长官侍中也是二人,正二品。副职是门下侍郎,正三品。他们的工作是掌理出纳帝命,复核政令,在发现问题时与中书省会商上奏。

大唐建元之初,宰相只有中书令、侍中和尚书令五人。后来,由于宰相事务繁重,而且往往需要一些有特殊专长的人来为皇上的决策提供可靠的建议,宰相的人选就不再仅以官品高下为准绳了,而是以处理政务的需要为目的。于是,尚书省的六部尚书、侍郎,中书省和门下省的侍郎,甚至秘书监、卫尉卿等职位上的官员也会被任命为宰相,标志就是在他们的官衔中加上"参知政事"、"参议得失"、"平章事"或"同中书门下三品"。如果没有加上这种参政的衔名,即使是三省的长官也不能算是宰相。

所以,对于大唐帝国来讲,位于大明宫中书省内的政事堂才是国家权力的中心,每日宰相们都要在这里对国家的许多重要事务做出决定,然后上奏皇上。

还有一点需要说明的是,大唐自建元以来,曾多次改换官名和衙署名。就在距我们这个故事开篇一个多月之后的十二月,正式改元为开元元年,同时改左、右仆射为左、右丞相,门下省为黄门省,侍中为黄门监;中书省为紫微省,中书令为紫微令等等。然而,这种改变官名的事虽时有发生,但绝大多数的情况下仍是以我们前面介绍的三省制为准。所以,在本篇小说中,我们就不再跟着当时的人们不断改换官称了,以免造成不必要的混乱。

4

"姚卿,你回来就好了。"太上皇见到姚崇显得很高兴。

自太上皇退位以来,最初是每五日在宫城的正殿太极殿接受皇上亲率百官朝觐,如今这种朝觐已经改为十日一次了。今日虽不是常朝的日子,但因皇上刚刚回京,特别是他将姚崇重新拜相,所以临时举行了这一次大朝会。

"姚卿,你也老了。"看到姚崇头上的白发,太上皇似是大有感触。太上皇今年只有五十二岁,虽然长着他们李氏家族特有的看似单薄的身材,但由于长年韬光养晦,性情谦和,而且长于骑马射猎,精神和身体都非常健康。

"多谢太上皇关爱,臣万死不足以报答太上皇的厚恩。"姚崇这一次被破例召至太极殿中,还被赐了一个坐席。但明眼人都知道,这很难被理解为是一种殊荣,因为,太上皇不赞成姚崇回朝已是尽人皆知的事情了。这一点,姚崇自己也很清楚,而且,他同样清楚的是,太上皇不是因为个人恩怨,他是为了他们李氏的江山。姚崇两拜宰相都兼任兵部尚书,太上皇上担心他迎合年轻皇上强硬好战的性格,在北方地区展开大规模的征伐。

"你两任兵部尚书,对边事烂熟于心,日后你要协助皇上处理好边事,以少劳民为宜。"太上皇很想知道姚崇这次回朝将从何处措手。

"太上皇训教得是。"姚崇起身离开坐席,跪倒在地,胖胖的身子明显有些不便。"如今百废待举,国家以安静为上。"

"你能这么想是百姓的福份,也是你我的福份。"后面一句话,太上皇的语调明显的不同了。突然,太上皇话锋一转问:"这次随皇上出猎,有收获么?"

"托太上皇鸿福,射得一獐一兔。"望着太上皇微微含笑的面容,姚崇知道,他方才假装老迈的把戏被太上皇揭穿了。

"太上皇今天倒没显得不高兴。"回到大明宫,姜皎正在努力开解皇上的忧虑。

"你怎么知道?"皇上精力旺盛地绕着一张熊皮坐席踱来踱去。"别看太上皇对人和气,你们就大意起来了。他老人家要是真的发了脾气,谁也没好日子过。"

单独面对王琚和姜皎这两个知交好友,皇上终于可以放下架子,松一松疲惫的脊背了。

"不管怎么说,这一次总算是混过去了。"王琚虽然是一肚皮的奇谋巧计,诡谲万端,但讲起话来总脱不了那副市井的腔调。这会儿,他依旧摆出当年杀驴款待临淄王的狂生模样,一手握住一只波斯细颈琉璃瓶,一手端着一只定州产的薄胎茶盏,正在那里以酒当茶。"姚老头也是个干才,有了他,荡涤北边,如犁庭扫穴一般便当。"

皇上向王琚一摆手道:"今儿个你没听出来么,太上皇和姚崇在太极殿已经谈妥了条件,太上皇对姚崇回朝不加干涉,姚崇也不得为朕邀取边功。"

皇上自从登基之后,没有多少发牢骚的机会,也只有在这个时候,皇上才能发泄一下他的无奈。

"皇上您亲征高丽又不是一朝一夕的事,缓一缓总会有机会。"王琚笑道,"就算没机会,咱还不会造出个机会?再者说,您要是不来一场大征伐,只凭在新丰杀了个唐绍,流放了郭元振,怕是难在武太后和中宗皇帝宠坏了的那群骄兵悍将中立威。"

讲到此处,王琚如换了个人一般突然正色道:"这会子表面上是天下承平,但难保没有人为了邀取富贵,图一时之侥幸。"

王琚与皇上讲话从不转弯抹角,往往是一针见血,甚至有时让人难以容忍。但这正是皇上最欣赏他的地方。王琚的思路不是为国为君,他是为朋友之私。

王琚所暗示的那些事情,皇上不是没有考虑,实际上这正是皇上每日寝食难安的关键。一年多以前,太上皇禅位给皇上是为了息事宁人,他不愿意见到他唯一的一个同父同母的妹妹与他的儿子为了权力拼死争斗。如今,太平公主已经死了,当年禅位的理由也自然消除了,人们一定会想,皇上是不是应该将皇位还给他春秋正富的父亲呢?

还有一个难题也让皇上不安。皇上在太上皇的五个儿子中排行第三,而他的长兄宋王李成器为人淳厚仁和,正是人们想要的那种太平之主的模样。国传长子,如果有人利用这一点来谋朝篡位的话,也同样有光明正大的理由。

皇上是靠政变赢得了皇太子之位,又靠政变争取到了皇帝应有的权力,所以,他对自己身上存在的这些可能会被人利用的缺陷非常敏感。

"亲征高丽的事不用再提了,姚崇也不会赞同。"皇上这时正踱到垂手侍立在一旁的姜皎身边。"你还记得在骊山吗?我拜他为宰相他竟没有谢恩。他回到新丰向我提出了十个条件,头一条就是三十年不邀边功。"

"还有什么条件?"王琚警觉道。

"还不是近君子,远小人;抑制外戚,减省宫费;整顿吏制……"

"您答应了?"

"还能怎样?要么他不肯进京。"

"宰相的人选他怎么说?"王琚一直巴望着自己入阁拜相的那一天。

"朕倒是问过他的想法,你猜他说什么?他要'去伪存真'。"皇上现出了一丝苦笑。

"姚老儿又要参人了!不知他先办哪一个?"王琚面泛酡红,似有些微醺。

皇上仔细看了看王琚和姜皎的表情,长吁了一口气,从御书案的护封中取出一折厚竹纸的奏章。王琚不熟悉此物,但久在台阁的姜皎却识得,这就是姚崇大名鼎鼎的"竹纸弹章"。

宰相们用的文墨纸笔等物向来是由官家操办,公文、章奏用的大多是苇纸,因其色泽雪白,容易着墨。唯独姚崇,每当他要弹劾某人时,他总是用这种色泽微黄的厚竹纸。他说,用竹子的品性可以提醒他刚正不阿,不以亲坏法。

但是,不喜欢姚崇的人却在窃窃私语,认为姚崇此举过于矫情,有邀赏于主上的嫌疑。

"我想他参劾的头一位,就是你。"皇上的表情似是对王琚有些歉疚之意。

王琚的反应让皇上和姜皎大为折服。听到这等消息,王琚手中满满的一盏殷红如血的西凉葡萄酒竟没有一丝波动，他只是用力伸长了颈子，将嘴凑到酒盏的边沿，一口气吸净了这一盏美酒，然后，抬头凝视着皇上手中的奏章，似有所问。

皇上展开奏折道："他的原话是这样，'王琚权谲纵横之才，可与之定祸乱，难与之守承平……'。"

沉吟了片刻，王琚道："姚老儿确是与众不同，就凭这一点我也要把他高看一眼。'可与之定祸乱，难与之守承平'，不管事实是否如此，这朝中眼下还没有人胆敢讲出这样的话来。"感慨归感慨，王琚对自己的前途不能不关心。"姚老儿打算把我发到南国烟瘴之地，还是西北的战场？他该不是想要我的命吧！"

这话的意思皇上听出来了，如果贬官到南方远恶之地，王琚的命运就可能会与扶保中宗皇帝政变夺权的五位大臣一样，难逃毒手。只是这话里有一点点抱怨的成份，让皇上心中有些许不快。

但是，作为皇上，心胸自然要比宰相还要宽广才是。皇上郑重得近乎诚恳地对王琚道："你暂时离开中书省，兼任御史大夫，去巡视北边各都督府的军队。北方的仗一定要打，但那些军队和将领们让我担心，这一点我想你非常清楚。"

御史大夫是大唐最高监察机关御史台的长官，与王琚现任的中书侍郎同为正三品，只是这样一来，王琚便远离了权力中心，入阁拜相的机会几年之内不会再来。

王琚拜别出门时，皇上笑道："把北方诸军整治好了，朕还是希望有一天能亲征高丽，完成太宗皇帝没完成的事业。"

皇上将一支细绢制成的手卷亲手交到王琚手中。这是姚崇与奏章一同递上来的,上面是姚崇关于大唐与东、西突厥、契丹、奚和高丽几国自隋以来的战争简介,以及姚崇本人对历次战争得失的精辟见解。最后是一个关于北边各大都督府将帅性情、人品、治军方式和战术习惯的附录,显示出姚崇超乎群臣之上的敏锐与才能。

皇上觉得,这件东西对在朝中任职不足五年的王琚来讲太重要了,如果他是个有心人的话,这次巡边得到的亲身经历与细心了解得到的情报,会让他在不久的将来也有可能成为一个精于北方边事的专家,成为皇上的好助手。

当然,皇上同时也得出一个结论:姚崇此举妙到毫巅,除去了一个可能在他大刀阔斧整治朝政时掣肘的关键人物。他拿王琚这种我最亲近,而在眼前又无大作用的人开刀,是在试探我对他的支持是否不遗余力。

姜皎由于曾替张说进言,以阻止姚崇进京,这会儿已经吓得脸色发白。

下一个目标会是谁?皇上一时猜不透姚崇的心思。但愿他能关照关照张说。

5

大唐朝的神经中枢是位于大明宫中书省内的政事堂。

大明宫建在宫城东北方地势高爽的龙首山上,是贞观八年太宗皇帝为了给太上皇养老专门修建的。选择这个地点是因为长安城原本倚靠龙首山而建,地势起伏不平,而皇上居住的宫城恰好建在清明渠与龙首渠经过的地势低洼的地方,夏季潮湿郁热,冬季寒冷非常。

太上皇禅位之后,原本并未放弃处理军国大事的权力,所以他就暂时移居至宫城中的百福殿;皇上那时也从东宫迁出与太上皇同居在宫城内。太平公主死后,一切权力全部移交给了皇上,而太上皇却出人意料地没有迁往大明宫,而是让皇上迁了过去。这在皇上看来并不是一个好的征兆,但这种苦处皇上却无处可诉。

皇上每日常朝的地点也由宫城内的武德殿改在了大明宫正殿含元殿后边的宣政殿。

这对大臣们来讲是无所谓的事,但对宰相们却是件便利的事情。因为,宰相议事的政事堂在大明宫,这让他们节省了许多奔波于路途的时间。

在大明宫西侧的建福门外,姚崇依例将他煊赫的仪从与精壮的卫队留在了下马桥外,独自一人坐上了早已等候在那里的皇上恩赐的步辇,由四名千牛卫的侍卫抬着进了大明宫。

姚崇没有让步辇径直向北去政事堂,而是向东来到了含元殿前。一切都还是老样子,左、右金吾杖院,东、西朝堂,向皇上进言、告御状的肺石、登闻鼓,还有姜皎的祖父监造的那两座精巧绝伦的钟楼和鼓楼。有变化的只是人,这里已经没有武太后一朝人人自危,朝臣由于失眠而面色青黄的恐怖气氛;也没有中宗皇帝以至于到太上皇当朝时人人都以为可以夤缘侥幸,只要胆大、有钱,高官便可唾手而得的浮躁。

不过,姚崇也敏锐地察觉到,朝堂前聚集的数百名衣紫、衣绯的大臣们如一群漫无目的的蜉蝣,毫无生气。

姚崇暗道,皇上没有经验,不知道在目前混乱的局面下如何措手。但典守者难辞其责,当朝的宰相们让大唐失去了努力的方向,这实在是让人难以容忍。不过,我回来了。有我在,不愁没有你们的事干。当然,在这里面混饭吃的庸才们,我都会把你们赶出京城。

"姚老,请上坐。"在中书令张说率领下,众宰相对姚崇表示出热烈的欢迎。

"这怎么可以?"姚崇向众人叉手为礼道,"朝廷体制所关,咱们谁也不要客气,依礼还是张相公上坐。"

政事堂里的规矩原本就有些奇怪。正常的情况下,应是由宰辅首领尚书令居于上坐,主持议事。但由于太宗皇帝曾任过尚书令,所以从二品的仆射便成了尚书省的长官,在官品上他们与中书令和侍中差着一级。为此,自高宗皇帝以来,宰辅议事一向由中书令领衔。

但是,这并不说明中书令权力最大,因为,在政事堂中,从四品的卫尉卿与正二品的中书令在议事时具有同等的发言权。在这个圈子中能够形成所谓宰臣领袖的因素不是官位,而是皇上对某人的亲近与信赖程度,再有就是处理政事的能力。所以,姚崇还没有跨进政事堂,就俨然有了宰臣首领的地位。

腊月的长安,天气甚寒。宰相们此时一向是将各自的坐具移至政事堂中间的地炉边上,团团围坐。这个时候,由于重臣们身体的接近,也是一年中宰臣间矛盾最少的时候。众人方才坐定,忽见厚重的棉门帘一挑,进来一位面目清秀、身手敏捷的宦官。此人宰相们全都识得,他是皇上的又一个亲近之人——高力士。此人在诛韦氏一役中,手刃了大名鼎鼎的上官宛儿。

"皇上有旨。"众人跪倒在地。

"传皇上口谕,姚崇兼中书令。中书、门下即刻写旨上来。"

"臣谢恩。"这一点也不出人意料,皇上不会让姚崇位居资历尚浅,而且比他年少十几岁的张说之下。

"姚相公,恭喜了。"高力士虽然年轻,但很会应酬。

"多谢,日后怕是还有让内相多辛苦的地方。"姚崇与高力士打过几次交道,彼此印象颇深。

"姚老言重了,小人该当效力。"

姚崇与高力士这番大有深意的应答很是让张说不舒服。以往张说对高力士没少应酬,但高力士却从来没有过这等恭敬神态。

这时,刘幽求一把拉住高力士的手臂,将他扯到一边,轻声道:"前几天西市上刚来了一伙波斯胡,那幻术变得当真是神乎其神。后天休沐,咱哥俩去瞧瞧?"

高力士小心地瞟了一眼端坐在一旁展读公文的姚崇,又看了看低头想心事的张说,口中道:"当然,皇上那里要是没有事情,我一定奉陪。"

高力士的声音比刘幽求要高得多,至少姚崇与张说能听得清清楚楚。

6

腊月初,大唐改元为开元元年,皇上也谦逊地接受了群臣上表为皇上加的尊号:"开元神武皇帝"。朝中上下弥漫着一派毫无缘由的乐观气氛,心事沉重的大约只有两个人:皇上和姚崇。

皇上的心事是一种对任何人都无法讲的忧虑,就是他与太上皇,以及他的长兄宋王李成器之间的关系。皇上深知自己没有伯夷、叔齐那样的高洁,他喜爱皇帝这个宝座,更喜爱这无上的权力,虽然眼下这权力还受到了一定程度上的限制。

姚崇的担忧也同样与权力有关,但与私利无关。如今表面上看来他在政事堂中占据了领袖的地位,张说与刘幽求也没有与他一争高下的表示。但是,如果没有全体宰相的合作,姚崇再有本领,皇上对他的支持再多加几分,他的权力也只能表现在政事堂中,而不能贯彻至全国。

问题的关键是,刘幽求是扶保太上皇登基的大功臣,而张说与太上皇一家有着极其密切的关系,要把他们两个弄出政事堂,并不是一件容易的事情。但他们自己并不是没有给姚崇这样的机会,关键在于姚崇做还是不做。

对刘幽求容易处理一些,因为这个人没有处理政事的能力和经验,这本身就是一个很好的理由。

事情的关键在于张说。驱逐张说出京,虽然会显得姚崇心胸狭窄,但对姚崇与皇上非常重要。

这天傍晚,张说身着便装,乘着一辆被遮挡得密不透风的油壁车,悄悄来到了皇上的长兄,宋王李成器的府上。

这个时候,长安四门的催行鼓敲得正紧,每个人都在急急地赶回自己居住的街坊,没有人会留意这样一辆不起眼的马车。自姚崇回京之后,张说与宋王见面总是采用这种小心翼翼的方式。

"太上皇怎么说?"张说深知自己的相位岌岌可危。

宋王李成器是个慢性子的人,虽只有三十五岁,行为举止却像个六十几岁的老人。等张说坐定,他才轻轻放下了手中的羊脂玉笛,不紧不慢道:"太上皇让你等一等,看看姚崇的举措,再作打算。"

"其实,太上皇他老人家只要对皇上讲一声,什么事情都解决了。"张说的失望之情溢于言表。

"这也得等机会才行。再说,太上皇觉得,姚崇未必会向你下手。"宋王过了半晌方才答道。

他不可能不下手。张说明白,他是反对姚崇回京最力的人,这一点路人皆知。依姚崇一向的作风,如果单单罢免了他的相权已经是侥天之幸了,而张说绝不愿意放弃他奋斗多年终于赢得的这个尊崇的地位。

"宋王,您能不能为小臣在皇上面前说几句好话?"张说的语调近乎哀求。

宋王也许觉得脚有些冷了,他走下了雕花木榻,在脚上套了一双锦腰皮底的软靴,踱到炭火盆前。"皇上对我一直很好,这你知道。但同时你也应该知道,我是皇上的长兄。你精通史事,不会不了解,处在我的这个地位,绝对不能讲话,尤其是对政事。"

宋王的言下之意是,宋王自己便身处嫌疑之地,参与政事只能给他带来危险,至少也是自找没趣。

"所以,"宋王不紧不慢地接着道,"你这样三天两头深夜来访,怕要引人讲本王的闲话。"这几日宋王也在思索他与张说的关系。两个人以往的关系虽然相当亲密,但那是饮酒游乐的交情,而且多半有他的某个兄弟在场。如今张说因为他自己的利益,每每避开众人耳目深夜到访,必然会给人一个有所密谋的印象。

在大唐帝国不足百年的历史上,曾经历了十几次与皇位有关的政变。今天,在太上皇还活在人世的时候,皇上的长兄与前宰相首领频频深夜相会,会招来什么样的祸事可想而知。想到此处,宋王对张说的态度自然就冷淡了下来。

"你还是回去罢,只要是你公忠体国,早晚会有为国效力的时候。"这是张说与宋王相识以来,宋王第一次对他打官腔。

张说知道,自己的前程已经断送了。但是,能不能去向姚崇低头求情呢?张说随即否定了这个想法。大家同为宰相,自己若是做出这样的事来,这一辈子也没脸见人了。

"相爷,张相公又到兴庆坊去了。"负责长安东城治安的金吾卫左街使曾受过姚崇的大恩,所以,自姚崇回京之后,住在东城的大多数王公、重臣的私人交往,左街使总是及时向姚崇汇报。

"今天夜里你还得幸苦一趟,看看他什么时候出来。"

"该当效劳。您说张相公夜里去拜访宋王爷,是不是有什么不可告人的事情?"左街使也是个机敏的干才。

听到这话,姚崇却沉下脸来道:"你只要注意现象就可以了,到底这里面有什么问题,那是我操心的事。别忘了,想得太多,说不定会给自己惹来祸事。"最后一句话,姚崇确是表现出了对左街使的关心。

如果宋王为张说说项,那该如何是好?想到此处,姚崇感到有些胸闷气短。自皇上登基以来,由于他身为三皇子的独特身份,使他在表现自己的孝道与对兄弟的友爱之情上无所不用其极,所以,长兄宋王一旦为张说讲出话来,皇上就很难办了。

这正是皇上的两大难题之一,也是皇上与姚崇整顿朝纲的关键所在。

这天夜里,张说的马车到三更时分方才离开宋王府。令人起疑的是,车前导行的灯笼并不是宰相特有的可以在宵禁之后通行的灯笼,而是一对宋王府的宫灯。宰相的灯笼上都有自己的衔名,不管这是张说的过分小心,还是宋王的恩宠,都让姚崇下定了决心。

为了大唐,也为了自己,姚崇对于这种武太后和中宗皇帝时遗留下来的政出多门的陋习深恶痛绝,他已经别无选择了。

7

第二天常朝之后,皇上在便殿单独召见了姚崇。

皇上吃惊地发现,一向身体康健的姚崇,突然腿瘸了。

"姚卿的腿怎么了?是不是受伤了?"这个时候姚崇可千万不要病倒。

"臣腿上没有病。"姚崇仿佛一夜之间老去了许多,红润的面容也变得有些灰白。"臣的病在心里,而且这心病无药可医,无处可诉。"

自从十年前皇上与姚崇相识起,这是他第一次见到姚崇如此灰心丧气的样子。

"姚卿有什么不如意的地方？"皇上知道，姚崇的精明可以说是天下闻名。当年他与张柬之等人发动政变，从武太后手中生生夺取了皇权，将中宗皇帝送上了皇位。而这位大功臣却在将武太后迁出洛阳宫时，在大庭广众之下拉住武太后的銮车放声大哭，公然对武太后的赏拔之恩表示感激之情。在当时政局混乱，人心不稳的情况下，姚崇有可能会为此掉脑袋。但他竟然就这么做了，为此，原本有希望再次入阁拜相的他被贬到了申州。

今天再回过头来看这件事，只能让人赞叹姚崇的机智和他对时局的清醒认识，因为，当时的功臣如今已经全都在中宗当朝时被杀了。这也说明了一件事，姚崇对大唐的忠心可以信赖，而他对事物的判断同样值得皇上重视。

"皇上，依您看来，当务之急是什么？"姚崇跪坐在温暖舒适的熊皮坐席上，右手似是十分紧张地抚住他花白的长髯，却在无意间露出了腕上的一串伽楠香手串。

这只手串大名如雷，皇上在很小的时候就见过此物。它原本是武太后最心爱的物件，佛头是一颗硕如龙眼的明珠。在今天武氏家族已经被斩尽诛绝的时候，姚崇仍公然戴着武太后赏赐给他的这只手串，可见其人不忘旧恩。

"当务之急在于契丹。冷陉之战，大唐丢尽了脸面，这样的耻辱不能不雪。"皇上年轻好武，对边事格外重视。

"契丹与奚不过是边陲荒漠之地，击之不足以广地。有薛讷任和戎、大武节度使，可保三年无患。"对军事方面的事情，姚崇信心十足。

"再就是吏治。中宗皇帝一朝,斜封官挤满京城,员外、兼同各色闲职虚耗国帑,邀人以侥幸。这些个东西花钱买来官职,哪里会知道什么忠君报国?只是太上皇时废了这些东西没多久,又一道旨意将他们重新启用了,想想实在是难办。"这是皇上极难得流露出的一点对太上皇的不满。

"皇上不必为这件事太过操心,明年春天请宋璟与魏知古将这些人重新审查一遍,里面也许会有几个可用之才。其他的人免官放归故里,这些人,即使他们不满意,也搞不出什么大麻烦来。只是,如果不让他们死了心,倒真可能会出事。"两年前,姚崇与宋璟二人整顿吏治,宋璟负责文官,姚崇负责武将,曾将大唐吏治整顿得卓有成效。只是太上皇当时听信小人之言,一纸诏书,便前功尽弃了。

"姚崇,还是有话直说。你我君臣向来是同心协力,不应该有什么碍于出口的事。"皇上性急,不想再猜谜了。

"皇上。"姚崇突然离开了坐席,郑重其事地向皇上行了一个大礼,"老臣并不想求皇上赦臣死罪,只想请皇上从大唐万代基业出发,听老臣一言。"

皇上没有讲话,他在静候姚崇的下文。

"这是张说张相公几次出行的时间、地点。"姚崇递给好动的皇上一张厚竹纸片,"老臣这一次做了告密的小人,一是为公,二来为私。"

对张说与宋王近来的交往,皇上早已心怀恼怒。皇上了解的情况比姚崇还要详细,只是皇上目前还没有想出处理的办法。早在皇上还是太子的时候,他就开始在东西两京广布耳目。如今只向皇上个人汇报文臣、武将的奢俭贪廉,以及地方民情的暗探已经渗入到全国各大州郡了。

见皇上没有应声,只是若有所思地打开了一扇窗户,姚崇又用他特有的洪亮和极富感染力的嗓音道:"为公的事暂且不谈了,老臣先谈谈私心。老臣回朝已经一个多月了,还未能有什么作为。原因之一,就是政事堂里的关系不顺,宰臣们各怀心事,这样一来,每个人考虑个人的得失就多,对大唐关心的自然便少了。要理顺政事堂的关系,即使没有张说多次潜入宋王府的事,老臣也想建议皇上先将他调出京去,给这位年轻的宰相增加一些经验。张说是个大才,但他有作为的时候不是现在。况且,由于他的不明智,现在他应当受到报应。"

"只是将张说调出京城就可以了么?"皇上如鹰隼般的目光突然大亮,面上显现出来的不仅仅是愤怒,而是一种深深被伤害的痛苦。终于有人敢于和他谈宋王的事情了,这是他的一大心病。

"自古以来,驭臣之道在于恩威并施。皇上应当先将张说交御史中丞鞫问。"说话间,姚崇从袖中摸出一折他独有的竹纸弹章,双手将它举在了额前。

"交通亲贵,别有图谋;起居豪奢,有僭越之嫌;恃恩怙宠,失人臣之礼。"皇上怒道:"你看看,这样一个混蛋,还用得着什么鞫问?明早把他斩首于东市,都是便宜他了。"

皇上的狂怒有着十分危险的成分。姚崇警觉地感到事情正在偏离他预先设计的轨道。但是,姚崇不是魏征,他不会与皇上公然对抗,那在他看来是为臣子最愚笨的办法。于是,姚崇收起方才忧心如焚的神态,把语气尽可能放得平和,缓声道:"按常理来讲,不论张说与宋王谈了些什么,单凭他的这种行为,在以往任何朝代,族灭的罪过是免不了的。但不幸的是,这件事牵连到了宋王。"

见皇上有听他讲下去的意思,姚崇又一次叩首道:"臣大胆放言。太上皇与宋王性情谦和仁厚,与高祖和李建成大不相同。如果没有奸贼违天行事,不会对皇上中兴大唐的志向有所影响。"

"张说的行为不是奸贼行径么?"皇上怒气难消。

"皇上说的是,张说这个人如何暂且不谈,他的行为确让人难以容忍。只是,倘若杀了张说,怕是有伤太上皇与宋王的自尊,也对皇上的圣名不利。"

"张说是不是该死,等御史台鞫问明白了再说罢。"皇上觉得姚崇先来告密,这会儿又为张说讲情,反反复复的实在是不够爽利。

"再有,"皇上又道:"去了张说,政事堂里还有个刘幽求,这也是个当不起大事的人,还是给他个闲职养起来的好。不管怎么说,他为大唐也立下过大功。"

"皇上圣明!"

"姚卿难道不正是这么打算的么?"皇上的怒气似乎是消了一些。

"什么也逃不过皇上的眼睛。臣正是这么打算的,只是除了刘相公能力不足之外,还没找到足够的理由。"一次罢免两位对皇上一家有过大功的宰相,皇上需要下极大的决心,特别是他必须得给太上皇一个合理的解释。为了鼓励皇上,姚崇不失时机地捧了皇上一句。

姚崇一向认为,不下猛药,难起沉疴。大唐如今内外交困,病势正凶,张说这种汤头郎中解决不了问题。这大唐朝中,只有他自己还算得上是一剂猛药。当然,如今政事堂空了,还缺几味辅药。

8

张说是个好命的人,事后许多人都有此感慨。

当姚崇带着命张说自行前往御史台接受鞫问的敕书回到中书省时,宰相们都已经下值回府了。

姚崇召来了御史中丞李林甫,命他即刻派人到张说府上宣旨,并在御史台为张说准备一间洁净的监房。

像这等大事原本应当先与御史台的长官,御史大夫宋璟打个招呼,由宋璟亲自出面安排一切。只是,与宋璟共事多年的姚崇知道,他这个人不便参与此事,因为宋璟为人太过正派了,正派得至于刻板。届时他一定会死扣大唐律令,一切都要照规矩办事,绝不会理解姚崇在此事中的机谋与苦心。

万一张说的罪名被坐实了,皇上必然会落得一个对父兄刻薄寡恩的恶名,而人们对姚崇则会畏之如虎,以为又一个武三思式的残忍自私的权臣当政了。这将对皇上与姚崇中兴大唐的理想凭空增添许多不必要的阻力,而百姓们因年轻皇上的朝气给他们带来的希望与热情转瞬间便会化为灰心丧气的惰性。

办事一向八面玲珑的李林甫是块好料,不会把这件有着复杂人事关系的案子办得无可转寰,铁证如山。果然,李林甫派出去传旨的侍御史,在总共不到五个街坊的路途中竟然坠马受伤,为张说赢得了一夜的时间。

这天傍晚时分,张说的家中来了一个张说平生最不想见的人。

此人名叫邓玉,二十出头的年纪,身材长大,眉目清秀。他本是个上京会考的进士,经学之外,还会作几首艳体诗,在同辈中有些名气。因为会考落第,他被同乡荐到了张说府上谋了个教书的职位,与张说的子侄们相处得还不错。

只是邓玉为人轻佻,大约两个多月前,他与张说最心爱的一个侍女私通,被府中管事当场抓获。张说大怒之下,欲将邓玉交京兆府尹治罪。谁都知道,作为当朝中书令交代下来的罪犯,邓玉绝无生理。

就在这紧要关头,邓玉突然大喝一声,厉声对张说道:"相公,你身为当朝宰相,怎能如此心胸狭窄?"

"混账东西,你勾引主人家生子,事同侵夺,竟还反污本相心胸狭窄?"当时张说在朝中大权独揽,风头正健,突然遭到这样一个白衣书生的指斥,当真是其怒也如狂。

"睹美色而不能自禁,人之常情也。"邓玉自知难逃一死,这拼死一搏也是声色俱厉。"相公身为当朝宰辅,难道不知养士之惠乎?鸡鸣狗盗之人尚且能救人脱难,相公你难道没有缓紧用人的时候么?为什么要斤斤计较于一个婢女,而不知士之大用乎?"

张说险些被邓玉的这番歪理引得大笑,但他毕竟是个经过大风浪,见过大世面的人,邓玉的一番话确实将他从狂怒引向了理智。

在大唐,解裘衣人,香车送婢,都是张说他们这一阶层的豪举。张说与人相交，也不是没有做过这样的事情。只是，对方既非张良、韩信这样的大才，也不是专诸、荆轲一类的勇士，将心爱婢女送给这等只有些小聪明的人，给张说带来的只怕不是豪侠的名声，而会成为他人的笑柄。

然而，如果将此人送官究治，张说自己怕是也会落下治家不谨的坏名声。思来想去，张说一时兴起，便将邓玉和那婢女放出府去了。

从那以后两个多月了，邓玉杳无音信，也不知落在了什么地方，张说也懒得去回想这件难堪的事情。谁知，邓玉今日竟闯入府中，非要见他不可。

"我既然已经放你们走了，你们就该走得远远的，好好过你们的日子，干什么还要回来搅闹？"张说因为自己的前途堪忧，近来心情一天比一天糟。

"相公，自从那天相公放我们夫妻一条生路，小人念念不忘的就是报答相公的大恩。今日相公大难临头，特来相告。"邓玉不知有何奇遇，如今已不是两个月前的穷相了，身上穿的是上等的丝袍，足下是一双踏雪寻梅的厚底皮靴，只是光着头没有戴风帽，两只耳朵被冻得通红。

"什么大难？"

邓玉不知从何处得来的消息，姚崇参奏张说的详情，以及皇上下旨命张说到御史台接受鞫问的事他知道得一清二楚。

听了邓玉所说的一切，张说当时便呆住了。其他的事情都好办，唯独交通宋王这件事他无法自辩。他在这件事中最可怕的疏忽，就是忽视了宋王原本是皇上的长兄这件可怕的事实。

如今一切都完了，饱读经史的张说再清楚不过，他犯下的是灭门之罪。即使皇上碍于腾腾众口，不便以交通宋王的罪名治他的罪，但当他被流放到远恶州郡之后，必定会有谄上的地方官员替皇上了却这桩心事。

"小人急着赶来，就是因为小人有一条路子，也许能救恩公脱难，不知恩公意下如何？"邓玉改口称张说为恩公，意下就是言明来报恩的。

"这样的事情，怕是只有太上皇才能救我一命。"张说心乱如麻。

"倒是不必惊动太上皇他老人家。"邓玉此时表情中的自信与言辞之机智，是张说从未见到过的，"恩公，您老人家对皇上一家有过大恩，这一点皇上清清楚楚，眼下最要紧的是想办法让皇上消了这股怒气，而记起您的大功劳。"

"这样的人怕是难找。"话虽如此，张说此时的心境总算是缓和了下来。他当年在中宗皇帝时全力维护当今太上皇，多次避免了武三思和韦皇后等人对太上皇的陷害。太上皇当朝时，他又不顾身家性命，反对太平公主，维护太子，也就是当今皇上的安全。这些功劳皇上不会不记得，更重要的是，如果他真的希望宋王登上皇位，他在几个月前就会与太平公主联手，而不会特意派人偷偷地从洛阳给皇上送来一柄波斯弯刀，暗示皇上早下决心。

张说感到，他的府邸与大明宫虽近得只有几个街坊的距离，却突然之间如咫尺天涯一般遥远。如何才能找到一条快捷的途径，把自己的忠心表白给皇上？

"九公主是最好的人选，小人愿为恩公奔走此事。"

九公主确是上佳人选。这位九公主是皇上唯一的一位同父同母的妹妹,最受太上皇和皇上宠爱。而且,最要紧的一点就是,自大唐建国以来,公主的地位就非常特殊。她们不同于皇子,由于太宗皇帝玄武门之变这个先例,皇子们人人都有觊觎皇位的机会;而公主则属于那种真正有益无害的亲人,只是偶尔出那么一两个喜欢揽权弄势的罢了。

"请恩公给皇上写一封信,一定要是让人读后落泪的那种。再给九公主写一封短简,但这封短简却需要一件像样的宝物押封才好。"邓玉诚挚的表情使张说瞬时打消了关于他来骗取宝物的怀疑。

此时天已经渐渐暗了下来,春明门上的催行鼓声一声声的似是在催命。再过一会儿,催行鼓一停,坊门上锁,金吾卫的骑兵便要开始在大街上巡查,邓玉也就走不脱了。

在张说府上的内宅里,张说自己有一间小书房。对于当朝宰相来讲,这书房太小了一些,只有四铺席大。实际上,这间书房的重要之处在于它通向张说的一间秘室,里边收藏着张说几十年为官聚集的宝物。

靠墙壁有几张洁净的木床,上边陈放着几十件价值不菲的宝物,有鸡鸣壶、夜光杯、通天犀、羊脂玉盆等等,在烛光之下熠熠生辉,显然这些宝物平日里受到张说很好的照顾。

邓玉一件一件仔细看过去,最后摇了摇头道:"不行,九公主那里三天两头收到皇上的赏赐,这些东西都成灾了。"

"这如何是好?"张说焦急之色溢于言表。

"有没有什么日用品?九公主还是个孩子心性,她喜欢一些新奇的东西,倒不一定有多么贵重。"邓玉道。

"有了。"张说突然福至心灵,奔出密室。外面的书案上有一只长长的髹漆木匣,"鸡林郡刺史今天送来一封书信,这是用来押封的。"

匣中是一挂夜明珠帘,明珠络以五彩丝线,精巧非凡。

"有它就不愁了,九公主刚刚改建了一间小小的暖阁,此物来的正是时候。请借快马一匹,小人这就回九公主府。"见事情有望成功,邓玉的脸上也现出了兴奋的光彩。

"晚上风寒,把这件外衣披上。"张说为邓玉拿来一件带有风帽且价值千金的狐裘。

邓玉谢也未谢,系上狐裘,扳鞍上马,便绝尘而去了。

9

中书令张说被下狱鞫问的事在长安引起了广泛的注意,只听说是犯有族灭的大罪,但获罪缘由却颇费人猜解,据说,凡是了解内情的人,对张说的获罪都采取了一种讳莫如深的态度,连一向好交友、好脾气的御史中丞李林甫也现出一副担惊受怕的样子,从不肯谈及他负责的这个案子。

然而,张说的事情别人可以装聋作哑,太上皇不能不问。

腊月二十八日,太上皇在百福殿设晚宴宴请姚崇,且讲明要穿常服前往。姚崇心中清清楚楚,太上皇设宴只招待他一个人,这绝不是一种正常的交往方式,而只穿常服,则是一种过于亲近的表示。为此,在赴宴之前,姚崇特意找到了身为右监门将军、知内侍省事的宦官高力士。

"姚相公。"高力士一见姚崇便要跪倒行大礼。

"高将军不必多礼。"最初姚崇想用与市井之徒打交道的方式与高力士寒暄,但他突然发现,高力士此人绝非后宫中常见的那种贪财无赖的宦官。他虽只有二十几岁,却与年轻的皇上一样,有着非同寻常的勇气与机智。更为难得的是,高力士举止庄重而不狂傲,谦逊却不猥琐,这让姚崇对他产生了一丝爱惜之意。

"小人一向敬重姚相公的为人,也钦佩您的胆识。"高力士的面容上毫无谄媚之色,"小人年纪轻,不懂事,有许多不明白的事情想向姚相公讨教。不知相公肯不肯收小人这个弟子?"

"高将军请别介意。老夫想知道,你识字么?"这话非常的无礼,但姚崇却是认真的。

"小人断断续续能读《史记》,诗歌不在行。"没有人敢这样对皇上最宠爱的高力士讲话,但高力士对姚崇直率的问话却感到了几分欣喜。

"好。不过,这件事你得禀明皇上才好。要知道,交通宫掖可是一项大罪,如果皇上同意,你须正式拜门。"

"多谢姚相公。"高力士当真是感激不尽。要知道,以姚崇高贵的身份,收宦官为私淑弟子,只会成为他人的笑柄。

这一次,姚崇没有拦阻高力士跪倒行大礼,只是在扶高力士起来的时候,将一张小纸片塞在了他的手中,轻声道:"事情紧急,速报皇上知道。"

太上皇居住的百福殿在宫城的西侧,并不是宫城里最华丽的寝宫。与其他地方不同的是,这座只有二十几座建筑的宫殿有着宽阔的庭院,而且地势较高。最让太上皇留连难去的则是这里庭院中种植的不是宫中常见的种种繁花佳木,而是种满了几百种珍奇的药用植物。

今晚,席上的主菜便是用庭院中自种的枸杞子蒸胎羊,而饮的酒则是将西凉葡萄酒与黄芪、甘草、丁香、肉桂等药物和香料混在一起酿成的药酒。在寒冬之中,有这两味美酒佳肴下肚,确是无上的享受。

然而,宴席上的气氛却异常的冰冷,甚至有些尴尬。

终于,太上皇放下酒盏,长长地呼出一口酒气,将自己的语调尽可能保持住平和,以免带出胸中的怒气,有失身份。他道:"不知道姚卿是不是还记得,孤与姚卿相识多少年了?"

"回太上皇,自武太后万岁通天元年算起,将近二十年了。"

"而这二十年里,你我君臣关系虽不算亲近,但也可以说是相互信任。如果明天你被下狱鞫问,你想孤会怎么办?"

"明天?"

"是的。即使孤贵为太上皇,也不能知道明天会发生什么事。"性情谦和的太上皇很少这么直率地讲话,看来他真是动怒了。

姚崇觉得,这种绕圈子的谈话方式对他极为不利,便道:"太上皇,臣愚钝,您讲的是不是明天臣也可能会因与张相公相似的缘由入狱?"

一向贵重的太上皇突然走下了他的坐席,来到了姚崇的面前,"张说与孤相识也有十年了,这一次入狱虽说是他行为不谨所致,但是,你有没有想过,杀了张说,却会伤害到许多人。"

姚崇此时早已离开了坐席，叉手侍立一旁，低声道："太上皇所言极是，第一个受伤害的就是皇上。杀了张说，损害的是皇上孝悌的贤名。"

这话大有深意，也着实出太上皇意料之外。太上皇原以为，姚崇一定会以维护太上皇与宋王的声名为说辞，然后太上皇便可以教训他为臣之道。谁想到，姚崇一下子就把事情捅破了，太上皇一时不知该说什么才好。

正在尴尬之时，一名小宦官悄悄地走到近前跪倒奏报："皇上来给太上皇请安。"

皇上来得正是时候，姚崇心中总算安定了。皇上接到了高力士传过去的消息，直等到这边晚宴过半方才出现，这说明皇上同意了他在信中的建议。

皇上身上穿的也是一件常服。进得殿门，皇上向太上皇跪拜行家人之礼，然后，姚崇郑重其事地向皇上行了大礼。

待皇上坐定，姚崇突然向太上皇与皇上跪倒，顿首有声，惨言道："臣向太上皇、皇上请罪。"

"又怎么了？"太上皇深知姚崇花样百出。

"臣为一己之私，排挤张相公，请太上皇与皇上治罪。"

就着太上皇与皇上都在，姚崇采用了这种近乎逼宫式的要挟，如果奏效，不但张说的事得以解决，还会有许多意想不到的好处。

毕竟，太上皇与皇上虽为父子，却没有谈心的机会。

太上皇与皇上却面面相觑，吓了一跳。不过，太上皇很快就清醒过来，缓缓道："请罪的事情咱们先放在一边，这种事由皇上自己处理。孤想问你一句，在政事堂里，张说是不是真的不称职？"

"臣大胆妄言，若在承平之时，天下无事，张相公是个守成的人才。"姚崇觉得已经到了将事情彻底解决的时候了，"但是，今天这个时候，国事衰败，政出多门，臣有心，也自觉有能力辅佐皇上重整天下，只是不能有人在政事堂中与臣意见相左。请太上皇与皇上给臣一个大权独揽，任意妄为的机会。"

太上皇与皇上谁也没有言语。

姚崇又道："于公，臣是为了大唐的江山社稷；于私，臣想青史留名。"

当姚崇拜辞出宫之后，过了许久，皇上方道："父皇，三郎处置张说绝不是想害我兄长。只是，张说的行为太过放肆，如果不及时制止，奸宄之徒也许会借题发挥，重演玄武门之变。"

"你能这样想再好不过了。"儿子的话确实打动了太上皇的心，他感到很是宽慰。世间再没有比父慈子孝，兄爱弟悌的事情更美好了，尤其是在帝王之家。"不过，张说罪不至死，把他贬出京去就是了。刘幽求也肯定与姚崇合不来，给他个闲职也好。"

最后，太上皇道："三郎，我想让你记住，凡事不可冒进，要一步一步地走。"

"父皇教训得是。"

10

终于到了新春,这一年里,发生了那么多的事情,以至于让好事的长安人的神经几乎崩溃。如今好了,在这岁末年初之际,没有发生战乱,也没有边患,更没有人整日盯着邻居们的嘴以求告密的材料,加上皇上年轻有为,物价也没有飞涨,这对于天性乐观的百姓们来说,就算是莫大的幸福了。

所以,朝中大臣们的几项人事变动并没有引起人们太多的注意。

中书令张说的事获得了圆满的解决,他只是被降职为相州刺史,皇上没有再追究他与宋王的事。虽然远州刺史地位上与当朝宰相判若云泥,但张说还年轻,还有起复还京的机会。张说自己也说不清自己到底是怎么逃出生天的,只是多拜佛,多烧香,乞求姚崇不要再想起他来。

自那日出事之后,那个取走了夜明珠帘的邓玉再未出现。经历了这场大难,张说也想开了,到底是财去人安乐。

至于右仆射、同中书门下三品刘幽求被罢为太子太保,这也是早晚的事。对政事颇为精通的长安人向来相信自己的判断,宰相这个职位不是有功就可以干的,它要求当其职者要大才如海。

宋璟以御史大夫兼任吏部尚书、同中书门下三品的消息对于那些品性端庄的官员和苦求上进的读书人来讲是件喜事,宋璟为人虽没有趣味,但选官无私,任人唯贤。当然,也有些人有种种担心,怕的是性格疏放、勇于任事的姚崇与为人刻板的宋璟难以共事,虽然两个人都是难得的大才。

最后一个宰相的任命让人有些摸不着头脑。年届七十的门下省侍郎卢怀慎检校侍中,同中书门下平章事。

姚崇与卢怀慎这个人不熟,虽同朝为官几十年,但由于性情不同,两人少有来往。这一次皇上钦点卢怀慎为相,着实有些出乎姚崇的意料之外,所以,姚崇决定亲自登门拜望这位名动两京的人物。

这位卢怀慎卢大人进士出身,在武太后时便任京官,历武太后、中宗、太上皇和当今四朝,没离开过东西两京,而且在京城里上至王公大臣,下至贩夫走卒,没有一人不知道这位卢大人。

卢怀慎名声远扬并不是因为他才学出众,也不是因为其功高震主,更不是有什么奇智异能,他的出名完全是因为他穷,而且是出奇的穷。

依一般人看来,卢怀慎任门下侍郎是正三品的官职,他为人又没有什么不良嗜好,不应该有什么生计上的困难。依大唐的制度,职官的俸禄各有等级,虽然比隋朝略少些,但像卢怀慎这种品阶的高官,日子绝不会难过。正常的情况下,正三品的职事官员年给禄米四百担,还有职分田九顷折米十八担,永业田二十五顷丰歉自理;再有就是月俸钱五千一百文,杂用九百文;除此之外,朝中各职司都自设有公廨本钱,放债取利,也能有一部分收入;况且,每逢节庆皇上对官员必有赏赐,年终考绩如得上考,还可加赏禄米。所有这些加在一起,在当时一头耕牛不过一万五千文钱的物价之下,虽不能起居豪奢,但过好日子还是不成问题的。

成问题的是卢怀慎这个人。虽然卢怀慎随他在滑州当过一任县令的父亲定居在滑州,但卢姓却是范阳大姓,族中亲戚甚多,聚集在两京谋生的也很多。而卢怀慎却是个当真视钱财如粪土的人,他所得到的禄米、赏赐、月俸等财物几乎在家不会过夜,便散给了蜂拥而来的远近亲友,直穷得他不得不将老妻少子寄养在滑州老家,以免跟他在京中饱受冻馁之苦。

姚崇的卫队在长安城中相当出名,当真是锦衣怒马,其豪也如虎。然而,当他们来到西城崇贤坊卢怀慎卢大人的府邸时,却遇到了一个无法解决的难题。卢怀慎在崇贤坊西南角的陋巷之中赁居了三间茅草屋,如此狭小曲折的陋巷容不下姚崇那辆巨轮高车。

这一带是艺人、小贩,甚至是西市上收入颇丰的乞儿们聚居的地方,一条条小巷曲折如迷宫。姚崇在他的卫队首领的引导下,走了直有一顿饭的功夫,竟没有找到卢怀慎的府上。最后,还是崇贤坊的坊丁发现了姚大人一行,这才将他们引到了卢怀慎府上的门首。

当然,卢怀慎家的大门如果也能称之为府门,那么升斗小民的家就可以称之为宫殿了。这是一扇横三竖四七块木条捆绑而成的柴门,被用草绳系在所谓的门框上。

进到里面看,院子极小,而且杂乱不堪,一个看上去至少也有一百岁的老苍头正蹲在角落里吃力地扇着一只小小的风炉,炉上的瓦罐中飘出一股子药香。

院北是那三间著名的茅草屋。讲老实话,称之为屋确实是有些夸张,在姚崇看来,那不过是一架朽烂不堪,转眼间可能就会坍架的草棚而已。

老苍头突然发现门口挤进一群人来,便怒目圆睁,冲了过来,手中疯狂地挥动着扇火用的破蒲扇,口中高叫道:"滚出去。欠不了你们几个钱,干啥子没完没了地搅扰?"

就在那破蒲扇几乎碰到姚崇的锦衣时,坊丁连忙上前将他拦阻道:"老哥,这位姚大人是专门来看望卢大人的。"

"噢。失礼,失礼。"这老苍头虽已年迈,但显然是多年跟官的,知道礼数,"姚大人请宽恕小人无礼。请将名刺留下吧!"

跟在姚崇身后的家将早已不耐烦了,高声道:"我们姚大人是专程来看你们卢大人的。"

老苍头笑了,脸上皱纹中的灰土扑簌簌地直往下落,"小伙子,你家大人是官么?"

"当然。"

"这不结了。我们家老爷不受私诣,凡是当官的等明天当值到门下省找我们老爷。"这老苍头虽然年迈,但口舌却相当地便给。

这时,姚崇走上前来,含笑道:"烦请管家转告贵主人,我姓姚,姚崇,今日是为了公事特来登门搅扰。"

"原来是姚相公。"院中的喧闹引出了草房中的卢怀慎,"姚相公您这是……"

"冒昧登门,望乞见谅。"

"不敢,若有闲暇,请姚大人房中一叙。"卢怀慎矮小精瘦,身上只穿了一件补了又补的破棉袍,但雍容揖让之间不失朝臣的风范。

"正要叨扰。"几十名侍卫被留在了小巷中,姚崇随卢怀慎进了他的"新任宰相府大堂"。

当姚崇傍晚时分从卢府走出时,他来时的那一丝忧虑早已化为乌有。卢怀慎是个可与之共大事的人物。

11

开元二年闰二月初,众宰相在政事堂中会食。这是每日例行的公事,宰相事担繁剧,每日朝会之后,众人要聚在政事堂中协商军国要务,无暇回到各自主管的部门。各司有要事由主事直接抱牍上堂,小事则等午后宰相们回到各自的衙门后再做决定。

今天在政事堂中会食的人共六位,有姚崇、卢怀慎、魏知古、宋璟这四位宰相,还有中书舍人高仲舒与齐浣。这二人是卢怀慎举荐给姚崇的,高仲舒博通典籍,齐浣练达时务,有这二人参谋政事,并与各部门沟通情况,使宰相们工作起来轻松了许多。

"卢兄请多用些。"

姚崇近来才知道,每日中午一顿饱餐,卢怀慎晚饭或许就省了。中午政事堂中的这顿饭是由国帑中拨款供给的,这笔钱俗称"食料",鱼肉、蔬食间行,相当的丰盛。

卢怀慎身材矮小瘦弱,身上的紫袍也显得过于肥大了些。与众不同的是,他的这件紫袍是襄阳粗绢制成的,与满堂的锦袍极不协调。

虽对着满席上等食物,卢怀慎却食量甚小,而且吃像也相当的斯文,有节制。

"元之。"卢怀慎比姚崇的年龄大几岁,他叫的是姚崇的字,"营州的事打算怎么办?"

听到这话,姚崇有些气馁地放下了手中的镶银木箸:"皇上对营州的事下了大决心,如果再强谏怕是要伤皇上的自尊了。"

营州地处大唐与奚、契丹三国边界相接之处,最初大唐设有营州都督府镇制、安抚奚与契丹,武太后时,营州都督赵文晖治边失政,营州被奚与契丹攻陷了。从那以后,营州名义上归幽州都督府下的渔阳郡代管,实际上已经是废城一座了,只是偶尔有些大漠上的马贼把那座废墟当作临时的窝点。

去年年底,有人盛传奚、末曷等边族不堪契丹的欺凌,欲投降大唐,只因大唐不肯重建营州,布置军队以为他们与契丹之间的屏障,他们便不敢有贸然的举动。支持此种说法最力的人就是深受皇上赏识的并州长史,和戎、大武等军州的节度大使薛讷,他上书朝廷,请求进击契丹,复置营州。

年轻气盛的皇上这几个月来被他自己恩赐给姚崇的权力约束得有些个不耐烦了,对这种天降机缘,他绝不肯放过。更何况太上皇时冷陉一战大唐损兵折将,这笔账还没有和粗野无礼的契丹人好好算一算。

奉旨巡边的御史大夫王琚此时也不失时机地来凑热闹,上书数千言,大谈复置营州之利。

然而,姚崇与曾任过幽州大都督的宋璟都清楚,营州地处荒漠,少水无草,把几万军队放在那个地方,单是辎重的转运就是相当沉重的负担。

"齐舍人,你怎么看?"姚崇想听听齐浣有什么新想法。

齐浣还没有回话,高仲舒却插言了:"营州的事固然重要,但为臣子的不但要爱国,更重要的是忠君。"高仲舒为人虽然有才,但喜欢故弄玄虚,讲话时也总是讲一半留一半。

"屁话,难道反对重置营州就不忠君了?"魏知古不喜欢高仲舒这个人,在姚崇面前他总是找机会教训高仲舒几句。

"魏相公,在下不是这个意思。在下的意思是,大唐经过了几十年的女主统治,终于有了一个英明之主,帮助皇上建立威信是我们首要的责任。是不是要重建营州那是一两年以后的事情,但近来契丹人不断侵扰大唐边境这是事实,此时出兵征讨,也不能说是出师无名。"高仲舒书生意气十足,对着诸位宰相他可以毫无保留地侃侃而谈。这也是他在中书省任中书舍人十几年,却一直没有再次升迁的原因之一。

"这个时候出兵契丹,能有多少胜机?"魏知古死死盯住高仲舒不放。

高仲舒摇头:"行军打仗的事情在下不在行,这是姚相公与诸位宰相的事。在下的意思是,内政重于外患,若是一旦君臣失和,实非国家之幸。"

"好了。"姚崇一摆手止住了魏知古与高仲舒的争论。高仲舒的一席话对姚崇大有触动,近来宰相们忙于应付各种杂乱的事务,却忽视了对皇上的重视。皇上目前虽然是一如既往地对姚崇的各种主张全力支持,但似乎在感情上有些不应该的疏远。高仲舒的话中隐含着一个重要的观点,这一点他本人也许并没有意识到。这就是,皇上本人也是一股推动朝政改革的重要动力,为皇上树立威信,把他塑造成一个真正的中兴之主的形象,也就会很自然地堵住京中正在盛传的姚崇揽权,架空皇上的谣传。

姚崇手中恰好有两件适合于此事的材料。一件是薛王李隆业的舅舅王仙童上元夜强抢民女,威逼致死案。另一件是申王李成义上书,请皇上将他府中从九品的录事阎楚珪超拔为正七品上的参军。此事皇上已经恩准,行文至中书省与尚书省,马上就要给其告身,正式走马上任了。

12

皇上大约是近世以来对诸王兄弟最为友爱的一位君主了。

太上皇共有五个儿子,长子宋王李成器、次子申王李成义、三子便是当今皇上、四子岐王李隆范、五子薛王李隆业。皇上登基之初,曾命殿中省尚舍局制造了一套长枕大被,与兄弟们大被同寝。每日早朝以后,皇上经常是与诸王在一起游乐,时常是饮宴、斗鸡,或是在近郊打猎,游赏别业。在宫中的时候,兄弟五人跪拜如家人之礼,皇上临幸诸王府第时也是轻车简从,但求家人之乐。如一日不见,皇上赏赐、问候诸王的使者便会频频往返,相望于途。

然而,对这四个兄弟,皇上只是以声色财宝畜养娱乐,并没有给他们任何有实权的职位。尽管如此,这四个王府的家人、亲友仍成为长安城中最有权势,也最豪横无理的一群人。

薛王李隆业的舅舅王仙童是曾深得太上皇宠爱的王贵妃的弟弟,与薛王过从甚密。上元夜观灯时,王仙童强抢民女回府,逼奸不成,竟将那女子残忍地杀死了。

按说，豪强横行，在历朝历代都是常有的事，但是，这件事却在京中轰动一时。之所以会如此，有多方面原因，小民们想的是，如果京中诸王、公主以及外戚们可以横行无忌，不但会危及到他们的家业，也可能会危及他们的性命，其中颇有家资的一些人已经开始向京城之外转移财产。另外一些人则不同，这是一群任何时代都会有的贪缘侥幸之徒，他们麇集在京城之中，为的就是找门路，图富贵，如果王仙童能够免遭刑罚，或是处罪较轻，他们就会十分机敏地发现钻营的路子在哪里。

本来，王仙童的案子经过御史弹奏，基本上应该结案了。但薛王向皇上求情，皇上竟将这案子又交代了下来，让三省与御史台重新鞠问。这也是一个相当明确的信号，皇上有意网开一面。

姚崇心道，皇上再精明，也避免不了这种每一位皇上都可能遇到的倒霉事儿。自毁纲纪，以屈其亲，这可不是一个中兴之主应有的行为。

姚崇与卢怀慎在便殿里见到皇上时，皇上与他的四个兄弟正在合奏新近从波斯流传至大唐的《胡旋舞曲》，宋王与薛王吹奏玉笛，申王弹琵琶，岐王击铃鼓，而皇上则是亲操胡琴。

姚崇与卢怀慎向皇上与四位王爷行过礼之后，宋王将姚崇叫到身前。

"姚兄，多谢！"宋王从腰间解下一只五色斑斓的玉环，递给姚崇。

宋王真不愧是一位仁厚长者，他这是在感激姚崇在张说那件事情上处理得当。见皇上微微颔首，姚崇双手接过玉环，跪倒行礼，"多谢宋王赏赐。"

四位亲王退下之后,姚崇奏道:"皇上,臣有一事不明,请皇上指教。"

"什么事?"皇上春风满面,看上去兴致颇佳,他等两位重臣坐下之后方才问道。

"前些日子里,皇上曾降旨到三省都堂,言王公、驸马有所奏请,非皇上亲书墨敕,不予授职。近日申王府的录事阎楚圭非功非劳,只以他是薛王亲旧之故,便超拔授官,怕是有所不宜。"姚崇今天相当谨慎,因为,如果今日之事得以成功,他整顿朝纲的大业就会事倍功半。

"姚卿,这芝麻、绿豆大的事也要来问我?那宰相的职权是什么?"年轻人气盛,姚崇有意推翻皇上的旨意,皇上的脸色立时阴沉下来。

"此事虽小,关系却大。"今天这个头开得不好,姚崇心中产生了一丝犹疑。但他也不能就此不再提及此事,否则,皇上虽然很有面子,但他宰相的面子和权威却损失殆尽了。"皇上您想,如果每一个人都可能以亲旧之恩得授官职,那满朝朱紫尽是亲戚、旧友,哪里还会有治国平天下的贤才?中宗皇帝朝中发生的事情这才过去几年?如今那些员外官员还大都留在京城,若不绝了这些人请诣幸进的念头,吏治的清明怕是难得实现。"

"亲王府里的一个小小的参军会引起这么多人注意?姚卿不是在暗示朕法令不一吧?"皇上的心中涌起了一丝不快。你们既然位在宰辅,就应当以大事为重,整日纠缠着这些与朕有关的小事,做出一副愚忠的样子,难道这才是君子之道?皇上不喜欢现前的一切,尤其是不喜欢有人在他面前故意做出诤臣的样子给他看。

不过皇上也清楚,姚崇绝不是个诤臣,他太欣赏自己的聪明了,他以为凡事都可以靠着他的机智圆满解决。这一次我倒要看看你有什么聪明的办法来说服朕。

眼下的情形是君臣之间最糟糕的情形,皇上与宰相的思路相左,想的并不是同一件事,此乃乱政之兆。

就在这个紧要关头,一向不大开言的卢怀慎把话题岔开了。

"臣有一事请皇上圣裁。"与姚崇的高门大嗓不同,卢怀慎讲话细声细气,但却字字清楚,"王仙童一案臣详细复核了一遍,又征询了刑部与御史台诸处的意见,觉得是不是由王仙童赔钱给丧主,并令其输金助边?此事关系到皇太妃和薛王,皇上也就不必再追究其刑责了。"

卢怀慎曾三任御史,虽然向来是主张"法贵宽平",但对《大唐律》中的输金赎罪等条一向颇有微辞,这是尽人皆知的事情。今天这是怎么了?

姚崇顿时便产生了被人出卖的感觉。皇上也奇怪地瞪大了眼睛。逼奸杀人,形同恶逆,这在大唐可是重罪。而且王仙童的罪状已经鞫问明白,人证、物证俱全,依《大唐律》其必死无疑。皇上要求复审的目的也不外乎是让御史和刑部给他找个说得过去的理由,留他一条性命,流放远恶军州罢了。

"卢卿,你是不是饿糊涂了?"皇上问道,"王仙童能够不死已经是法外施恩了,怎么能罚金了事?"

"既然是法外施恩,一寸是法外,一丈也是法外,皇上不妨做个整人情。事关皇太妃和薛王爷,当年汉文帝的舅舅薄昭犯法，汉文帝看在薄太后的面子上，就没杀薄昭。皇上，还是家人为重的好。"

"噢，家人为重！"皇上拉长了腔调，声音中有了几丝揶揄的味道，"你们两个人给我站起来。"

皇上走下御座踱到二人近前，眼睛紧紧盯住姚崇与卢怀慎，轻声道："你们两位老臣都精通律法，我想请教二位，身为宰辅，误导皇上以乱法，应当治什么罪？"

"皇上恕罪。"卢怀慎一下子跪倒在地，高叫道，"皇上，老臣只是想倚仗与皇上的旧交，借王仙童的事讨好皇上，以求幸进。实在是别无他念。"

皇上一下子让卢怀慎给气乐了，道："你如今身为宰相，正二品的大员，穿得却像个叫花子，回到家里连饭都没得吃，你还有什么可钻营幸进的？我就是封你个郡王，给你万担的禄米，你也改不了这毛病。"

然后，皇上正色道："你们不要自视才高，还把我当成个不读书的纨绔。汉文帝是没杀薄昭，但他让大臣们轮流到薄昭府上去痛哭，一直把薄昭哭到自裁为止。史书上是不是这么写的？"

"皇上大才磐磐。"姚崇不失时机地奉承了皇上一句。

"你们两个人不要串通一气在我这里演戏了，有什么话最好直说，如果再这么转弯抹角的，朕只能认为你们小视于我。"

姚崇闻听此言，连忙跪倒行礼道："臣下绝无戏弄皇上之意，我与卢相公这是效古人嘲讽以谏。"

"若嘲讽不成，是不是接之以痛哭？若再不成，会不会给朕来个尸谏?"此言一出口,皇上就发觉这玩笑开过头了。

姚崇与卢怀慎同时免冠叩首。卢怀慎叹道:"若真到了那一步,臣早已不知魂归何处,怕是没有机会享受这份荣耀。"

卢怀慎一向身体不好,他的话在君臣之间引起了一阵伤感。皇上亲手扶起两位老臣道:"朕虽不敢自夸是个有道明君,但也请二位老臣日后把朕当个有理解能力的成年人看待。君臣相亲,互相信任,大唐才会中兴有望。"

"是。"

经过这一切之后,近几日弥漫在君臣之间的那种生疏感被一扫而空。姚崇在心底暗自钦佩卢怀慎深藏不露的机智,这个看上去像个乡下土佬的人竟有这等本领!这一次等于是卢怀慎把他从君臣对质的困境中解救了出来。

"事情本来不难理解。"皇上回到了御座上,"你们不要总是以耿耿忠臣自居,你们也应当站在我的立场上想一想。如果杀了王仙童,可能会父子、兄弟失和。"

"如果依法行事,王仙童必死无疑。"君臣之间互不理解是件最危险不过的事,这种危险总算过去了,姚崇又恢复了往日的机智,"若是枉法赦免了王仙童,受伤害最深的却是大唐的江山社稷。如今也许只有一条路可以走了,就是找一个太上皇、申王和薛王都可以理解的理由,将王仙童正法。"

"有这样的理由么?"皇上不是不想杀王仙童,这件事他已经盘算了多日,只是,由于他对朝政还缺乏经验,他没有找到一个可以维护所有人利益的办法。

皇上自认为是个友善的人,他不但要做个好皇帝,还想做个好儿子、好兄弟、好朋友。

"这件事情有一个堂堂正正的理由：抑制外戚，杜绝请诣之途。"姚崇侃侃而谈，"皇上可以诏告天下，公布王仙童的罪行，并且不待秋决，将他尽快斩首于东市。这样一来，所有的外戚都会清楚地知道，皇上不会因为亲旧之恩而为之枉法，也就避免了外戚当权弄事的可能。另外，将阎楚圭贬出京城，使所有意图夤缘幸进者敛手。同时为诸王设师傅，导之以贤德；罢公主开府设官属之例。那时，大唐的风气必将会为之一变，皇上中兴大唐的事业就会一帆风顺了。"

一直退在一边没有接言的卢怀慎道："现在已经是二月份了，官员的岁考与铨叙马上就要开始，全国上下所有的官员此时都在注意朝廷的动向。如果能依姚相公的建议行事，没有诸王、外戚的干预，淘汰员外官的工作就可能非常顺利，这会为重建清明的大唐吏制打下坚实的基础，太上皇一定会赞同的。"

"就依二位卿家的意见，回去写旨来看吧。"皇上虽然同意了他们的建议，但心中并不踏实。太上皇为人太过重于感情了，刚贬了张说，现在又杀王仙童，如此严厉的举措会不会引起太上皇的不快，皇上心中还没有底。

"关于营州的事你们安排得怎么样了？"重建营州是皇上登基以来第一次与外患开战，皇上不想出师不利。

军事行动是姚崇所兼兵部尚书份内的事，而且，以他的资历和经验，在军事方面他是朝中最有发言权的大臣。"营州的事有两种办法，一是诱敌深入，然后聚而歼之。现在马上就要入春了，每年春天契丹人粮草不足，必来幽州境内抢夺粮食、牲畜，我们可以布军以待之。第二就是直接攻取营州，但北方寒冷，我们的军士、马匹并不耐寒，怕是也要等一两个月之后方可进兵。臣等日前已经发函给薛讷，让他补充军械、马匹，并为他从附近各州征调粮草。不论采用哪一种方式，这些准备工作都需要一两个月的时间。"

见皇上面色不善，姚崇违心道："近来契丹人不断在边境滋事，给他们一个教训非常有必要。"

"卢卿，你的意见？"

"先打击契丹，然后再看奚与末曷等是否真有归顺大唐之意，那时再考虑重建营州尚且不迟。"卢怀慎虽然话少，但句句都在点上。

皇上此时刚刚有了一些满足感。他非常地希望自己是一个太宗皇帝那样的英明君主，而不是一味听从宰臣们的意见，只做个点头或摇头的工具。打击契丹，重建营州是他个人的决定，能够争取到宰相们的支持，同心协力，而不是以皇上的权威一味独断独行，这让他找到了一点英明君主的感觉。

姚崇的心里也同样产生了一种轻松的感觉。当年太宗皇帝时是"房谋杜断"，才迎来了贞观之治。如今大唐朝有我姚某人，再加上卢怀慎的缜密，事情大有可为。

"还有一件事情。"召见临近结束时，姚崇突然想起了一个人，"就是殿中监姜皎，这个人整日混在宫中，对皇上的声誉不利。"

"姜皎是朕私人的朋友，他只管宫中的事情，从不对朝政乱插嘴，尽管他也有参政的权力。"皇上要做个有独立见解，有判断力的人，不能别人说什么是什么。再说，这只是姚崇与姜皎二人的私怨,不是国事,"他当年举荐你为河东道大总管的事,是受了张说的蒙蔽,不要再计较这件事了,好么?"

"皇上说得是。"在皇臣之间的较量中,给皇上一点胜利的满足感非常有必要。姚崇心中很得意。

13

出兵契丹,重置营州的事虽然有违姚崇的初衷,但皇上却把此事当成了头等大事。为此,主管国家军事的姚崇忙得头昏脑胀,只得把自己十分关心的铨叙官员的事情交给了新近重又回到吏部尚书任上的宋璟。

宋璟为人严正,由他在门下省复验官员的考绩迁转确是上佳之选。但是,姚崇执意要把官职比宋璟高一级的魏知古派到东都洛阳去,让他在那里负责东都的铨官工作。这并不是个明智之举,因为这样一来,魏知古的工作反而要接受宋璟的监督。

有些自以为了解内情的人认为,当年姚崇与宋璟二人同心协力整顿吏治,合作得非常顺利,这次也是这个目的。而另一些人则认为,魏知古出身于小吏,全靠姚崇栽培、提拔,才到了今天这等尊崇的地位,不似宋璟出身清贵,所以,姚崇原本就不甚把魏知古当一回事。再有一点就是,姚崇的两个儿子不成器,现在东都为官,姚崇把魏知古派到东都,也是出于私心。

这些话很快便传到了皇上和魏知古的耳朵里,日后险些酿成大祸。

14

这年五月,姚崇迎来他就任宰相七个月里最辉煌的成就。

经过三个多月紧张有序的工作,全国上下铨叙官员的工作终于完成,通过考绩的文职官员共有二千七百三十一员,员外、检校官员一千零一十五员。这比起当年中宗皇帝时,单是京城之中就拥挤着三万多名员外官员的情形,实在是令人难以想象,也是一次极大的成功。

当然,一次便在全国淘汰了数万官员,而这些人又都是些有一定的家资,读书识字的人,而且都有些活动能力,这样一来,姚崇在民间的名声不知不觉间变得不那么受人尊敬了。

尤其是在京城长安,往年数万员外官员辇金入京,为长安城中的房产主、酒楼饭庄、行商坐贾带来了巨大的收益;使无数的裁缝、靴匠、梳须理发匠、马夫、浴馆中的侍者有了生意;也给平康坊数千名妍媸不一的歌妓带来客人,给西市上诸般杂耍玩意带来观众。

那时,作为现职官员,即使是最为清冷,居于号称"冰厅"的工部里的一个小小的录事,也会借着这股钻营谋干、请客送礼的风气过上宽裕的好日子。

受影响最大也最直接的却是长安城中的叫花子。据那个姓常的老花子头计算,这些员外官员一旦散去,长安人钱袋中的铜钱会急剧减少,人们也就不会再如以往那样大方地打赏高唱喜歌的叫花子了。所以,往日富庶繁华的长安城,如今再也养活不起四万一千多名大小叫花子,叫花子头儿也面临着一个整顿内部，裁减人员的问题。

这使得有些长安人常常私下里对姚崇痛骂不已。

姚崇本人对此却丝毫没有当成一回事。

五月初三，姚崇在政事堂得意扬扬地亲笔誊写了一道敕书："……悉罢员外、试、检校官，自今非有战功及别敕，毋得注拟。"

这是说，经过这次整顿吏制之后，正职之外的员外官会少之又少了。

"齐老弟，你看怎么样？"姚崇志得意满之情溢于言表。这也难怪，自中宗皇帝登基以来，将近十年了，谁都知道员外官是大唐朝的一大弊端，每一个当权宰相都曾口中讲得天花乱坠，要对此事有所治理和裁减，然而，员外官员却是越裁越多。太上皇登基之后，曾命姚崇、宋璟对此有过一次大的整治，也取得了相当不错的成效，只是，因有太平公主与窦怀贞等人的阻挠，一切很快又尽复旧观。

"这道旨意一下，长安城的车马、挑夫怕是要让出京的员外官雇光了。"中书舍人齐浣与姚崇有着同样开朗的性格，也同样的多智善谋，"只是，这几万人中大多数都是花钱买来的官职，让他们血本无退，怕是会闹事。"

姚崇哈哈一笑道："这些人中大多是名利之徒，而且未曾得势，没有多大的能量；而他们相互之间又是排挤倾轧惯了的，也不会有什么结党乱政的事出现；至于说到造反，不是他们干的事，他们想的是升官发财。只要给各州郡发一道敕书，命他们严防奸宄滋事，消息传出去，早就把这些混蛋吓散了，用不着咱们担心。"

齐浣没有搭言。他觉得姚崇在此事上有些过于托大了，但是，这也许正是他能够成为称职宰相的原因之一。宰相当专心于大政，至于运作中的细故，那是下级官员的事情。

突然，姚崇问齐浣道："齐老弟，你看我这个宰相怎么样？"

"您说的是？"齐浣大致知道姚崇问的是什么，但他不知姚崇的意图是什么。

"依你个人的看法，我这个宰相比管仲、晏子如何？"

听姚崇如此无所顾忌地谈论自己，齐浣最初感到有些害怕，不知如何回答才好。要知道，每一个宰相都希望人们把他比做公正无私，声名卓著的伊吾、周公。说到姚崇，齐浣认为，自他入阁以来，先后罢免了几位不称职的和与他政见相左的宰相，使政事堂内不再有遇事相互推诿，以清谈度日的官员，使诸宰相的意见趋于一致，遇事相互维护，以政事为重，这是他的政绩之一。再一点就是关于吏制的整治已经大有起色；诸王、外戚敛手，请诣之途断绝；停建佛寺、道观，严禁度民为僧，避免了国帑的浪费和贵戚逃避税赋；关中虽遇饥荒而市面不乱，流民未增；北方各大都督府对朝廷重新表现出了应有的尊重，边患未起。最重要的一点就是，姚崇得到了皇上毫无保留的，甚至是有些危险的支持，这是大唐开国以来任何一位宰相也未曾享受过的宠遇。

然而，齐浣有自己的想法，他绝不愿意做一个谄媚的下属，尤其是在姚崇手下。

"管仲、晏子为政之法虽然不能在他们死后仍然发生作用，但至少毕其一生是成功的，而且其法度始终如一。而相公的政策随时事而变，与他们相比，似乎有一定的距离。"齐浣这是在冒弃绝前途的危险，如果姚崇并不似他表现出的那么开朗大度，实际上是个心胸狭窄之人，齐浣耗费了大半生精力赢得的地位与前途，就会毁在这种毫无价值的闲谈之中。

"齐君你是个直率的人，这很好。"姚崇的面色显出了几分沉重，"我一直在想，老夫三次为相，到底能算是个什么样的宰相？"

"相公适时为政，大刀阔斧，不畏权贵，不避时议，应该算得上是一位救时之相。"齐浣讲的是真心话，因为他不想姚崇陷入成功之后的空虚与沮丧之中，朝中还有许多事情没有解决。

"好！能做个救时之相也不容易。"姚崇将手中的毛笔向书案上一丢，高声道。

"相公确是有起大厦之将倾的功绩。"最终齐浣还是决定捧姚崇一句。

就在这个时候，一直静坐在一边的卢怀慎加入了他们的谈话。卢怀慎身前的坐席上横三竖四地摆放着几十根算筹，这时他正一根一根地将它们收入算袋之中。方才，卢怀慎正在计算去年全国的赋税收入，以及朝廷的费用支出情况。结果让人相当沮丧，国库的收支不平衡已经到了一个相当危险的地步。但是，这不是个三言两语就能解决的问题，所以，他谈的是另外一件事情。

"姚相公。"

"卢兄。"虽然世人讥刺穷苦不堪的卢怀慎为"伴食宰相"，言下之意是指他在政事堂中只是为了混那顿宰相的免费午饭,但姚崇在任何时候都对卢怀慎表现出相当的尊重。姚崇心中最清楚,没有卢怀慎的淡薄名利和他所做的无数艰苦细致的工作,姚崇的朝政改革大业就不会有今日的成就。换言之,姚崇深知自己今日的威望与成功是建立在宋璟、卢怀慎和魏知古这些人的工作之上的。

卢怀慎讲得很慢,几乎是一字一顿。他接着齐浣的恭维道:"挽大厦之将倾这是绝大的能力,但是,一个人在这一生当中不可能总有这样的能力。治国、齐家、修身这三方面都很重要,有一方面出了问题,能力就会受到损伤。"

"我听说了,近来京城里对我有很多的议论,而且,我的好名声怕是已经变成恶名了。"姚崇笑了,"但是,虽然老百姓不喜欢变化,我们又不能不有所改变,这可是卢兄你教我的。"

"不是这件事。近来有些流言非语,让我很担心。"卢怀慎表情严肃,但还没有到沉重的地步,"齐君,还是你来讲吧。"

齐浣有些疑惑地望了一眼卢怀慎,突然明白了他的意思。"是这么回事,近来有人在议论姚相公的两位公子。"

"这倒真是个问题。"姚崇对他的两个儿子很了解,他相信卢怀慎与齐浣此时讲出这番话来,必有深意。

15

魏知古完成了东都洛阳的官员铨叙工作之后,给皇上送上了一道秘密奏折,所以,当他刚刚回到长安,立刻便被召进宫中。

"你为什么没在奏章中讲明是谁在干预铨官的事？"魏知古在奏章中主要谈的就是东都的请谒、干预之风犹盛，但他没有点出人名。精明的皇上知道，这不是他的一时疏忽，一定是有所避讳。

魏知古原本有一个圆满的计划，打算欲擒故纵，按部就班地一步一步来。谁想到皇上是如此性急，这反倒让他有些慌乱。

"回皇上，这件事关系到吏治是否能够得到整肃，臣不得不上奏。但是，这又关系到人情，所以臣有些为难。"魏知古的样子似是有些难言之隐，又有些委屈。

皇上对魏知古这个人的印象还是不错，但多半来源于姚崇对他的大力举荐。今日他这种吞吞吐吐的样子皇上不大喜欢，更让皇上担忧的是，皇上自登基以来还没有巡幸过东都，也许东都的情况真的非常糟糕。

"有什么不能讲的？"皇上已经三十岁了，他的能力已经得到了辅国大臣的认同，同时也为他自己建立了应有的威信。

"这件事情关系到姚相公的两位公子，姚彝和姚异。"

"姚崇的儿子？"

"是。这两个人在东都对臣指手画脚，而且，听说有受人钱物的事情。"

"他们都干了什么？"皇上对这个消息非常关心。

这也难怪，皇权虽然是至高无上的，但皇上自己在早些时候由于对朝政不甚了解，而他面对的又是一个千疮百孔的烂摊子，他必须要有姚崇这样一个人来为他主持朝政。也就是说,皇上交出了绝大部分权力,以换取姚崇治国的政绩。另外,由于当年皇上在太平公主那件事情上对姚崇与宋璟的出卖,使皇上欠他们一份巨大的人情。

如今国事已经基本上稳定了下来,姚崇的业绩让人钦敬。然而,在这个时候,皇上觉得,他理所当然应该收回一部分权力,至少也要让凡事专断专行的姚崇重新考虑做臣子应有的态度,遇到大事应当更加恳切地征询皇上的意见,听取皇上的旨意,而不是如前一段时间那样,皇上只是个钤印国玺的人。

从皇上的角度看,这也是他爱护臣子的一番苦心。如果皇上宠信一个臣子到了听之任之的程度,那会非常危险,而这样的臣子也多半不得善终。

如何能够在皇上的权力与臣子的忠心勤力上取得一个圆满的平衡,这就要看君主的驭下之道是否高明。皇上非常想知道他自己是不是一个手段高超的君主。

如果姚崇全力回护他的两个儿子,皇上打算给他一个终生难忘的教训。

这一天的晚宴相当丰盛,皇上的四个兄弟、政事堂中的诸位宰相,还有殿中监姜皎全都有幸参加了这一盛会。

晚宴上,皇上亲自教习的左、右教坊中的乐工、歌妓表演了新近长安最为流行的胡乐与波斯、高丽等国的歌舞。若在往日,皇上此时总是表现得兴味盎然,毕竟皇上是京中少数几个精通音律的贵人之一。然而,姚崇发现,皇上今日的情绪不高,而且相当的不稳定,在酒宴间,他竟当着众人的面,将一名吹错了笛音的乐工赶出了教坊。

这在一向自许心胸宽阔,遇事冷静的皇上来讲是很不寻常的事情。

结果晚宴不欢而散,但皇上把正要随众人告辞离去的姚崇留了下来。

"姚卿,你觉得人这一生什么东西最重要?"皇上的神情严肃,一向悦耳的嗓音也变得低沉了。

由于今晚是那种很随意的宴会,姚崇身上穿的是一件精致的圆领长衫,衣袖又宽又短,那串著名的佛珠显眼地戴在他的右腕上。听皇上问出这种话来,再加上皇上方才的表现,姚崇的表情也郑重起来。

"依臣下看来,每个人的一生首先都是利己,然后才是推己及人。"姚崇回答得很小心。

"这话怎么讲?"皇上破天荒第一次在便殿召见姚崇时端端正正地跪坐下来。

"利人、利己的事情讲起来有些复杂。皇上也知道,臣不是一个经学家,不会什么'白马非马'那种辩论,只能讲一点个人的感受。"见皇上的注意力全部集中在他身上,姚崇接着道:"臣年少之时,住在广成泽边,目不识书,只知射猎为事。四十岁之前,仗剑行于天下,快意恩仇,以侠者自居。那个时候,射猎是为了生活,而行侠犯禁则是为了意气,回想起来,这些都是为己。到了四十岁的时候,臣遇到了张憬藏,教臣以学,至今已经三次入阁拜相。"

讲到此处,姚崇用手捻住长髯,沉吟片刻,方道:"细想起来,臣入阁拜相为的是名,这也是为己。至于说有什么利人的事情,臣想,老臣先后辅佐武太后、太上皇和皇上,总是想做一些不是庸人所能做的事情,使大唐能够大治,国家富足强盛,百姓安乐。臣三为宰辅,日后必然在《唐书》中有传,臣想让后人觉得,臣与魏征、房玄龄等人都是有为之人,这样一来,也就不虚此生了。但这也是为己,只不过,在为己的同时给百姓带来一点便利而矣。"

"那么,依姚卿的这个说法,朕也应当是利己的了?"

若是在往日,姚崇可能会适时地恭维皇上几句。但是今晚不行,姚崇发现,今晚皇上似乎是想与他谈心,所以,姚崇决定有话直说了。

"自古以来,帝王都是利己之人。"这是诗歌中的起兴,姚崇是个天才的演说家,既然要在这么敏感的问题上讲出自己真实的想法,姚崇觉得必须要有一番精彩的论述。也许,今晚是自己第三次罢相的时候了,"率土之滨,莫非王土;四海之内,莫非王臣。大唐疆域所及,全部是皇上个人所有,所以,治国与治家一样,百姓是皇上的子女,或者是家奴,而臣不过是皇上的管家。一个人可以不爱他人,不珍惜他人的财物,但他不会故意损毁自己的财物,破坏自己的家庭,所以,皇上您也是个利己的人。"

见皇上的注意力被全部吸引住了,姚崇的话锋突然一转,"这只是帝王利己的一种表现,这是太宗皇帝式的利己。还有一种,是隋炀帝式的利己。这种利己,严格地讲并不是帝王的行为,因为,他没有把这个天下看成是他真正的个人财产,而是像一个管家侵吞了主人的家产,随时都可能被人追回。这种人没有安全感,对家产自然也就不会爱惜。任何一个亡国之君和败家子都是这个样子。"

"帝王如果要败家应该从哪开始?"皇上对姚崇的这番议

论很感兴趣。姚崇这个人重时务，不喜清谈，皇上听他发这种议论还是头一次，所以，皇上有意想让他多讲一些。

"一般情况下是从任人唯亲，纵情赏罚开始；继之以好大喜功，竭天下以适己欲；接着当然是帝王荒嬉于上，小人弄权于下；最后百姓揭竿而起，国家败亡，改朝换代。"

"大唐朝会不会出现这种事情？"

"已经有过几次了。"姚崇这话可谓是大逆不道，因为，听了这话谁都清楚，姚崇指的是皇上的祖父高宗与伯父中宗，甚至还可以理解为他在暗暗讥刺还活得好好的太上皇。

皇上虽然明明清楚姚崇的所指，但他并没有动怒，他与姚崇在这一点上看法基本一致。"朕是想知道，自朕登基以来，有没有这种恶兆？特别是在任人唯亲这一点上。"

终于把话题引到了我的身上，姚崇暗道，但这是他无法回避的问题。姚崇避席顿首道："皇上，任人唯亲的事确实存在，老臣现在仍然位居宰辅，便是明证。老臣于太上皇与皇上得登大宝无尺寸之功，却劳皇上设计引臣入京，超拜首相，这样做的原因无非是老臣与太上皇、皇上有些旧交，此可谓任人唯亲。其二，老臣拜相以来不足数月，政事堂中的功臣纷纷获罪出京，此可谓权奸当道。其三，老臣不能谏阻皇上对声色犬马、锦绣重宝的爱好，这是为人谋而不忠。其四，老臣……"

"算了，算了。"皇上笑了，"你不是奸相，朕也算不上是一个昏君，这一点你我都清楚，用不着过谦了。"

皇上对今天的谈话很满意。他满意的并不是姚崇的议论，而是他的胆量。没有人敢在皇上面前这样评价自己，皇上对此有些感慨。如果皇上不知姚崇的为人，对权谋过于用心的皇上会以为这是一个大奸大恶之人在为自己邀功取宠。

当然,由于姚崇对皇上给他的莫大荣宠一直表现出一种毫不在意的轻漠,也让皇上时时感到一丝失落的怅然。

"姚卿,咱们君臣说点轻松的事情。"皇上突然将话题一转,"你的儿子们怎么样?是不是像你一样有才干?现在是什么官职?"

"臣有三子,两个已经成年,长子姚彝,次子姚异,都在东都洛阳。"姚崇心想,这也许才是皇上今晚真正想说的话,"只是,犬子为人多欲,而且倚仗皇上对臣的宠信,行事放肆,不知自律。"

"卿从何处得知?"

果然如此,卢怀慎提醒得再及时不过了。听皇上的口气姚崇便能判断出,他两个儿子的不法之事已经传到了皇上这里。"知子莫若父,这种事情不用去听别人讲。这次铨叙官员,魏知古在东都主持。魏知古是臣一手提拔上来的,犬子无知,一定以为魏知古会对老臣感激不尽,容忍他们胡作非为,所以,收受钱物,为人请托谋干的事他们是做得出来的。"

这样的回答与皇上的设想相去甚远。皇上以为,姚崇一定会为他儿子百般开脱。到那时,皇上至少可以借机挫折姚崇在朝堂之上的托大与专擅,让他有所警惕与收敛。中宗与太上皇时代皇上深有体会,虽然天下仍是李家的天下,皇位又回到了李氏子孙手中,但人们对皇上的尊重只是停留在揖拜舞蹈上,而真正受人尊重和畏惧的则是权臣与外戚,如武三思和太平公主这样的人。

皇上自觉有雄才大略,否则也不会成就今天的局面。他在重振朝纲,使大唐国富民强的同时,念念不忘的就是皇权。作为大唐朝的皇帝,怎么能够没有太宗皇帝和武太后那样无可争议的权威呢?这是他的理想。要达到这个理想,抑制外戚,重整边兵当然是必要的,但更重要的是宰相的权力。相权过重,皇权自然就会被削弱。

姚崇的坦诚使皇上又有了新的想法。眼下这个时候不是削减姚崇权力的最好时机。目前大唐帝国的文治武功刚刚有了一些眉目,而这一切全部有赖于姚崇的才干,这个时候不要说是削弱姚崇的权力,只要外界有传言说皇上对姚崇的宠信有所减弱,在整个帝国都会产生深刻的影响,已经取得的成绩甚至会丧失殆尽。

好在年轻的皇上对政局的发展有着比较清醒的认识,对自己也很客观。皇上自己虽然有勇气,有才干,够狠,够大胆,但他对政事仍然缺乏经验,没有太宗皇帝与武太后那种在许多事情上高出臣子一筹的谋略。然而他有时间,姚崇今年六十四岁了,再执掌朝政三五年的时间应当没有问题,而这段时间正是皇上磨练自己,增长才干的好时机。届时,姚崇告老还乡是必然结果,而新进的宰相就绝不会再享有姚崇的权力,当然,他们也很难会有姚崇这样的才能。

想到此处,皇上现出了满面的惋惜与同情,道:"姚卿,魏知古确实已经上奏谈及你的两个儿子,但是,你这样讲就等于葬送了亲生子。"

"皇上,孽子为人不谨,自招其祸,这也是罪有应得,请皇上将其依法论处。"姚崇表现出的恳切与哀伤相当感人。

"姚卿,虽然事关国法,我不能法外施恩,但是,魏知古也只是风闻言事,并没有切实的证据,朕不好就此将他们二人定罪。我看,这件事情就到此为止吧!"

"这件事情如就此不再追究,怕是影响很大,弄不好,朝中刚刚整肃的风气会由此而变坏,还是请皇上降罪为上。"

这一转眼的功夫,倒变成了皇上为姚崇的两个违法的儿子讲情了。

"也罢。朕听说,你这两个儿子本来很能干的?"皇上有了新的主意。

"孽子只是小有才,未闻君子之大道也。"

"那你就写封信教训他们一下,让他们改了坏毛病,接着为大唐出力就是了。"虽然人的恶习是很难改掉的,皇上暗想。

"若皇上一定要宽恕他们,请将他们斥出东都。他们做个小州的司马也许还能胜任,即使不能胜任,也不会再闯大祸了。"

"就这么办吧!"

"多谢皇上对老臣的厚爱。"姚崇大有老怀得以宽慰之情。

"但是,还有一个难题。"皇上关爱备至的表情突然间改换出一副怒容,"魏知古这个人,朕一向以为他有一点才干,人也还正派。但这一次,他怎么会干出背弃恩人,卖友求荣的事来?这样的人还能用么?"

出了这么一档子事,姚崇与魏知古无法再在政事堂里共事了。

"请皇上息怒。"姚崇再一次避席顿首,"这件事完全是孽子无行,才惹出事端,魏侍中只是据实上奏,份所当为。"

"一个不入流的小吏,被卿奖掖提拔,以至于入阁拜相。他却不思报恩,反而以风闻之事构陷恩人,这样的事情朕实难容忍。我看,贬为远州刺史对他倒是个好出路。"

"皇上,倘若皇上因臣的孽子这件小事而斥逐了魏侍中,天下人会以为皇上太过宠信老臣,这会影响皇上英明的声誉。"姚崇不停地顿首,但没有到额血长流的地步。

到了这个时候,皇上对自己很满意,对姚崇也很满意。皇上自己对这件事处理得很得体,而姚崇也没有像那些沽名钓誉的大臣们羞羞搭搭,装模做样。皇上相信,姚崇为魏知古求情是真诚的,因为他们曾是非常好的朋友。对于少年时代生长在民间的皇上来讲,"朋友"这个词意义重大。而姚崇也是皇上的一个朋友。

16

五月二十五日,皇上通过中书省下了一道制书,侍中、同中书门下三品魏知古被降职为六部当中最没有影响力的工部尚书,政事堂中又出了一个空缺。

当然,对政事极为敏感的长安人通过这件事情也认清了形势,姚崇的地位坚不可摧。但姚崇心里并没有感到一丝的快慰,毕竟,一个多年的朋友就这么背叛了他,这让他很难过。就在这个时候,有那些个没眼的官员到姚崇面前献媚,意图有所收获,却被姚崇一个个贬出了京城。

可喜的是,大唐朝终于显露出了中兴强盛的征兆,吏治日渐清平，百姓的情绪也由于年轻皇上的果敢与姚崇铲除奸恶的强硬手段而受到了鼓舞，尾大难制的各大都督府的骄兵悍将们也终于向手段灵活的中央政府低头了。

大唐开元二年六月初二，皇上将他的四个兄弟任命为大州刺史，即时出京到任。但每季可有二人入京与皇上相会，以解皇上思念兄弟之苦。这样一来，皇家的这件复杂得让人头痛的事情终于有了一个完满的解决。

不幸的是，到了七月，大唐遇到了一场灾难，前不久决定重建营州的事情出了问题。薛讷率六万大军出檀州攻击契丹，被契丹伏兵在滦水山峡中将唐军截成数段，死者十之八九。

对于这场损兵折将的大败，姚崇心中有说不出的难过。当初他进京的时候曾以一种近乎要挟的方式请求皇上答应三十年内不邀边功。然而，自己却有违初衷，没能尽全力谏阻皇上重置营州的打算。

姚崇心中常常在想齐浣的话，自己确实只是一个救时之相，救大唐一时之急而已。

转眼间两年过去了，到了开元四年的十一月。

"我老了，活不了几天了。"卢怀慎与长安的其他人一样，忌讳讲死这个字，但他这一次着实病得不轻。

"老师不必担心，很快就会好起来的。"卢从愿是卢怀慎最赏识的学生之一，刚刚从外州赶来，探望病重的老师。

刚刚从贬所被招回京城的宋璟也来了，但一直跪坐在破烂不堪的板门边，始终未发一言。宋璟与卢怀慎是老相识了，也是他的后辈，虽然宋璟的职位曾一度比卢怀慎高许多，但他也受过这位老前辈的奖掖与提拔。同样,如今朝中有几个忠直之臣没有受到过这位穷宰相的关照?但宋璟的哀伤并没有表现在脸上。

"宋璟,你过来。"卢怀慎讲话已经有气无力了,"李杰和李朝隐没在京里,日后你们把我的话告诉他。"

宋璟、卢从愿、李杰、李朝隐这四人是卢怀慎最赏识的四个后辈。

"你们听我说,大唐如今总算是安定下来了,但有些事情我仍不放心。"卢怀慎此时面色青黄,抬头纹已经散乱不堪了。"皇上是个好皇上,但他太年轻,即使再过二十年,他恐怕也仍然是个年轻人的心性,这一点不好改变。你们要做的事情,就是要非常非常小心地挑选在皇上身边的人,不能让奸邪之徒把他引入歧途。我和姚相公去了以后,一切全靠你们了。"

说着,卢怀慎伸出瘦骨嶙峋的手,拉住宋璟的衣袖,"不要太耿直,这位皇上受不了骨鲠之臣。凡事从大处着眼,只要于家国有利,不要在乎自己能不能进先贤传,必要时,要点手段不要紧。"

"您教训得是。"两年前,宋璟只因在殿前监督杖责办事不力的官员不够严格,便被皇上贬出了京城,而真实的原因是皇上受不了他那种魏征式的诤谏。

"姚相公怎么样了?"卢怀慎艰难地问。

"已经送信去了,说是这就到。"卢从愿道。

就在上个月,人们刚刚安葬了六月份驾崩的太上皇,举国尚在服丧之中。而姚崇此时也因病重,正住在罔宁寺中静养。

说是静养,朝中的任何一件大事皇上仍然派人去征询他的意见。

姚崇的车马与煊赫的仪从进不了卢怀慎居住的陋巷,他只能由家人搀扶着走进这条泥泞破败的小巷。

"卢兄,你何必如此自苦哇!"眼前的情景让姚崇不禁老泪纵横。

长安十一月的天气,早已是天寒地冻了。而卢怀慎这位重病在身的当朝宰相,身下却没有一张价值几十文钱的犬皮,只铺了一块烂棉絮。他身上盖的是一床粗缯缝制的棉被,早已破败了,露出几大块灰黑色的棉花。

"你的病怎么样?"卢怀慎让与他相依为伴的老苍头扶他坐了起来,"我知道你病重,但我怕是要先走一步了,有几句话想对你说。"

这时,卢怀慎出人意料地向宋璟等人摆了摆手道:"你们到外边等一小会儿。"

破草房中只剩下卢怀慎与姚崇两个人。一阵寒风袭来,天上飘起了大雪,到处是洞的破草房根本挡不住这场突如其来的风雪。

卢怀慎吃力地从身后拉过一张破烂的蒲草坐席,对姚崇道:"拿着,权且挡一挡。在长安,最难捱的就是冬天。"

姚崇拿着这张席子,口中不知说什么是好。

"还是说正事吧。"卢怀慎从怀中摸索了半天,取出一封奏章来,"这是我最后一道奏章了,烦劳元之代奏。"

"我一定办到。"姚崇将奏章仔细收入袖中。此时,他刚刚从震惊中醒转过来。

"我这一生虽没做过什么大事,但与你在政事堂中共事一场,也算不枉此生。只是,后边的事情就偏劳元之你了。"

"卢兄尽管放心。"

"我在奏章中举荐了宋璟他们四个人,这我以前也和你谈过。如果可能,请你与我联名上奏。"

"这正合我意,我愿附骥尾。"

"朝政上的事情我没有什么好担心的,但是,有一件事我一直想问你。"卢怀慎的目光探寻地停在姚崇的脸上。

姚崇在静候下文,没有插言。

"姚兄,你三任宰相,后悔过么?"

姚崇沉吟了半晌,坚定地答道:"不,没有什么可后悔的。"

"但是,身为宰相,一个小小的失误,就可能毁了千万人的生计,而最可怕的是,有的时候自己犯了错误竟无法察觉。"卢怀慎的声音里充满了感伤,枯涩的双眼闪出两滴泪花,"往者往矣,但愿有什么报应都应在我身上吧,可不要找我子孙的麻烦。"

"我没有卢兄的好运气,我的儿孙们都不成器。"姚崇此时只有苦笑的心情了。

两人说话间,老苍头托着一只食盘进来,盘子上放着两只还在冒着热气的瓦钵,里边是蒸烂的黑豆。这是卢怀慎的晚饭。

"请尝一尝。"

姚崇用手捏起几粒放入口中,在他的府邸里,这种东西是他那十几匹好马的饲料。

"放上一点盐就有味道了,如果再有一勺猪油浇在上面,那就是无上的美味。"

终于,卢怀慎没能吃完这最后一钵豆子,瓦钵一歪,便逝去了。

这段史事到这里大约也可以算是一个段落了。虽然唐明皇晚节不保,但在他登基之初,确是一个开明的君主,他与姚崇、卢怀慎、宋璟等人为后人所谓的"开元、天宝盛世"打下了坚实的基础。

卢怀慎去世不久,多病的姚崇也罢相回家了,朝政交给了宋璟、李朝隐等人。

再后来,皇上慢慢赢得了他应有的权威,也有机会展示他天性中喜爱美好事物的一面了。但是,从体制上讲,封建王朝中的皇上不应当有人的特征,因为他不论爱好什么东西都是危险的。爱好美好事物,当然离不开宝器、锦绣、美色与游乐,将国家导向侈糜与虚弱是必然结果。

再到后来的事情,每一个爱好历史的人都清楚,就是可怕的"安史之乱",但那是另一段史事,那时的唐明皇也不是这个时候的皇上了。

恭贺新禧

1

我叫郑三泰,九十多岁才开始写回忆录,确实有点晚了,只能就记忆所及,写点人生片断。那是1936年1月18日,农历腊月二十三,日本人鼓动的"华北自治"闹得正凶,"一二九运动"还没完全结束,宋哲元出面组织冀察政务委员会,被民众骂作一窝汉奸。我在这一天回到天津,带着女儿嫣然。为党组织做了将近十年的地下工作,我居然能全须全尾回家,生活真美好,活着真好啊。

我们赶到家时天已黑透,早就过了饭点。我岳父岳母依旧住在河北十字街的大杂院,见我回来面色很难看。老邻居仍然是媒婆王三奶奶、"揣骨相"的孙瞎子、"说新闻"的汪记者、"高买"陈自由,还有刚搬来不久的照相师傅张府行。他们见到我时笑得怪模怪样,讽刺我说,新姑爷发财回来啦,"富贵不还乡,如衣锦夜行"啊。十一年前,我结婚不到一个月就离家,今天才回来,邻居们自然要替我太太桂芝打抱不平。桂芝将我拦在院中,指着嫣然问,这是你闺女?嫣然12岁,很容易被看成是我的亲生女儿。她原本就胆大话多,见情形不善,便也指着桂芝问我,老爸,这是你的二太太吧?二娘好,我是长房大小姐郑嫣然,给您见礼了。她言罢鞠躬,周围看客一片哗然。我岳父岳母脸上更难看了。倒是桂芝平静得很,对众看客道,叔叔大爷们,没什么好看的,散散吧,别误了"祭灶"。

腊月二十三过小年,对天津人是件大事,院子里很热闹。陈自由偷偷地把孙瞎子的鞭炮换成一串干辣椒,让他点了半天也不响。汪记者说陈自由这是"抓现挂",明天他在书场就拿这事"圆粘儿"。最后还是嫣然指点孙瞎子把鞭炮放了,他很感激,摸了摸嫣然的头,说这孩子头角峥嵘,一品诰命夫人那是手拿把掐。果然,三十年后我女婿荣升副省长,那孩子有个难听的绰号叫"么鸡",这是后话。

当晚岳父把我晾在一边,独自给"一家之主"供关东糖、粘糕、草料和一碗清水,上香礼拜,燃放鞭炮,然后他又特地回屋取了一杯酒泼在灶门上,这才将已经破旧的神像焚化。做这一切时,他口中不住祷念,上天言好事,上天言好事啊。我知道,岳父必定把嫣然当成了"家丑",是来历不明的"野孩子",所以他才取酒醉倒灶王爷,让他见到玉帝时好说不清道不明。不过,对于嫣然来讲,我却是她"如假包换"的亲生父亲。"四一二"反革命政变后,中共中央把我从北伐军中抽调到上海。为了让我有一个完整的身份,领导安排我伪造护照和结婚文书,与嫣然的母亲在上海申报户口,孩子自然用了我的姓。我和她们从未在一起生活,但为了保护我不受多事的邻居和租界巡捕怀疑,她母亲一直告诉嫣然,说我是她的亲生父亲。嫣然也从未怀疑我这个每年只回两三趟家的父亲会有假，但我却知道，她的亲生父亲在她刚出生不久，便牺牲在国民革命军东征陈炯明的战斗中。

　　回天津之前我便拿定主意，宁可我背黑锅，也不能让嫣然发现自己是孤儿。只是，岳父岳母都是四邻当中有名的厉害主儿，这一关很难过。果然，当我拉着嫣然正式认亲，让她叫桂芝"大娘"，叫我岳父岳母"姥爷、姥姥"时，岳父止住嫣然下跪行大礼，冷冷道，别，不敢当。桂芝显然赞成她父亲的主意，只淡淡对我说，公婆去年被警察抓了，听说关在北京的草岚子监狱。我父母会因为什么事被关进监狱？这让我百思不得其解。正疑惑间，岳父对我说，这家里没你的地方，你带着外室的孩子另找房住吧。就这样，我们父女被赶了出来，连同我孝敬二老的那盒小八件点心。报纸上说，昨夜天津奇寒，摄氏零下15度，地上冻出裂缝，街边"倒卧"数百。我一手提着柳条箱，一手牵着嫣然，沿小关大街往西走。天上没下雪，但有风，小刀般尖利。我解下围巾，把嫣然的头脸包得严严实实，免得冻伤。去年七月，中共中央局遭到国民党特务的第四次大破坏，嫣然的母亲牺牲了，嫣然也被二房东赶出家门，不知去向。此后，中央局不得不撤出上海，分散隐蔽，领导给我的命令是回天津待命。虽然几年前我在上海和南京就有案底，而且无法判断自己的身份是否暴露，但我绝不能放弃嫣然。为此，我昼伏夜出，找遍上海各个角落，终于找到已经沦落为流浪儿的嫣然，然后带着她伪装成安徽难民，在长沙、武汉、郑州一线流浪了半年多，直到发现"缉拿逆党名录"上并没有我的名字，这才动身回家。不想，回家的结果却是被拒之门外，父母又被捕入狱，我只能面对寒风，鼓励自己道，干革命总是要付出代价的。嫣然也慨然道,"青山不倒,绿水长流"。我问,你说咱们怎么办?她说"山不转水转"嘛。我明白了,孩子虽小,却超乎寻常的有见识。

2

几十年后我才得知,当时天津的地下党组织也遭到了多次破坏,能联系得上的党员只剩下一二十人。不过,我不归天津市委领导,我的组织关系暂归中共北方局,只是,北方局已经与党中央失去联系将近一年了。当我与北方局接上组织关系之后,领导让我先安顿好自己,做到"公开化、社会化、职业化",随时准备为党献身。虽然领导暂时没给我安排工作,但我自己却不能闲着,必须得主动为参加工作创造条件,这是一个地下工作者最基本的自觉。要想将身份"公开化""社会化",就得有亲友、邻里作证人,最简便的办法仍然是回家。腊月二十五一大早,我带着嫣然再次回到十字街大杂院——我从房屋掮客手里租下了空置的门房,每月租金一块九,约合一袋五号白袋面粉。

年根底下,所有人都忙。我岳父好像仍然没有职业,守着天津卫老爷们儿的传统——好汉子不挣有数的钱,每日出门"找饭辙";桂芝在毛纺厂工作,两班倒;院中的江湖人都想赶在节前多抓挠几个钱,早出晚归。岳母正用粉连纸糊窗户,见我往门房里搬家,便奓撒着两只沾了糨糊的手冲上来拦阻,话头很不好听。我能体谅她的心情,当初党组织派我去广州革命政府公干,原说只需半个月的时间,却一去十一年,每年也不过是往家里写一两封短信，发信的地址还都是假的，无处回信，难怪他们生气。不想，正在门房里打扫的嫣然听不下去了，拎着笤帚走出来，与她姥姥一番理论，话不多，但一句顶一句，噎得老太太一愣一愣的。下夜班在房中睡觉的桂芝走出来劝阻，却越劝越乱。从此，我们父女二人虽然住了下来，但嫣然和她姥姥算是结成了斗嘴的冤家。嫣然的母亲也是天津人，口音与她姥姥相似，这一老一小，三日一小吵，五日一大吵，很是乐在其中。我实在管不住嫣然这孩子，也不必管，因为她虽然年幼，胆气见识却不同寻常，说话行事多半都在理上。当然了，"公开化""社会化"并不一定都得睦邻友好，吵吵闹闹也勉强符合党组织的这两项要求，只是有点不大安静罢了。

除此之外，"职业化"也要抓紧落实，这是因为，租房子所需的"一茶一定一来人"相当于三个月的房租，已经把我的钱包掏空了。在外边这十来年，我干过不少职业，杂而不精，如今要想找工作，得走最简便的路子——找同学亲友帮忙。我是河北法商学院的毕业生，同学们大都在政商两界。我的同学也是我的表哥赵倾城，保荐我到太谷洋行轮船部当跑单，就是舱位推销员，同时代售船票。十几年没见，赵倾城胖大发了，但依旧是满脸跑眉毛的表情。他是轮船部的职员，有固定薪水，还有外快。我当跑单，没有底薪，得了提成还得给他交份子钱。赵倾城郑重道，这年头儿什么地方都得润滑一下，份子钱是公司常例；可别说我没照应自家亲戚，公司照例要收的"押柜"钱没让你出吧？那是我替你做了保人，你若跑账，扣的可是我的"押柜"。我千恩万谢，说拿了提成就请你听戏。

赵倾城说这才像亲戚说话。临分手,赵倾城塞给我五块钱,说是过年给孩子的压岁钱。他此前根本就没问过我是不是有孩子,但必定是看出我的日子过得窘了,找个让我不难堪的由头接济我。我紧攥着那五块钱抱拳拱手道,必不让表哥失望。

我回到家时,嫣然已将门房打扫得干干净净,窗户上也糊了新的粉连纸。此时她正在做饭,花盆炉子上坐着铁锅,里边是冻豆腐烩白菜,锅边贴着玉米面饼子。我把一只旧木盆翻过来当饭桌,直接把铁锅放到盆底上,嫣然坐一只破旧的铁皮饼干筒,我坐两块半头砖。嫣然抚掌道,对不住老爸,也没给您弄壶酒,年三十儿再说吧。我掏出赵倾城给的五块钱,跟她商量,明天我得去北京看看你爷爷、奶奶,来回车票就得四块多。她一摆手,您去您的,替我给爷爷、奶奶磕头拜年,说我等过了十五就去看他们。我接着跟她商量,那就等我回来再找钱办年货?她一笑,您还不知道我?饿不着。门一响,孙瞎子让徒弟"么鸡"给嫣然送来两只白馒头和两个肉丸子,嫣然把比她高半头的么鸡按在水盆边,疾风骤雨般洗净他脸上和手上的鼻涕、泥土,便把他揪到铁锅边一起吃饭。然后她收起那些馒头和肉丸,从我原打算孝敬岳父的点心盒子里取出两块枣泥白皮和两块核桃酥,在盘子中间摆放整齐,对么鸡道,一会儿吃饱了,把这个给你师娘送去。么鸡头扎在铁锅里,不住点头。嫣然又厉声道,不许偷吃,舔也不许舔。么鸡头扎得更深了。看来,不到一天的工夫,嫣然便已经在院中收服了一个"手下",并且结交了一门"盟友"。于是,我这当父亲的不禁心中大悦。

我跟嫣然一起流浪了半年,这期间一直是她当家管钱。

从闲谈中我得知，平日里她妈妈在外边为党工作，顾不上照应她，所以，她从六岁开始就当家过日子，已经习惯了，而且干得很像样。又有人敲门，是我岳母，说老爷子有话跟你说。我跟着岳母往上房走，嫣然揪着么鸡，端着点心盘子也跟出来。我岳母拦着她说，小孩子别掺和大人的事。嫣然说，我得看着点，免得你们难为我老爸。

上房三间，桂芝单独住一间，我岳父岳母住两间。我岳父坐在堂屋的榆木圈椅里，脚边是火盆，手里是小叶香片，也没给我让座，声震屋瓦地咳嗽一声，然后便是长篇大论，内容自然是我的不仁不义不忠不孝。我和嫣然就站在火盆对面听着，这是做小辈该当要有的规矩。等到岳父终于讲完，岳母从里屋捧出个小布包，一层层打开，里边是梅红全帖和大红烫金的婚书。岳父又道，我和你父亲当初定下这门婚事，最重要的缘由是"门当户对"；不曾想你小子不成器，你父母又都蹲了大牢，所以，这也就变成"门不当，户不对"了。说到此处他停了下来，让我岳母替他续上茶，同时拿眼盯住我，等我有什么话说。我没话，这是因为，此时此刻，错处全都在我，无颜自辩。岳父接着道，小子，不是我不让你过好年，是你不让我过年；你韩五爷在天津卫是响当当的人物，胳膊上跑得马，肚子里能行船；你不回来还则罢了，你今天回来了，这件事不料理清楚，韩五爷大年初一就没脸出门拜年。我也是天津卫的娃娃，到这个时候要再听不出意思来就不对了，但我又不能顺了岳父的意思，便道，我父母不在家，您就是两家的当家人，只要认下这孩子，给您二老当牛作马，就是我的福报。岳父把茶碗放下，走到我的近前道，我不让你当牛作马，我让你跟我闺女离婚。我还没说话,嫣然抢道,您老人家这是唱戏哪,嫌贫爱富老员外,捧打鸳鸯两离分?现在民国了,这件事得先问问我二娘。我连忙低声纠正她,是大娘。嫣然道,好吧,请我大娘出来吧。

唉呀,真是好闺女,知道她老爸在哪吃的瘪,也知道救星在哪。我记得清清楚楚,桂芝娴良淑德,温柔体贴,好媳妇的优点一样也不少。只要能跟桂芝搭上话,我有信心让她重拾夫妻恩情。蓝布棉门帘一挑,桂芝走了出来,原来她一直在里屋听我们谈话。桂芝瞧了瞧我,又看了看嫣然,这才对我道,滚出去。

3

腊月二十六,我乘夜车去北京探望父母,下午回来去轮船部上班。赵倾城把我找去笑道,表弟,我知道你手头紧,给你找了个捞外快的机会,这是"提货单"。他神秘地拿了张纸条给我看看,又收起来。他是让我帮他接一件"货物",英国格兰特号客货轮上的乘客,因为天津港封冻,"货物"从秦皇岛乘火车来天津。我太了解赵倾城了,他的这番做作表明,其中必定有"猫腻",但谁让我人穷志短呢?不能不去。站在天津东站,手里举着接人的纸牌,我很有些感触。当年,我就是从这里上车,护送一位重要的苏联客人从塘沽乘船去广州的,一去就是十一年。这次我又来到天津东站,接人的纸牌上写着俄文"布列金",这是"提货单"上的原意。

有些日子没带嫣然出来玩了,我把她带来权当春游。突然有人拍我肩膀,叫了声"郑三泰",这是我在天津的名字。来人是我另一位同学的哥哥王新武,灰色礼服呢中山装、盛锡福礼帽、三接头皮鞋。我叫二哥,嫣然也叫伯伯好。我说原打算过几天去府上拜年的,二老一向当我子侄一般,他们都好?你弟弟也高升了吧?王新武叹了口气道,托你的福,二老都硬朗,就是我弟弟去年惹上官司,二老不开心。

啊,为什么?共产党。他不是在市政府工作吗,你没护着他些?唉,"革命尚未成功,同志仍须努力",大义当前,亲弟弟又怎么样!他犯的什么事?跟你府上二老同案。

言罢,王新武用目光深深盯了我一眼,又看看嫣然,再四处扫视一番,拿张名片握在手心里向我一晃,便径直进站去了。我瞄了一眼名片,职务一栏印着"天津特别市党部副干事长"。三十多岁就当上特别市这一级的副干事长,王新武升官有道。他弟弟跟我父母同案?昨夜我坐四等慢车去北京草岚子监狱探望父母,没见着人。狱警说,你爸妈是政治犯,共产党,不许接见。可是,我父母在家里从来也没讲过任何进步话题,甚至因为我在学校参加进步集会,还被父亲用鸡毛掸子暴打了一顿,他们怎么可能是革命同志?最近两年,国民政府公开和秘密抓捕了大批共产党人,沾上政治犯的边,我父母和王新武的弟弟都凶多吉少。我转念又一想,不对,要出大事,市党部的副干事长是多大的干部,怎么可能平白让我在年根底下遇见?我再向四下里望去,凭多年斗争经验,我迅速在接站的人群中辨别出装扮成脚夫、检票员和各色闲人的侦缉队探员,这些家伙远远在我周围形成两个半环形。

嫣然也发现不对,便问,"哪块云彩变色了(出什么事了）"？我说"风紧（有危险）"，"点子嗨（坏人多）"。她问"黑的白的（警察还是特务）"？我说"杂拌儿（各种坏人都有）"。她问，咱们"乘船还是坐轿（用哪种方法撤退）"？我说，"字号"亮了，不是"盲棋"（对方已经认出咱们了）。

这些对话，都是我们爷俩长期躲避追捕时自创的一套简单明了的暗语，也顺便借这个机会教她读书写字。因此，当嫣然听到"不是盲棋"的时候，便突然坐在地上，两腿乱蹬，嚎啕大哭起来。我假作哄她，爷俩凑近简短一商量，我便将她背起，手中依然提着那块纸牌，径直向候车室跑去，身后的"点子"们也跟着我开始移动。候车室的女厕所门前有几位女士在排队，我只好一路道歉，说孩子"跑肚"，便将嫣然送进去，然后焦急万状地等在厕所门口，纸牌抱在胸前，同时伸长脖子往出站口看，做出担心错过客人的样子。我心中想的却是，我的身份没暴露，平日也没有被监视的迹象，今天怎么就被特务盯上了？会不会是因为这个"布列金"？

嫣然在厕所蹲了将近一个小时，中途还请人出来让我买了两次厕纸，我都让帮忙的女士带话进去，告诉她"小心蹲稳了"，"别弄脏裤子"。等到我背着嫣然回到站前，乘客早已经走光了，只剩下"点子"们列队在候车室门口，不由分说，便将我们爷俩拿住。该死的，我突然明白了，原来我是赵倾城安排的诱饵，目的是把警探的注意力引开。我们爷俩被关进站前派出所，晚饭一人一个拳头大小的窝头，外加给我一顿暴打。嫣然边嚼窝头，边替我擦净口鼻上的血，又让我张嘴察看有没有牙齿松动。她说牙没事，窝头是新棒子面，挺甜，一会儿您尝尝。我装难民流浪期间，打人挨打是常事，嫣然已经习惯了。天黑之后,警探把嫣然带了去,一小时后才回来,居然给我带来一只德州扒鸡的鸡腿。我问"哪家寿头码子(见的什么人)"？嫣然向身后使了个眼色,示意有人偷听,同时天真道,有位"翅子"请我吃扒鸡,天上一脚,地下一脚,聊天来着。接着警探把我提了去,审讯者果然是位高级警官,他指着我那块纸牌让我念上边的字,我说不会念,照着抄的。警官拿出张纸条来给我看,问是不是上边这几个字。我装作不懂俄文,只说前边几个字母有点像,因为我发现,这张纸条上的字与赵倾城给我看的不同,赵倾城给我看的那张纸条上只有"布列金"几个字母,而这张纸条上写的却是"别列金·艾特马托夫"。警官又问我,谁让你来码头接人的？我说还能有谁,我在太古洋行轮船部跑单,正常业务嘛。太古洋行轮船部存有大量乘客资料,从里边找出一个叫"布列金"或"别列金"的俄国人不会太难,拿错单据接错人也是"跑单"常有的事。接下来我又挨了一顿打,但我能感觉到,打我的人已经对我没什么兴趣了。

第二天我们爷俩便被放了出来。我买了一小蒲包水果,乘电车直奔赵倾城家,因为对方父母是我的姨父姨妈,空手上门大不敬。王新武正在赵家的客厅里跷着脚喝茶。赵倾城对我拱手道贺,王新武拉住我的手着实亲热。我先带嫣然去给我姨父姨妈见礼,把她留在我姨妈屋里玩,然后回来与王新武和赵倾城坐定说话。赵倾城说,昨天有一件至关重要的"货物"到天津,却不小心走漏了消息,市公安局想拿到这件"货物",在东站派了大批人手。王新武拍着我的后背亲热道,没办法,给老弟添麻烦了,保你出来的手续办得还算快。

看来他们是一个做非法生意的集团,我突然从中发现了一线机会,如果我能打入这个集团,并站稳脚跟,或许对日后为党工作大有益处。于是我故做怨愤,试探道,十来年没见,你却把这么重要的工作交给我,信任过头了吧?赵倾城道,表弟你别生气,能不能信任,得从事上看,你在侦缉队只字未露,这就证明你还不错嘛;其实,王二哥很早就对你印象极深,评价也高,听说你来找我,就让我把你安排在轮船部,以图日后共谋大事;要不是这次事情急,又赶上过年,实在无人可用,也不会找你这个生手。我怒道,要是我昨天没顶住,把你们供出来呢?王新武笑道,你就算招了也没什么,别列金·艾特马托夫只是格兰特号的普通乘客,昨天夜里已经被英国巡捕从俄国大院抓走了,估计这会儿正叫屈哪。我故作恍然道,原来我只是第一只诱饵,别列金·艾特马托夫是第二只诱饵,那"货物"是谁?王新武大笑起来,咱们的买卖风险大,哪能不多留几手!他没回答有关"货物"的问题,只是与赵倾城相视一笑道,你先带着闺女回家过年,日后共事的机会还很多。你老弟骨头硬,靠得住,我没看错人。

临出门我问,二位做的是哪路生意?王新武揽着我的肩头往外送,高声笑道,"生意"是江湖,骗人的。然后他在我耳边悄声道,这年头儿有担当的人不多,老弟你经得起考验,日后哥哥带着你发财,其他的先别问,日久自明。我突然明白了,这件事本身就是一个局,完全是设计出来"考验"我的,侦缉队得到的错误消息,应该就是他们提供的。如果为了考验一个即将"共谋大事"的同伙,我也会这么干。看来,他们当真是想吸收我入伙。果然,几天之后,当我经历了平生最严酷的考验,才真正了解到,王新武掌握着中国北方一个巨大的走私网,不论是"货物"转运,还是"人员往来",只要是有钱赚,没有他们不敢干的。我认为,王新武的这个巨大的走私网,或许就是我为党献身的"本钱",因为,党中央此刻最艰难。一旦中央与北方局取得联系,必定急需天津这个国际化大都市的各种资源。

回到家时,大杂院的人们正在忙着宰鸡、炖肉。"二十六炖大肉,二十七宰公鸡",这是天津年俗,也是大杂院的邻居们相互比较一年收入的最佳时机。我岳母正带着桂芝在院中的大灶上忙着蒸碗肉,案板上一排排的大海碗里,是条子肉、方子肉、核桃肉、腐乳肉、米粉肉和四喜丸子,旁边花盆炉子上蹲着一只大肚小口的坛子,口上封着皮纸,没有一丝水蒸气冒出来,必定炖的是香糯无比的坛儿肉。嫣然明显被院中的热烈气氛刺激了,扬声狂叫么鸡出来帮她宰鸡。方才告辞时,赵倾城代表我姨父姨妈送给我一只大公鸡和一方肉,说是为我们添年货。嫣然从小就跟她母亲按天津风俗过年,对这些事热衷得很,为此常被上海人耻笑"乡土气",她却毫不在意。

看着赵倾城送的年货,我便又想到"布列金"这件事。他们为什么会选上我呢?还是嫣然的话一针见血,她说,他们找上你是"宋江结交卢俊义——拉好人下水"。言罢,她便带领么鸡,声势浩大地在院中与那只鸡和那方肉展开了激烈的搏斗,明显是在与我岳母唱对台戏。桂芝忙碌中偶尔向我们这边看上一眼,目光幽幽的,让我不由得一阵心痛。

4

"二十八,把面发"。早上我刚起床,便看到嫣然挽着袖子在灶下和面蒸馒头。桌上已经蒸好的有豆包、水晶包,还有她用剪刀、梳子雕出的金鱼、刺猬、小老鼠等各色花糕。我说我去上班了。她说你先帮我把刚出锅的馒头点上红点儿,吃了早点再走,回来别忘了买"吊钱"。

年根底下,街上行人如织。从"东北易帜",一直到去年币制改革,将近十年的时间,天津比我离开时要发达数倍,但世界经济危机闹得天津市面已见萧条,加上日本人向华北步步紧逼,所以,从行人手中的年货便可看出,天津百姓已经开始谨慎持家了。这就像汪记者的"段子"里说的:小日本儿小肚鸡肠,眼皮子浅,见不得中国有钱,受不了中国老百姓吃鸡鸭鱼肉吃狗不理,他们自己只能吃臭咸鱼罗卜饭,所以才光着腿,踩着"板凳"漂洋过海跑过来抢劫⋯⋯

今天我没直接去上班,而是乘电车去了英租界登百敦道的东亚毛纺厂。桂芝在这里当毛纺工人,每天工作12个小时,工资4毛。我回家已经几天了,岳母防贼似的,让我没机会和桂芝接触。一声汽笛响,工厂里涌出一群女工,手上提着饭盒,有蓝衣白帽穿工装的,也有爱美的换了便装。桂芝看到我吃了一惊,连忙向我摇头,又跟女伴们说了句什么,便独自拐入一条小街。我跟出去老远,她才站住,脸上不是好神气,嗔道,你干什么到工厂来?接下来的谈话完全出乎我的意料,把我那点沾沾自喜的男人之心击得粉碎。她的大意是,我不再是当年那个蠢女人了,这十来年,我上夜校,学文化,为了多识字,多读书,我把书拆成单页,贴在拉条机上,虽说看机器不能分神,但走一趟看一眼,走一趟看一眼,到去年我已经拿到了中学毕业文凭,很快就能离开毛纺厂,换新工作……我没理由怪你离开,也没理由怪你回来,因为我根本就不认识你……

我仍然不死心,道,我觉得你挺好,不想离婚,你告诉我错在哪,我改。桂芝白了我一眼道,我有理想,有追求,有目标,你没有,没法改。我焦躁道,你怎么知道我没有,我有。她道,有理想的人不会干"停妻再娶"的缺德事。完了,她一句话便击中了我的命门。我不能告诉她我的中共党员身份,这违犯组织纪律。我也不能告诉她嫣然的身世,那样做不仁不义。但我仍然不想离婚,因为,日后不知道党组织会派给我什么样的工作,只要仍然从事地下工作,我就必须得有个"家"作掩护。我对自己说,这绝不是自私,也不是在利用桂芝,绝不是;我当真觉得桂芝挺好,只要相处的日子够久,我甚至有可能爱上她。

回到轮船部,赵倾城正在等我。他说大沽口发生"冰难",结冰60海哩,轮船都停了;没有业务你挣不到提成,怕是连买年货的钱都没有。我以为他又要给我施舍,刚想开口婉拒,不想他道,我年前应酬太多,手头这项业务就拜托你吧。我加了小心问,不会又是俄国人吧,干什么的?他说是中国人,杀手,不能出错。我问杀谁?他说别问。

杀手三十来岁,阴测测的样子,左一眼右一眼端详我的脸,还很无理地歪头看我的耳朵。他自称张春和,只提着一只黄皮包,没有大件行李。这种单身客人在租界里租不到房子,他又说第一站不能住饭店，我想来想去，只能把他安排在基督教青年会。他递给我五块钱，里边夹着张纸条，上边写着"单刃小锉刀一把、厚毛巾一条、直沽高粱一瓶、海碗一只、紫皮大蒜三五头"。如果我不是行家里手，单看这些东西，多半会以为这位老兄是想喝醉酒自杀，但我恰巧知道这些东西放在一起的用途，杀人的用途。我问，您回程的车票订哪天？他盯住我，眼球白多黑少。我立刻把嘴闭上，免得他起了杀人灭口的念头，因为，我突然想到一个传说中的怪物，绰号"二饼"的杀手，就是眼睛白多黑少。等我买齐了东西给他送去，他将这些物件装入皮包，却提出要搬家。我猜想，这多半是因为基督教青年会离法租界巡捕房太近了，便带他去日租界寿街，这里有许多从华界迁来做生意的三等小班。我这是在试探，见他望着院门前挂着的灯笼点了点头，于是我明白了，他绝不会是我的革命同志，但到底是不是那个"二饼"，我还不敢确定。

下午我早早回到家，因为杀手又交给我一张照片。上边的人蓄须戴黑框眼镜，确实是他，但也有点像我，他让我替他做一张假护照。我说，这种东西你应该提前准备好。他说，少废话，想死啊？说话间，他空着手的左臂动了动，手缩进袖筒里。我明白了，他棉袍的左袖筒里藏了只"掌心雷"手枪。这家伙真的聪明，提包、吃饭一直用右手，谁能想到他会是"左撇子"。只这一招先机，他在搏斗中就能占大便宜。

我在天津还没有发展出伪造证件的关系，这种事也不能联系上级。但我知道，凡事都有线索可寻，而这线索往往就在身边。当我走进照相师傅张府行家时，他们一家五口正围坐桌边吃火锅，晾衣绳上夹着六七张"全家福"。春节前全家照张合影,这是近年来兴起的新时髦,但对一个身背沉重的四乘五木盒照相机,走街穿巷的照相师傅来说,若不凭巧手另干点私活,不可能养活一家五口,更别说吃烙饼夹白肉了。于是,只略一搭话,我便知道自己找对了人。"水贼过河,谁也别用狗刨",我径直说明来意,张府行原还推托,但一见杀手的照片,他惊恐道,你跟这人说过要来找我吗?我实话实说。他沉吟片刻,叹道,冤孽呀,从北平逃到天津,左藏右躲一年半,还是躲不过;什么时候要,身份资料呢?我说明天要,身份资料在照片背面,用铅笔写的,名字叫张春和。他说你明天早晨来取。我问多少钱?他说你这是要钱不要命,可怜的孩子!张府行说"可怜的孩子"应该是指嫣然,因为,如果张府行当真见过照片上这人,并为此逃亡一年半,就说明杀手确实是"二饼"。为了证实我的猜测,我追问一句,这人是"二饼"吗?张府行立刻面如死灰,将我推出门去。

汪记者正在院中练习明天要使的"段子"《施剑翘刺杀孙传芳》,刚讲到近期新闻"施女侠狱中卧病,年关为母赋新诗",门外闯进来一伙大汉,将"高买"陈自由拉出来暴打一顿。院中没有一个人出面说情,因为,陈自由的职业决定了这种事早晚会发生,而且与他人无关。

5

"二十九,贴倒西"。我睡醒起来,嫣然递给我一个信封,说是插在门缝上的。信封里是那张假护照,张府行必定是用偷来的真护照剪贴拼接的,手艺精湛。

我站在院里蘸着牙粉刷牙，满院子的邻居都在贴春联、吊钱、窗花和福字，只有张府行家的门上挂着锁。正在这时，陈自由脸上挂着伤，站在当院作了个"四方揖"，对邻居朗声道，众位高邻，张府行全家连夜逃债去了，可他这房子是从我手里转租的，两块钱房租没还；年关还债，天经地义，在下只好自己动手了，各位帮忙作个见证。言罢他走到张府行门前，手只在挂锁上一抹便打开了，然后他从房里拎出一只铜火锅和一领女式旧皮袍，又道，各位上眼，铜火锅当一块钱是官价，虫穿鼠咬旧皮袍当一块二，床上的铺盖我可没动，两毛钱找头我放在他家"灶王龛"上了。

　　大年根底下，张府行一家连铺盖都没拿便连夜逃了，显见得他怕"二饼"到何等程度。看来"二饼"那些穷凶极恶的传说都应该是真的。我有些后悔接下这单生意，便慌忙出门。姨父说赵倾城昨天晚上没回家，市党部的人说王副干事长已经两天没上班了。这也就越发证明，他们有可能知道杀手就是"二饼"。看来他们都躲了，想让我独自一人把这件祸事承担下来，因为，我在上海时就听说，"二饼"有一个恶毒的习惯，就是每做一单生意，都会将这单生意的联系人，也就是有可能指证他杀人的证人除掉，没有例外——我现在是他这单生意的联系人。

　　现在去寿街给"二饼"送护照还太早，我在街上买了些银锭、纸钱往家走。领导让我"随时准备为党献身"，我也决定为"献身"提前做好准备，但卷入了这样一桩祸事，我该怎么办？现在去找上级领导？有这种想法本身就是胡闹，我哪能让领导替我"擦屁股"！实在不行，到日租界"白帽衙门"告发

"二饼"？这也不行，日本宪兵队是虎狼窝，就算他们抓了"二饼"的现行，我这个"胁从"也很难活着从宪兵队里出来。要不干脆向张府行学习，带着嫣然逃跑？现在是党组织最艰难的时刻，正需要我这样的党员坚持信仰，坚守工作岗位，我如果逃了就是逃兵。实在不行，我就与"二饼"单挑？虽说我在北伐军中参加过战斗，在上海也有多次行动经验，但"二饼"是何等高手，断不会浪得虚名，所以，单打独斗我必定不是他的对手。鲁莽行事要不得，必须得计划周全，但到哪去找万全之策呢？

"办法总比困难多"，嫣然看我坐在床上发愁，一边往水缸上倒着贴福字，一边安慰我。我说这次可是天大的困难。她说那也有孙猴子把天捅个窟窿。中午我食不下咽，嫣然用醋和白糖为我拌了一盘青萝卜丝，说是替我压"心火"，然后她便忙着往芝麻秸上粘黄纸卷叠成的元宝，再将芝麻秸攒成一捆，顶上散开，谓之"聚宝盆"。

"二饼"昨晚落脚在一个叫"寄春亭"的三等小班里。午后时分，班子里的姐儿刚才起床，一个个鬓发蓬乱，脂残粉淡，裹脚布松松垮垮，趿着鞋在院中乱走。"茶壶"见我这时候进门，眼睛翻得全白，嘴撇到耳朵上。我说找人。他问姐儿的花名。我昨晚没跟进来，不知"二饼"住哪屋。他便没好气道，让我这会儿挨屋替您寻客人，找骂哪？您老在院里站站，等客人自己出来吧。于是，我只能站在院中，任凭跑来跑去的男女望着我发笑。

"二饼"住夜的房间后窗临街，侧窗临巷，借着门廊的栏杆翻到房顶上很方便。如果由我来选，也不会在院中找出更容易脱身的房间。"二饼"仔细验看护照，说东西还行，这手艺眼熟，他人呢？我说他们全家今早回老家过年去了。"二饼"深看了我一眼，便收起护照，拿了三十块钱给我说，就这几天，我要用个孩子。我心下一沉，但立刻警告自己，不要慌，不许慌，他还不知道你已经识破了他的身份。我摇头道，这单买卖，我原是替朋友帮忙，顺便给自己挣份年货，但您要是做"扎飞"的生意（广东江相派害死儿童骗财的手段），在下恕不奉陪。"二饼"笑了，摇着头用河南口音说，俺这广东官话是假的。我又道，"扎彩"（将儿童致残行乞）也不成。他立刻变脸道，你烦不烦？你家里不就有个女孩吗？借来用一用怕什么？我惊问，你怎么知道我家的事？他却笑道，江湖险恶，防人之心不可无。我说不行。他说，你别打算学那个做护照的，你可是"跑了和尚跑不了庙"。你爹妈不会在草岚子监狱蹲一辈子，你老丈人、丈母娘，还有你老婆都住在十字街大杂院，你不会让他们替你一个人"顶缸"吧？郑沧桑同志！说着话，他从黄皮包里取了一份卷宗丢给我。

打开卷宗一看，我便知道自己被王新武出卖了。这份卷宗里记录了我1933年前在上海的情况，而王新武必定又向他介绍了我现在的情况。郑沧桑是我的化名之一。1932年我在上海被捕，关进南京陆军监狱，一年后履行手续刊登"反共启示"，方才具保出狱，此举是奉上级领导指示，不算叛变。但王新武必定不了解我出狱后的情况。半年前我在上海用的是另一个名字，而且没暴露身份，所以，他一定是把我当成了中共脱党分子。这次如果我大难不死，也许就能通过王新武的考验，加入他的"团伙"，甚至有可能加入市党部。这可是个好机会,要想做好为党献身的准备,我必须得先具备"献身"的资格和条件,这些都需要我早做安排。只是,"二饼"是个魔,事后必定想除掉我,怎么办呢?

于是我问,这次是王副干事长的生意?"二饼"说他只管提供情报。我又问,你们见过面?他说我见过他,他没见过我。我不相信他的话,便道,天下事不是只有一种方法,也许我能帮你找到不用小孩子的办法呢?他冷笑道,用不着,不把你女儿押上,难保你不到侦缉队告发我。咱们是"老千"见"老千",还是摊开来玩吧。这时,姐儿进门来,客气地叫了我声二爷,便给"二饼"张罗开饭。这位姐儿长着一张银盆大脸,身上着实有肉,不精明,但很热情。我突然明白了,"二饼"看中她的就是这个模样和不精明,更何况她还有一个对"二饼"格外吉利的名字——"春桃"。

离开寄春亭,我接着寻找王新武和赵倾城。我绝不能让他们就这样把我丢进火炕里,要死也得拉上个垫背的。更何况,如果不死,他们二人对我想做的事情还有无穷妙用。然而,没有人知道他们二人的踪迹。晚上回到家,我带着嫣然到十字街口给她母亲把纸钱和银锭烧化了。腊月二十九给亲人送寒食,这是本地风俗,不可不为。半年前我工作的机关暴露,嫣然的母亲冒险通知我们,但她没想到机关已被特务包围,她又是"解放脚",跑不快,便被追上来的特务开枪打死了。过去在我身边曾牺牲过三位战友,但嫣然的妈妈是最让我痛苦的一个。她年轻貌美,但为了掩护我的身份不能恋爱,不能嫁人。我不仅耽误了她十年青春,还连累她牺牲,撇下嫣然一个孤儿。此刻给她烧些纸钱、银锭,虽不足以悔罪和报恩，但聊胜于无。

吃罢晚饭，嫣然给我展示她为过年置办的红布袄裤。我问你哪来的钱？她说是陈先生和陈太太带她去瑞蚨祥买的衣服，在华真百货店买的胭脂、水粉和毛巾、香皂，在聚珍楼买的银手镯。我这个当爹的不称职，没钱给孩子买过年穿的新衣服，所以，此刻也就不能责备孩子，因为我从来也没跟她谈起过"高买"这种职业。陈自由独自在家，我从"二饼"给我的三十块钱里抽出十块放在桌上，让他找五块。他说二哥您别这样，过年了给孩子买点东西，这也是当叔叔的本份。他必定是见我面露凶相，便没再往下说，取出五块钱递给我。我把买东西的钱还给他是必须的，但更深一层的意思是，我担心陈自由当"高买"之前也许还当过"飞贼"。"飞贼"身上都有功夫，不能轻视，但我又不能不给他一个教训。所以，在他找钱给我时，我伸手叼住他的右手腕，一提一拧，使了半个"德和乐"，将他摔倒在地，然后跨骑在他身上，将他右手拧在背后，左膝压住他的左臂，左手抓住他的脑袋往地上猛撞数下，这才问，你竟敢带着我女儿上街做"生意"，想死啊？

"高买"这种职业不同于"白钱"、"小绺"之类的小偷，他们专门装扮成阔客，造访高级呢绒店和金楼，在挑选商品的过程中移花接木、偷梁换柱，偷店家的贵重商品。春节前商店里人流如潮，如果"高买"带着太太、孩子同来选货，便没有任何人会怀疑，他也就更容易得手了。陈自由趴在地上，吐出嘴里被撞出的血污和门牙，这才哀求道，二哥，昨天的事您看见了，我差了"老头子"五百块份子钱，三十晚上若不交齐，我就得断胳膊断腿，还不许在天津卫做生意。我问，你今天弄了多少?他说刚过二百,这不打发老婆回娘家借钱去了嘛。于是我松开手,捡起地上的五块钱,放他起来,厉声道,别再招惹我女儿。他道,否则我出门撞汽车。我不相信他的誓言,恨道,这件事还没完,再招惹我,见一面打一顿。他道,二哥,这次欠您一份人情,往后您有事吩咐,水里火里一句话。

嫣然那里我不用叮嘱,只跟她讲了讲"高买"是怎么回事,她便明白了一切。现在最大的难处不是陈自由,而是"二饼"要用嫣然。我猜想,"二饼"这次的目标必定极难接近,他也需要"全家人"替他打掩护。怎么办?我再次去找赵倾城,街上到处都是打着灯笼的店铺伙计,赶在年前摧讨欠账,否则,过了年三十,再想要账就得等到"端午节"。赵倾城还没回家,姨父在发脾气,姨妈在哭,小辈们一个个避猫鼠似的,大气都不敢喘。

6

大年三十终于到了,很早便有性急的孩子零星放鞭炮。嫣然忙着准备年夜饭。我则在街口院内走来走去,苦苦思索,要找出一个万全之策应对"二饼"的厉害手段。媒婆王三奶奶从娘娘宫"洗娃娃"回来了,怀里的娃娃大哥包着红布,只露着一张蓄了山羊胡子的粉脸。她见面便说,他郑家哥哥,昨夜你干嘛打人家陈先生,他带你家孩子出门做生意是不好,可也不能让人家没法出门拜年呀,门牙都掉了,大过年的到哪找镶牙师傅去,得饶人处且饶人。我说三奶奶,他要是把我家孩子带坏了,我这一辈子就甭过了,别说过年。王三奶奶笑道,都是江湖人，谁还没有难处，穷年穷月的，大家伙儿得互相帮衬。

我是中共地下工作者，再怎么想，也想不出有需要"高买"帮衬的事。咦，我灵机一动，陈自由昨天说欠我一份人情，在"二饼"这件事上，陈自由说不定还真能派上用场。这时，王三奶奶颤颤地回屋了，我岳母走出房门，见我站在院中，便道，我家老头子说了，一过"破五"就去法院办手续，到时候你可别想"脱扣"。我说，妈，今天可是年三十。岳母一愣，连忙把嘴闭上，抱了两颗白菜回屋剁饺子馅去了。天津卫年三十忌讳多，不许说任何不吉利的字，同音字也不行，更别说离婚了。看来，岳母必定是被我气疯了，否则断不至此。

我这几天在市党部没问出王新武的新宅地址，今天开始放年假，更没地方找他了。我只能去找赵倾城，姨父问，你们哥俩这是"捉迷藏"哪，他大年根底下不知跑哪去了，你三番五次来找，莫不是有什么事瞒着我们？我说都是洋行的俗事，不找我表哥办不成。姨父说你找着他就让他赶紧回家，年三十全家不团圆哪行？

年三十班子里不留客人，小客栈里又不安全，"二饼"想了想才同意，就近在法租界中街的中国旅馆订了个房间。春节期间旅馆营业清淡，中国旅馆原价四元五角的头等房间，茶房只收两元五角一天，外加五角小账。几十年后看闲书知道，1926年8月，鲁迅先生与夫人许广平相携南下，也曾在此入住。"二饼"问我，孩子的事想通了吗？我没好气道，你想都别想。"二饼"没恼，反而笑道，今夜子时有个机会，只需你给搭把手；若今夜不成，还得用你女儿。我已经走投无路，干脆鲁莽地用一招敲山震虎,突然问,目标是谁？"二饼"同志。为了嫣然,我无所顾忌,不能再遮遮掩掩,干脆就像"二饼"说的,俩人打明牌吧。"二饼"面上浅浅地浮起一层笑意道,凡是知道我的人,一听到我的绰号,多半都像你那位朋友立刻逃跑;你知道我,而且知道得不少,至今没逃,想必有些道行,这就让我更得小心在意,防备你反咬一口。我说你要是打我女儿的主意,就不是咬一口这么简单了。"二饼"像是很好奇地问,你没想过自己吗？我说想了,但不能告诉你。"二饼"说这样也好,今晚子时见？我回答得干脆利落,今夜子时,不见不散。

回到家时天近黄昏,小孩子们满街乱跑,疯玩疯闹,今天大人不能打骂孩子。嫣然正在包饺子,说去皮猪肉涨到了四毛二分钱一斤;肉馅的今晚吃,素馅的明天吃,一年素素净净,平安无事。我对嫣然道,你去瞎大爷家,把他的毡帽借来,我今晚有用。她拉开房门,冲着院内大喊么鸡。我说这样不礼貌,她却道,天已经黑了,你忘了过年"忌女人"吗,我不"开市"就去人家串门,更不礼貌。么鸡乐颠颠儿地跑来,听了嫣然的盼咐又乐颠颠儿地跑去。嫣然道,您给我想个贱名吧,今晚天上的神仙来来往往,叫真名就可能被带走;还有,今天不管门外谁叫您都不许答应,那是鬼在叫您。我心中感叹,这孩子怎么把天津的"妈妈例儿"全学会了？不过,外边有鬼确实不假,"二饼"还惦记她哪。我参加革命这么多年,随时做好了为党,为主义献身的准备,只是,这一次却要让我献出女儿。不,女儿的事与党组织无关,是"二饼"的事。我是急于为开展工作做准备,这才上了王新武的贼船。当初我还是有所图,否则怎么就掉进陷阱出不来呢？如果，我是说如果"二饼"今夜能成事，我就必须得为脱身做好准备。如果不成，事情一时半会儿还完不了。想到此处，我坐不住了，戴上么鸡送来的毡帽，对嫣然道，老爸还得出去一趟，可能回来得晚。嫣然问，给我起的贱名呢？我说你又聪明又可爱，就叫"小狐狸"吧。嫣然说你等一等，便利落地往头上插了朵红绒石榴花，给我煮了三十个肉馅饺子，看着我吃下去，说这就不怕你赶不上年夜饭了，我等你回来"踩岁"。我在饺子里吃到一个小钱，寓意来年有好运，"小狐狸"很是为我开心。

年三十的夜晚，正是吃年饭的时候，街上行人稀少，连洋车夫都回家了。我成功地将赵倾城堵在饭桌上，不用任何责备与解释，所有缘由我们彼此心知肚明。赵倾城对父母道，我带表弟去朋友家打牌，一过午夜就回来给您拜年。姨父说，长这么大了，还跟没尾巴鹌鹑似的，给祖宗磕了头再走。

王新武没让我们进院，只在门洞里见了我五分钟。他的话很明确，老弟你自求多福，只要活着回来，哥哥我带着你发财。我说那是后话，"二饼"的手段你们都清楚，我十之八九脱不了身，所以……赵倾城忙道，别说将来后悔的话，你是我表弟，当我真害你不成？我说你们就是在害我，所以，得帮我一个小忙。他们问帮什么忙。我说你们跟我一块去。他们摇头。我说那就给我件防身的"家伙"。王新武从怀里取出一只勃郎宁手枪交给我。我认识，这是去年刚出产的新款，弹夹是满的，装弹十发。有了这家伙，我事后脱身便多几分机会。但为了以防万一，我必须事先给嫣然留下生活费，便说还得给一千块钱安家。王新武与赵倾城对望一眼，一起摇头道，现在给你，怕你把我们卖了；事成之后，一分不少。

7

夜近子时，娘娘宫门前一下子热闹起来，各种汽车、自备洋车，最差的也是包月车，将男男女女倾卸在庙门外。庙里的仆役毫不客气地推搡香客，口中叫喊着排队，手心里不住地被塞入赏钱，他便把打赏的人领到前边插队。这是天津的奇风异俗，大年初一凌晨，全天津的妓女，从书寓、清吟小班的头等"先生"，到二三等班子里的姑娘，乃至豆子地、鲶鱼窝的四五等妓女，多半都要找个恩客护送前往娘娘宫抢烧头香，讨一年的利市。

"二饼"让我策应他行动。我买了香烛和两挂五百头的鞭炮，拆开来缠作一团；又买了三支"金鼠牌"烟卷和一包北洋火柴。娘娘宫门前的人群越聚越多，目标还没出现。该死的，"二饼"没交代，是在目标刚刚出现时放鞭炮，还是别的时候。我把压在眉毛上的毡帽向上推了推，在昏暗的路灯下仔细寻找，没有发现"二饼"的踪迹，只看见春桃眉飞色舞地与姐妹们比较衣服、首饰。也许，前两天"二饼"去小班住夜的目的，就是为了今天让春桃替他打掩护。我不能不说，"二饼"的这番设计还算有水平，像个职业高手的样子。

正在我胡思乱想之际，目标出现了，（津）10007的汽车号牌，同行的一前一后还有两辆汽车。我点上香烟，被烟气呛得咳嗽不止，却不得不急忙凑上去，同时摸了摸深藏在怀里的勃郎宁。出乎意料的是，前后两辆汽车上跳下来八个穿军装的马弁,簇拥着中间汽车下来的人,向娘娘宫大门走去。我紧随其后,同时四下找寻,仍然没有发现"二饼"。目标有这么多的保镖,一旦"二饼"行动,我这个策应人难免被识破。但我又不能不行动,否则"二饼"一旦失手,必定还要逼我献出女儿。

娘娘宫的仆役识得眉眼高低,就在这伙军人如轮船破浪般冲入庙前拥挤的人群时,庙门打开了。我认为,如果由我主导行动,现在应该是最佳时机。于是,我略停一下脚步,让人群挤入我和目标之间,这才低头,用唇上叼着的香烟点燃怀里的鞭炮。我这样做,使的是一出"苦肉计",为的是一旦"二饼"行动,不管他成功与否,我都可作为笨手笨脚的"蠢人",给自己争取一次脱身的机会。果然,鞭炮刚刚在我怀里炸开,我故作慌乱地将其抛出时,众马弁反应极快,其中两个返身冲破众人,将我扑倒在地。就在倒地之时,我从两个马弁的夹缝中望见,另外六个马弁将一个面如刀削的老军人按倒在地,围了起来——我认出目标来了,他是个恶贯满盈的军阀。近来小报上常说,这家伙和日本关东军亲热得像一对"靴兄靴弟"。

我被两个马弁毒打,只能一手护头,一手护住怀里的勃郎宁,免得掉出来惹祸,同时将身子蜷缩在地。我在挨打时偷眼望出去,看到其他马弁拥着军阀上了汽车,打我的两个马弁也跟他们一起去了,周围留下的只是一群看笑话的妓女和嫖客。

"二饼"没有行动。他是失掉了时机,还是这原本就是一个侦察行动?子正时分,街上鞭炮声四起,我拖着右腿往家走,刚才马弁在我的右脚踝上踹了一脚,伤得不重,但挺疼。

走近大杂院的街门时,阴影处闪出"二饼",脸上笑得像是得了宝,按照"新生活运动"的要求拱手拜年道,恭贺新禧。我也回礼说新春快乐,然后没好气地问,刚才你死哪去了?他说你没看见那阵势,要是你来干,你会动手吗?我说咱们两清了,别再找我。他说那哪成,你是块材料,我怎能不用,初二午后你到旅馆找我。我说你就不怕我报官?他说你是个顾家的男人,不会冒灭门的风险。言罢他便施施然去了。

嫣然困得东倒西歪,但还在等我。她把芝麻秸做的"聚宝盆"放倒在门前,我们爷俩一起"踩岁",同时她口中不住祷念,岁岁平安,我老爸岁岁平安。清晨,我被一阵喷嚏吵醒,想是昨夜挨打时出了一身汗,着凉了。嫣然催我下床,说年三十夜里不能在床上打喷嚏,来年要得病的。我起床后,和院中其他男人一起在院中刷牙,大家见面都说"恭贺新禧"。然后,众人一起来到街门内"听忏语",也就是偷听街上行人的第一句话,以卜来年吉凶。汪记者说,大吉大利,来个善人说句吉祥话吧。我岳父阴着脸,陈自由用布条吊着左臂,想必是没凑齐那五百块钱。孙瞎子则摸索着门框问,我这是在门里还是在门外?

街上跑过一个报童,高叫道:看报,看报,蒋委员长上了美国《时代》封面,日本苏联在中蒙边界爆发激战。汪记者冲出去买了份《益世报》读给大伙儿听。战争消息是报童的"生意经",其实是年初日苏在中蒙边界发生冲突的延续,蒙古支持苏联,满洲支持日本。报纸上还刊登了《时代》杂志的封面,上边是四个人的照片,依次是日本的裕仁天皇、满洲的溥仪、苏联的斯大林和中国的蒋介石,标题是《东亚、苏维埃与帝国》。孙瞎子感叹,乱世出妖孽,咱蒋委员长跟他们不是一路呀!汪记者问,那你说他跟谁一路?孙瞎子道,他只跟自己一路。于是,我们几个人垂头丧气各自回屋,新春伊始,却听到这种消息,不算是好兆头。

接下来自然是拜年,我先去岳父岳母屋里,进门不由分说,跪倒行大礼。岳父给了我一个五毛钱的银角子,说是给孩子的压岁钱。我则把早准备下的桂顺斋的点心、江西瓷的碗筷交给岳母。新春添碗筷寓意家里添丁进口,我这是婉转表达与桂芝重修旧好之意,但没等到老人们接我这个茬口,孙瞎子也来拜年,便给冲破了。我在院中挨屋转了一圈,出门径直来到赵倾城家,先给姨父姨妈拜年,再到赵倾城屋里,他太太说,他一早便出门拜年去了。来到王新武家,大门外车水马龙,拜客盈门。仆人狗眼看人低,把我拦在门口道,这是有尺寸的地界,你算哪块"切糕",有枣没枣都往上贴?在街门外磕个头,尽尽孝心也就罢了,还敢往里闯!

上级领导发信号找我,消息用暗语贴在东北城角长途汽车站的告示牌上。这是约好的,每逢初一、十五,我来此看通知。原只是顺道来看一眼,没想到组织大年初一会找我,难免喜出望外。时间、地点、接头人和接头暗语都没错,来人将我领到锦衣卫桥宋家胡同的一处住宅。从院外看不出什么来,但刚进院门,便能嗅到一股浓重的油墨味,我猜想这里应该是我党的地下印刷所。

领导不是上次交接组织关系的领导,自称姓白,江浙口音。他说现在是非常时期,党组织的安全至关重要,不得不对你的"组织关系"和"自述经历"进行严格审查;如今审查通过了,有一项任务交给你。我说请首长指示。他想了想道,组织上现在非常困难,油墨、纸张都买不起,实在拿不出经费给你。我说钱的事我自己解决,我有薪水。他说不是生活费,是让你筹备一处地下交通站。我干过地下交通站,知道是怎么回事,便当即表白道,请组织放心,我有办法,但不知要多大规模?他道,先做小规模的吧,最好能与车站、轮船公司、欧亚航空公司建立联系,你日后的任务主要是人员转运。

如果这个地下交通站不是万分紧迫的需要,领导绝不会大年初一联络我。老天爷,您老人家早便为我安排好一切,太谷洋行轮船部、王新武的走私网,还有他们欠我的一千块钱。只要能活着完成"二饼"的这笔生意,我拿那笔钱开个小旅行社,既是极好的伪装,又可以路路通畅。哈哈……别,不能太得意,让领导看着不好看,况且,你能不能从"二饼"手里活着脱身还未可知。于是我敛容郑重道,保证完成任务。

8

初二,天还没亮,鞭炮便响了,各家都起来"接财水"。送水的小伙子在新棉袄外加了件帆布垫肩,给每户送一挑水和一小捆麻杆,这叫"进财",家家都有赏钱,嫣然也赏了挑夫两毛钱。

我去接桂芝下夜班,却没想好该怎么说,只能想到哪说到哪。她说,你不要再找我。我说我是你丈夫。她说你遗弃我十一年,犯了遗弃罪,国法难容。我说我会用一生赎罪。她说我没办法相信你。我说你给我一年时间,我证明给你看。我一路走,一路劝,桂芝咬紧牙关,就是不松口。眼看着就能望见大杂院的街门,我只能说,你先回去,免得岳母看见不高兴;明天我还去接你。桂芝没言语,径直走了。我等了一会儿,方才踱步回家。嫣然请了"上有老,丈夫好,儿女双全"的"全伙人"王三奶奶来家里"开市"。王三奶奶也不过五十来岁,小脚伶仃,一步三摇,眼中却精光四射。她一进门便唱喜歌"到你们家来走一走,你家的粮食装满斗。""在你家床上坐一坐,你家富贵绵长子孙多。""喝了你家一杯茶,你家开满'新生活运动'幸福花。"没想到,王三奶奶也会新词。这就叫"开市",王三奶奶唱完了,家中便不再"忌女人",嫣然也可以出去串门。于是,嫣然让我将初一全天积攒的脏水和垃圾拿出去倒掉,因为初一"忌洒扫",水和土都是财气,不能往外送,否则来年有断炊之虞。她自己则穿上陈自由给她买的红袄裤,扎上红头绳,戴上银手镯,出门给院中各家主妇拜年。

我不想出门,便躺在床上想心事。回天津刚刚十天,就遇到这么多事,确实需要想一想。上级领导命令我就地潜伏,我做到了。为革命工作做准备,已不仅仅是我的自觉,而是变成了领导交派的任务,这让我很高兴。只是,"二饼"这家伙杀死联络人的恶毒习性绝不会改变,而我又绝不能让嫣然再次成为孤儿,更何况我还要留着有用之身为党工作,带着老婆孩子共同追求苏维埃美好新生活。其实,我也想过偷袭"二饼",在背后偷偷将他一枪打死,一了百了,但是,为了那些美好的理想,特别是领导紧急交派的筹建交通站的任务,我需要王新武的关系网和那一千块钱,为此,我只能帮助"二饼"完成任务,然后再寻求自己脱身。这样做非常冒险,非常难,但我是共产党人,不能畏难。这时有人敲门,是个陌生人,他先说恭贺新禧,问我是不是郑三泰先生,然后塞给我一个牛皮纸信封,转身就走。信封上印着"天津特别市河北初级法院民事调解厅"字样,打开来看,是张传票,标题是"韩桂芝诉郑三泰离婚事",开庭时间是正月初六下午两点。看起来,岳父在年前就把我告下了,必是法院送达员年前事忙,此刻借着四处拜年的机会,顺便把积压的传票送来。这些家伙不通人情,不管别人过年的心情。

该来的都来了,躲得过初一躲不过十五,于是,我再次来到王新武家,仆人照旧不让我进门,我便退到街角处等候。不管王新武出来送客,还是他拜年回来,我今天一定要堵住他。不为别的,我要把那一千块钱先弄到手。事情完成后,如果我被"二饼"杀了,这笔钱就是嫣然日后的生活费;如果我活下来,这笔钱就是为组织建立地下交通站的启动资金。果然,王新武坐着汽车回来了,我刚要迈步冲上去,却被人用擒拿手一把拿住锁骨,顿觉半身酸软。是阴魂不散的"二饼",面上漾着笑意,口中道,不跟着你,还真找不到王副干事长的宅子,跟我走吧,我找你有话说。我假装身上没功夫,挣了几下也挣不开他的手,便问你要怎样?他也问,王副干事长让你来送死,给你多少钱?我说答应给一千,但还没给。他恨道,妈的,这些党棍就知道欺负老实人。

初五以前所有中餐馆都歇业,"二饼"带我到夏太太餐馆开洋荤,给我叫了一客牛排,他自己却吃素。他道,我跟你讲一讲我的计划,初四上午,你带着孩子来中国旅馆见个面;初五那天夜里,你去目标家,翻进院子,往二楼他的卧房里放几枪,甭管是不是打着人,赶紧逃出来。我问你呢?他说我在外边接应你。我说那家伙身边总跟着一群马弁,家里说不定像兵营,我是有去无回。他说逃命的事得你自己想办法。我说那还不如我现在把你毙了,风险倒小些。他笑道,你在娘娘宫挨打时,我就看出你身上带着枪,这都两天了,你为什么早没杀我,因为你没本事杀我,动一下念头我就把你全家灭门。我说我不杀你,事成之后你也得杀我。他将目光放在盘中的奶酪和蔬菜上,沉吟片刻方道,为了保住孩子,当爹的总得受些委屈。我知道脱身无望,便问,你的目的就是放几枪吓唬吓唬他吗?他说不是。我说,那干吗让乘我冒险,这不是脱裤子放屁吗?他说,此事另有妙用,但现在不能告诉你。我又问,就算你能把事干成,但你想好脱身的办法了吗?他笑道,到时候还得借助尊驾;这两天,你就多拜年,多见亲友,多吃好东西吧。

正月初三,我没接到桂芝,因为她倒班,改上白班了。

正月初四,我带着嫣然到中国旅馆,"二饼"给嫣然准备了一块起士林奶油蛋糕和一大盒太妃糖,嫣然客气地请他明天到家里吃"破五"的饺子。然后"二饼"便动手为我粘上胡子,戴上黑框眼镜,又穿上一件藏青呢绒镶蓝缎边的长袍,戴上顶红绒结的小帽,让我自己照镜子看,倒是很像照片上"张春和"的模样。难怪他在码头见面时仔细端详,原来目的在这儿。我故意没说破,且看他怎样行事。他指着门边两大一小三只新皮箱说,你拿一大一小,这是你行李,楼下我给你叫了辆出租汽车,一会儿你去寄春亭接上春桃,一起去息游别墅开个房间,注意,要二楼的房间,然后你把她们两个留在那里,另外叫洋车回来找我。我问什么意思?他说到底什么意思,等你回来再告诉你。

息游别墅和新旅社是日租界最著名的两家旅馆,因为新旅社是毒品贩子的大本营,而息游别墅则是日本间谍的老巢。汽车来到息游别墅门前,春桃说,我妈妈说了,你不是张先生,不让我跟你睡。我还没说话,嫣然抢白她道,我老爸有俩老婆,谁稀罕你!我烦恼道,你们俩别斗嘴。

息游别墅的管事两天前便接到"张春和"先生预订房间的来信,加上春节期间客人稀少,交上那张假护照,入住手续办得很顺利。我要了窗外有防火梯的一个大套间,如果不得不逃跑,我可不能让嫣然从二楼往下跳。茶房给我们送来热水瓶,我让他替我"太太和女儿"往房间里叫午饭,我自己还要出去一趟。嫣然给了茶房一毛赏钱说,你去吧,有事叫你时麻利儿的。春桃也说,给我买一斤糖炒栗子、两根丁大少的糖葫芦,再买半斤白瓜子,半斤黑瓜子,大过年的住旅馆,没的把嘴淡出鸟来。嫣然不客气地拦着茶房道,就买半斤黑瓜子,半斤糖炒栗子,丁糖葫芦四毛钱一根,你当我老爸的钱是大风刮来的!

我叫洋车回到中国旅馆,"二饼"又道,你把西服换上,拿着剩下那只皮箱,叫洋车去英租界大阔饭店订个房间,也要二楼。于是我又回到街上,先叫了辆洋车飞奔到鼎章照相馆,带着化妆照了张快照,又买了些应用物件,便到大阔饭店用"张春和"的名字订好房间,再处理些小事,半小时后回照相馆取了照片藏在内衣里,这才回到中国旅馆。"二饼"接过大阔饭店的房门钥匙,夸我干得不错,便取出沉甸甸的一个报纸包,里边是一大捆钞票。他道,十元票子一百张。我问哪来的?他说我昨夜替你找王副干事长要的,足够你女儿十年的生活费,到那时她也就自立了。干新武不是好鸟,"二饼"必定动了硬手段。我很感激他"盗亦有道",但我自己事后必须死这件事,我不甘心。他看出我的心思,说你也别不甘心,若不是看你们父慈子孝,我才不会动这滥好心,没得给自己招祸。我说也罢,听天由命吧。但我知道,我不信命,我信共产主义和领导交派的任务。"二饼"用报纸把钱重新包好道,等行动完成,你去大阔饭店找我,这包钱就是你的了。我说谢了,但心道,白高兴了,这包钱原来是杀我的钓饵。

9

当晚,我带着嫣然和春桃住在息游别墅的套间,睡得很不安稳。第二天午后我对茶房说,我带女儿出门逛逛,你把太太照顾好。我和嫣然去中国旅馆把妆卸了,便回家包饺子。嫣然对"二饼"道,您早点来呀。"二饼"说我得去大阔饭店看一看,天黑前一准到。我担心他发现我在大阔饭店房间里的布置,但转念一想,那些都是常见物品,只是放置的地方不对,他要怪只能怪茶房不经心,至于他会不会想到我身上,晚上便知道了。

天津人把正月初五叫"破五",格外重视。嫣然回到家立刻换上旧衣服,爬到床下,把旮旯里的尘土扫出倒掉,这叫"送穷土",再将脏水泼到街上,叫"泼污",然后便把么鸡叫来帮她准备晚饭。初五必须要包饺子,她硬让我跟着一起干,剁肉剁菜时要边剁边说"剁小人",包饺子时也要不断地说"捏小人嘴"。看女儿这样忙碌,我心里很不好受,她热情接待的客人其实是命他老爸索的无常。

趁"二饼"还没来,我去陈自由家打了一晃。他左臂骨折,打着石膏,见我进门吓了一跳。陈太太挺身插在我二人中间,说孩子的事是我们不对,你打也打了,骂也骂了,还想怎么着?没等我开口,陈自由就把老婆支出去了。我实话实说,只要他能帮我办成这件事,嫣然那段"过结"就算是揭过去,否则饶不了他。陈自由说当"高买"之前我原就是"小绺",偷枪和偷钱包一样,小菜一碟。我把刚拍的那张照片交给他,说一会儿那人到我家来,没胡子没眼镜,你可得认清楚了。

"二饼"坐洋车来了,还有半车东西,吃的穿的用的,都是送给嫣然的。嫣然谢过张叔叔的好意,便给我们摆饭。饭桌是她从王三奶奶家借的,凳子是么鸡从师傅家拿的。四碟凉菜是松仁小肚、油炸花生米、酱头肉和麻酱白糖拌白菜心,饺子也是一荤一素,一斤直沽高粱,年三十我没喝成,今天正好派上用场。"二饼"举杯与我一碰,互道饺子就酒,越喝越有。"二饼"自始至终就那一杯酒,素饺子却吃了不少,不住地夸奖嫣然厨艺好,长大嫁人必定得公婆欢心。嫣然很开心,忙碌得更带劲了。饭后嫣然捧上茶来,是一块二的"大方",又香又酽。"二饼"今晚谈锋甚健,不像前几日那般慎言,但他的话主要是对嫣然说,讲的都是走南闯北的奇闻逸事,教嫣然识人避祸的诀窍,表现得很像个亲切和蔼的叔叔。嫣然听得津津有味,手边却在滴水不漏地照应我们。午夜将近,"二饼"像是很留恋地环顾我这所简陋的门房,对嫣然道,侄女,日后我每次路过天津，必定来看你。他这是在安排我的后事。嫣然说谢谢张叔叔，下次我给您烙饼、炸"素卷圈"，便把我们送出街门。

目标的宅子在日租界芙蓉街南头，汽车门临街，宅门却在胡同里。我们二人分开来，假作路人模样，在那所宅子门前来回走了两趟。再碰头时，"二饼"问你都看清楚了？我说只看清外边，门房里有人，楼东头那间卧室黑着灯。"二饼"道，王副干事长给我的情报里说，老家伙每晚十一点准时到三楼佛堂上香，叩首一百零八，权当是锻炼身体，然后才去二楼卧室睡觉；等会儿你可别糊弄我，除了朝卧室里开枪，你最好能打中一两个闲人，动静闹大点。我心中有数，便说您瞧好吧。

目标院中至少住了八名带枪的马弁，我早便打定主意，绝不进院。我先到目标东边的胡同看了看，这边都是背对背的小院。我爬到房顶，伏在两座房脊之间的凹处，小心观察目标的房子，因为我担心对面阁楼上有保镖值班。果然，阁楼里亮着灯，有人影走来走去。唯一的难处，就是院子里放出来两条大狗，我刚从房脊边露出头，想要爬上目标院中的花房，那两条狗便冲过来狂叫，阁楼上值班的保镖也探出头来往下看，但我这里很暗，他从上边望下来，必定看不清。

对面卧室的灯亮了，有个人影晃来晃去。对面窗户比这边房脊至少要高五尺，周围也没有很高的建筑，处在我的位置，要想一枪毙命，除非架一座人字梯，而且得用步枪。难怪目标不用拉上厚窗帘，难怪"二饼"不肯在此处完成工作，如此看来，我今天的任务其实是打草惊蛇，让目标受惊，离开这里。他会去哪呢？按照"二饼"这两天的布置，目标最有可能去的应该是息游别墅，因为，我已断定大阔饭店的房间是"二饼"撤退时的藏身处。老天保佑，希望我的判断正确。于是，我爬到对面花房顶上，朝扑过来狂叫的恶狗开了两枪，朝探头往下看的保镖开了两枪，剩下的子弹全都打在卧室的窗玻璃上，然后沿着这片低矮的平房窜房越脊，返身便逃，身后向我射击的居然是手提机关枪。我这点功夫只有上级领导知道，除非是为了工作，从来不露。我从屋顶上往芙蓉街相反方向跑过半条胡同，这才跳下来走到街上，装作路人步行赶到与"二饼"在法租界的汇合处。"二饼"问怎么样？我说不知道，你明天看报纸吧。"二饼"抱着我那身"张春和"的中式衣服，我在阴影处穿上，回家接了嫣然，又找地方粘上胡须，戴上眼镜，再次回到息游别墅。春桃独自占着卧室的大床，睡相很难看。我只好和嫣然挤在客厅的"加床"上，忍了一宿。

正月初六，早晨嫣然上街买回来煎饼馃子、糖三角和面茶，说是借了人家的碗，拿不了，只有两碗。春桃是姐儿的习惯，不到午后不起床。我们爷俩一人一碗面茶，嫣然说我只听妈妈说过，没喝过，香。面茶用糜子面和玉米面熬成，每碗都撒着厚厚一层芝麻盐，再用香油调的麻酱淋出花来，一勺入口，香鲜滑脆，诸般滋味纷至沓来。我说这两天反正都是住旅馆，你警醒着点就是了。嫣然懂事地问，老爸你是不是让那位张叔叔拿住了短处？我给她宽心道，没事，就这两天，忙完了咱们就回家。就在这时，收音机里播新闻，头一条是宋哲元会见土肥原贤二，最后才是日租界某宅遭枪击，伤狗一条，碎玻璃窗数块云云，没提那家主人是谁。

春桃还在睡，我到卫生间重粘了一下翘起的胡须，便带嫣然来到中国旅馆。"二饼"说广播我听了,干得不错,现在该换我了。我问怎么换?他说把你这身衣服给我换上,我带着孩子回息游别墅。我问我呢?他说你别担心,动手之前我会把孩子送出来。见我还不放心,他把我拉到门外,低声道,这么婆婆妈妈地做生意,我还是头一回,你别惹我恼火。我说你也别逼人太甚。他笑道,那就把枪给我。我问为什么?他说我担心你在背后打我的黑枪。我说枪里子弹都打完了。我把勃郎宁交给他看,他回屋把枪放进皮包里说,还是放在我这里安全些。此种情势,我无从选择,更何况,我是故意把子弹打光的,好让他对我放松警惕。于是我说,枪是王副干事长的,你完事后得还我。他说我会还给王副干事长。我叮嘱嫣然道,你一定要当心,就这一两天,老爸很快接你回来。嫣然点头道,您知道我能照顾自己,放心吧。我远远跟在"二饼"和嫣然身后,目送着化妆成"张春和"模样的"二饼"牵着嫣然的手,走上息游别墅的高台阶,心中很是看不起自己。但我又能怎样?我没有本领和"二饼"对决,也没有能力组织一个像王新武那么有效的走私网为党组织工作,更没有钱,我唯一有的只是女儿,对了,两个小时后我还有一场离婚官司。

　　河北初级法院在大经路比国电灯房斜对面,最早是袁世凯督直时的土膏局。民事调解厅的推事像个刚毕业的学生,娃娃脸,估计还没结婚,让他调解离婚案完全是胡闹。眼看着女儿被恶人带走,我却怀抱私心,不能拒绝,这让我的情绪很坏,自辩时话头又臭又硬。桂芝很难过,岳父岳母很气愤。年轻的推事不知道该从何处调解,只讲了一番"新生活运动"的大道理,对所有当事人都毫无触动。无奈之下,年轻的推事拿

出两份文书给我们看,抬头写着"离婚字据",内容是:

立协议离婚人,韩桂芝,郑三泰,今因郑三泰无故遗弃韩桂芝十余载,两愿离婚,特当庭成立和解,自民国二十五年一月三十一日起,脱离夫妻关系,以后男婚女嫁,各听自由,两无反悔;因有遗弃情节,韩桂芝再嫁前,郑三泰每月支付韩桂芝赡养费法币陆元整;除请求发给和解笔录外,特立此约两纸,由双方各持一纸为证;男子郑三泰,自辩,无代理人,女子韩桂芝,选任代理人,王凤鸣律师。

这样就离婚了?我与桂芝虽然还没培养出感情,但毕竟夫妻一场。签字画押时我流泪了。桂芝也在流泪,但我岳父岳母脸上露出的却是终获解脱的轻松感。当晚,我的前岳父韩五爷请院中邻居吃炒菜面,打发么鸡给我也送来一碗,抻条面,三鲜卤,堆在上边的是四样拌面菜:肉丝炒香干、糖醋面筋丝、摊黄菜和炒虾仁,因为不是喜事,没用红粉皮。我和着泪吃了,感觉对不起党组织和上级领导的多年培养,这次如果能活下来,日后建立地下交通站,多半还得麻烦领导为我重建个掩护身份的"家庭"。

10

傍晚,我在大阆饭店门外等候,不一会儿,"二饼"化了妆,带着嫣然,提着黄色手提包来了。那包里应该有我的一千块,还有王副干事长的勃郎宁。饭店电梯前有对年轻人在拍结婚照,听口音是西北人,没见过电梯,摄影师在黑布里忙碌,管事的对他们很不耐烦。嫣然问,老爸,您和大娘有结婚照吗？我说有，在你大娘手里。她又问，张叔叔，您有结婚照吗？"二饼"没回答。我们三人上电梯，大厅里镁光灯一闪，嫣然对"二饼"道，我老爸有俩太太，您一个都没有吗？"二饼"说有过，后来离了。嫣然说真可怜，人家说鳏夫不长命，您再找一个吧。"二饼"说是，回去就找。我心道，可怜的孩子，你老爸今天下午也变成了鳏夫。

"二饼"开锁进门，我发现房间被打扫过了，我留下的东西都还在，但挂在门边衣帽架上的木柄鬃刷被挪到了梳妆台上；长柄"靴拔子"却被挂在衣帽架上。床围子很低，我不能伏在地上往床下看，不知道我留在那里的一根三尺长，小指粗细的黄麻绳还在不在。初四那天，当"二饼"让我化好妆，穿上西装，替他安排大阔饭店的房间时，我便猜到这里必定是"二饼"最后的藏身处。如果我想事后脱身，这里应该是我与"二饼"决斗的战场，为此，我买来可当作武器又不易被人怀疑的鬃刷、"靴拔子"和短绳，安排在他的房间里。挂在门边衣帽架上的鬃刷是第一件武器，我可以紧握刷头，用尖尖的木制刷柄从背后猛击"二饼"的头部、颈部，功能近似于匕首，这是上策。如果第一轮攻击不成功，我们必定已经搏斗到房间中间，这时便有两个选择。如果我们扭打在一处，我就可以找机会从床下摸出那根短绳将"二饼"勒死，这是中策。如果我们处在对峙状态，他拔武器出来，我就只能抓起梳妆台上那根二尺半长，竹制的"靴拔子"，利用竹制品的韧劲，打落"二饼"的武器，这是下策。

为了保住对党组织的有用之身，也是为了活命，我还做了其他准备，例如，我带着化妆在鼎章照相馆拍了一张两寸照片,再例如,我在取照片之前"处理了些小事",其实是配了一把大阔饭店的房间钥匙。所以,我的"上上策"是在"二饼"刺杀得手,并且放嫣然回家之后,我能找机会事先埋伏在这个房间里。到那时,我可算是占尽天时地利人和,制服"二饼"便多了些把握。为了行动更保险,初五那天,我把那张照片交给了陈自由,让他等我的通知,在"二饼"行动之后,把他藏在左袖口内的"掌心雷"手枪偷到手,因为那天是"二饼"化妆成"张春和",陈自由不会认错人。

"二饼"让茶房安排些天津特色菜回请嫣然。今天是中餐饭馆春节后第一天开市,茶房安排了两荤两素的热菜,是爆两样、烧南北、扒三白和奶汤白菜,另有一只银鱼紫蟹火锅,主食是油酥烧饼。茶房丑表功说,这可是三岔河口的金眼银鱼,再不吃就过季了。嫣然很喜欢吃银鱼,优雅地拿筷子夹住鱼头用嘴唇一抿,鲜滑软嫩的鱼肉就全留在嘴里,一连吃了十来条,每条五毛钱。我和"二饼"喝滚烫的"五加皮",但我食不甘味。"二饼"很知心的说,别往心里去,大丈夫何患无妻,更何况已经这会儿了!他的意思我明白,我已经是要死的人了,离婚只能算是小事。由此我突然想到,他会不会还有同党?否则怎么知道我下午离婚。他看出了我的心思,说我干这行十来年,从来都是独来独往。他瞟了一眼正在吃螃蟹的嫣然,悄声道,法院的事,是王副干事长告诉我的。我问你见着他了?他说我给他打了个电话,吓他个半死。我问他怎么会知道我的事?他大笑道,他派人盯着你,其实盯的是我,不吓死他,这小子说不定会玩花样。我故意叹气道,这里边事多,太复杂,你还是先回去,日后找机会再来?他说我也有过这想法。我说那太好了,车票我来安排。他摇头道,这次是南京政府的生意,脱不了钩。我说你逃啊。他苦笑道,普天之下莫非王土,我往哪逃?我问,那你是?他说是的,我被南京政府抓住了,我的父母儿女现在全都关在南京反省院。我说,既然你是替南京政府干事,就没必要像以前那样除掉联络人。他叹道,南京政府命令我,行动要和我以往做的案子一样,每个细节都不能错,绝不能让政府受牵连。于是我绝望了,真的绝望了,要想活命,只能寄希望于最后一搏。

我问,你什么行候动手?他说,目标今天上午住进息游别墅,但不知道在哪个房间;整个下午我一直在侦察,最后跟着他的马弁来到三楼;我从茶房那里知道,这家伙包了两个套间四个单间,还是不知道他住在哪个套间;嫣然真是聪明绝顶好孩子,假装迷路,哭着敲那两个套间的门,第一间里住着个日本大佐,给了她一把糖块,第二间里住着目标,骂了她两句就把门撞上了。我问嫣然,你真看准了?嫣然说跟照片上一模一样。我又问"二饼",你什么时候动手?他给了嫣然一块钱说,你要是吃饱了就到楼下大厅玩一会儿,买根糖葫芦消食,我跟你爸谈点事。嫣然出门后他道,如果不出意外,明天凌晨动手。我问你什么时候把孩子还给我?他说,你先听我的计划,明天早晨六点整,你租一辆汽车停在息游别墅侧面的小街上,车头朝着旭街,别停火,虚掩着后座车门,不管我是从楼上跳下来,还是从大门走出来,我一上车你就往法租界开。我盯紧了问,什么时候还我孩子?他笑道,动手之前我会让春桃把孩子带到寄春亭,咱俩的事办完之后,我打电话让春桃放孩子回家。我怒道,胡说八道,到时候我死在你手上,孩子让他们扣在窑子里,办不到。他问你说怎么办?我说明天早晨五点半,我找人在息游别墅门口接孩子,孩子如果没出来,你别想上车。

"二饼"双手交插放在腹部,仰头望着天花板,想了好长时间。我知道,他是把明早的行动计划在脑子里过一遍。他终于说,这样吧,今晚我让春桃先走,明天提前一个小时行动,五点整,我带着孩子从息游别墅的大门出来,怎么样?我恨道,你就是不肯放过孩子。他说,我一定会放过孩子,但要是放得太早,你肯定逃跑,到那时,我在南京的孩子谁来管?我叫道,你就跟南京政府说,已经把我杀了不成吗?他也叫道,不成,你以为王副干事长会替我向他上司撒谎吗?我说那倒也是。他最后叮嘱道,接我的时候,你要化妆成"张春和",还有,替我带着那套西装。我问为什么?他没回答,只是把钥匙交给我说,今晚你住中国旅馆,西服和化妆的东西都在那边。

当晚,我先找到王新武,要来十发点四五勃郎宁子弹,又赶到大阔饭店,重新布置好所有能让我占先机的工具,并从"二饼"的皮包中取回勃郎宁手枪。是不是对得起党组织对我的培养,能不能看着嫣然长大成人,全看明早这一战了。王新武给我子弹时,像是已经猜到了我的想法,赞赏地冲我一挑大拇指。

11

正月初七。当我们三人再次回到大阔饭店,已经是早上八点。我穿着那件黑呢绒镶蓝边的棉袍,"二饼"穿着西装,但只有我化妆成"张春和"的模样。大厅里有些客人刚到,又有些客人准备离开,显得很乱。有个家伙粗鲁地撞到我身上,我一把将他推开,却撞在"二饼"身上。他的腿在刚才跳楼时严重扭伤,但他还是揪住那家伙的衣服,将其甩倒在地,那家伙一句道歉的话也没讲,便冲出饭店。嫣然很关心地问"二饼",脚没事吧,我扶着您上电梯。

三个小时前,我在息游别墅旁等候"二饼",他从汽车后边出现时,脚一拐一拐,明显是从二楼跳下时扭伤了。我要替他去接嫣然,他怒气冲冲地独自去了。我无法猜测他是否已经成功,因为我没听到枪声。但是,他让我采买的物品里有一条厚毛巾,我猜想,如果他用"掌心雷"射击,枪管卷上厚毛巾的话,隔壁听到的也只是类似拍掌的声音。"二饼"提着行李,带着嫣然回来了,后边没有追兵。他对司机道,去天津东站。我们在天津东站的候车室里闲坐了两个多小时,"二饼"在公厕里把化妆卸掉,这才另外雇车前往大阔饭店。"二饼"与嫣然同乘一辆洋车,手扶在她的后颈上,这是在警告我别作妄想。

嫣然从"二饼"手中接过钥匙打开房门,"二饼"让我先进,我还想推让,但看他的眼神不对,心下一惊。果然,门边衣架上没有木柄衣刷,梳妆台上也没有"靴拔子"。"二饼"不动声色地说,我早就猜到你会捣鬼,昨夜特地回来一趟。我说,先放孩子走。嫣然已经发现情况不对,痛苦地望着我,又望着"二饼"说,下次您来天津,我还给您做好吃的,放我老爸走吧。"二饼"摇头道,我跟你爸还有点事,你先下楼。他取出那包钱递给嫣然道,你到楼下大厅里等我们,无论如何不许回来。他推着嫣然往外走,左脚一瘸一拐很痛苦。嫣然流着泪叫了声老爸,便被推到房门外。

"二饼"回来,打开窗子,从梳妆台的抽屉里取出衣刷、靴拔子和黄麻绳,丢到窗外道,这些东西不能留在房里,到时会让警察胡思乱想。说着话,他又从抽屉拿出一个小玻璃瓶,把里边的液体倒在半杯水中,把小瓶也丢出窗外,对我说,你从包里只拿了勃郎宁手枪,没拿钱,这很好。他把水杯放在茶几上,我发现他戴着一副薄手套,突然想起什么,便问,你已经把这房间里所有的指纹都擦干净了?他浅笑道,息游别墅的也擦干净了,咱俩的事了结之后,我就去擦中国饭店的房间。我又问目标干掉了?他说拨锁进门,胸部两枪。从他第一次让我买的东西来看,我知道他必定是在弹头上用锉刀锉了十字凹槽,又将弹头在白酒调的大蒜汁里浸过,所以,目标胸部中弹,即使没有射中心脏,也必死无疑。他看了一眼扭伤的左脚,又道,你别打鬼主意,初五晚上我一直跟在你身后,看见你施展功夫逃跑,这才提醒我对你小心防范,否则,说不定我此刻已经着了你的道。

"二饼"不愧是行业高手,他已经完全彻底地挫败了我的所有计谋。"二饼"苦笑道,你别摸枪了,大厅里撞我们的那个小偷是你安排的吧?他偷你的枪时我还感到奇怪,稍一分神,这才让他把我的枪也偷去了。我的勃郎宁果然没在怀里,没想到陈自由瘸着一条胳膊手段还这么厉害,但我是逼他偷"二饼"的枪,怎么会偷我?"二饼"也向我展示一下空着的左袖口,没有"掌心雷"。他笑道,我师父常说,当坏人就得当到底,一动善念必死无疑;这次我不该对嫣然那孩子动心,让你有机可乘;好啦,你什么也别想,把这药喝了,一了百了。我凑近那杯水,嗅到一股DDT的味道。他说,没错,就是那东西,喝吧。

我突然笑了起来,因为我刚刚才把事情的来龙去脉想清楚,感觉自己很蠢,没有看到问题的实质,便问,这些日子你费了那么大的力气,又是狡兔三窟地租房子,又是两个"张春和",又是换衣服,现在只让我一个人化妆,原来你是想诈死,让我当你的替死鬼骗政府,而你自己好借机逃跑。"二饼"说没错,王新武说找一个身材相貌跟我近似的人不容易。我问王新武不是政府的人吗?他笑道,他是官私两道通吃,这次的目标是他假公济私,有个人目的,要不他怎么会又帮我又防我又怕我;你还是快点吧,别逼我动手。可怜的"二饼",你哪里知道,王新武痛快地给我手枪子弹,必定是想让你死。但此时我再说什么也没用了,"二饼"不会相信。于是我脱下棉袍,双拳收拢,双脚虚着劲一前一后摆开来道,如果我死了,请把孩子和钱都交给我前妻,她是个善良的人。我这是在学刘备,唱《白帝城·托孤》。"二饼"说一定办到。

我不是"二饼"的对手。屋子太小,我的"劈挂拳"功架大,比不上他的南拳小巧,几次被他击中要害,痛彻肝肠。他吃亏在左脚有伤,身体不灵活,无法将我擒住置之死地。我则吃亏在功夫没他深,搏斗经验没他丰富,无法攻破他的防守。没办法,我只能使出摔跤的本领,将他扭摔在地,再与他缠斗。具体打斗过程我记不清了,其中肯定少不了揪头发、戳喉咙、咬手指和往眼睛里吐唾沫等老娘们儿打架的手段,反正到了最后,我将他受伤的左脚扭脱了臼,他折断了我的左臂,然后两个人僵持着纠缠在一起，谁也动弹不得。就在这时，嫣然用钥匙打开房门大叫"点子嗨啦"。一见我们互相制住对方不能动弹，她便急得哭了起来，对"二饼"道，张叔叔，您松松手吧；老爸，别打了，外边都是"黄点子"（外国巡捕），正挨屋搜查。听到这些，"二饼"先松手，我也松手。我对"二饼"道，这是二楼，我先背孩子从墙上爬下去，再上来背你，一命换一命，然后咱们各奔前程。这时，楼道里一片喧哗，已经有巡捕的叫声传来。"二饼"苦笑道，你用一只手背着我，拿脚爬墙吗？我打开窗子察看逃跑路径，被楼下包围的巡捕看到，狂喊他在二楼，他要跳楼逃跑……"二饼"拉住我叫道，这就是我的命，请你记住，我的名字叫黄五行，我儿子叫黄培佳，十七岁，跟他爷爷关在南京反省院。天哪，他居然也向我"托孤"，我扶着伤臂抱拳道，在下必不辱所托。然后我撕下胡须，丢掉眼镜，拉着嫣然跑下楼去。此时大阔饭店已经一片混乱，冲上来的巡捕与逃跑的客人挤作一团。我和嫣然乘乱逃出饭店，嫣然一直紧紧抱着那包钱没松手。

正月初八，陈自由不肯凭白把两只手枪还给我，他说"老头子"那边加了利息，原只差二百，现在变三百块了。无奈之下，我只能从"二饼"留给嫣然的钱里拿出三百块给他。枪到手之后，我看清勃郎宁里有子弹，便用枪顶着他的头，逼问是不是他报的警，否则英租界巡捕怎么会知道我们在大阔饭店，怎么可能来得那么快？陈自由拿全家发毒誓，我不信，问你为什么连我的枪也偷？他狡辩说你们两个太像了，分不清，都偷了保险。我说胡说八道，昨天只有我一个人化了妆。

正月初九，到了今天还没有警察上门抓我，说明告密的不会是陈自由。当晚,每日在南市三不管撂地"说新闻"的汪记者在院中排练新段子"抗日义士除奸记",讲的就是"二饼"刺杀军阀,案发后服毒自尽的故事。"二饼"的事让王新武对我刮目相看,晚上,他托赵倾城做中间人,"说和"两家的误会,在登瀛楼为我摆酒压惊。说起来我们双方都是"郎情妾意",你想利用我,我也想利用你,原本就是"生意",所以,"二饼"那个"过结"不难解开。至于他们拉我入伙的事,我也就半推半就答应下来。

正月十五,张府行搬回来了,往我房门上插了个信封,里边是一张照片。该死的,这是我,嫣然,还有"二饼"站在大阔饭店电梯里的照片。我还记得,我们三人回大阔饭店时,大厅里有一对西北口音的年轻人在拍结婚照,原来,用黑布蒙头的摄影师就是张府行。我到他家拜访,他说"二饼"不死,我一辈子也没法安宁,但你给我的护照照片太小,我的破相机没法翻拍,没办法,只能往那是非多的地方蹲守,果然让我在息游别墅门外发现了他。他拿张照片给我看,上边却是我化妆成"张春和"从息游别墅走出来,人很小,应该是从街对面拍摄的。他说我跟踪那家伙,发现他在大阔饭店有房间,第二天便雇了俩外地孩子,每天在附近蹲守,就是为了给他拍一张清楚的照片。他接着诡异地笑道,我原以为你已经被他除掉,没想还能活着见面。我问你想怎么样?他笑道,我宅心仁厚,胆小怕事,到巡捕房告发时,只裁了他一个人的照片,没用他和你闺女的合影;我这邻居还够意思吧,要不是我小心保护,你和闺女现在已经是"二饼"的同案犯了。我猜想他报官的那张照片仍然是化妆后的我,因为他不认识没化妆的"二饼"。我接着问，你想怎样？他说"二饼"已经死了，你不会也想杀我吧？我说不会。他说那就只剩下生意了。于是，我花二百块钱买下那张合影的玻璃底版，敲碎后丢在海河里。

第二年，也就是1937年的正月十六。我的小旅行社已经办得很成功，护送了不少党组织的重要干部。于是，我又筹备在英租界开家寄宿公寓，王新武和赵倾城出资本，我负责经营。只是，单身男人在租界里租不到整幢楼房，带着嫣然反到像是人贩子。今天签租约，我正在等候房东和上级领导为我从天津市委借来的"太太"，却听到楼下嫣然与人吵闹，下来一看，原来是嫣然与她姥姥。上级领导当真心细如发，对我体贴入微，他们不单给我派来"太太"，连岳父岳母都安排好了，而且还有我的第一位房客张府行。签约过后，桂芝交给我两封信，一封是她的组织关系介绍信，另一封是上级领导让她转交给我的，这是"二饼"的儿子，也就是黄五行的儿子黄培佳写来的感谢信，他收到了我托党组织转交给他的大学学费。到了"七七事变"之后，只通过我这一家地下交通站，就往延安输送了600多名进步学生……我太老了，有些事，过去太久，记不清了，累了，就说这些吧，等我养足精神，下次再聊。

新女性挽歌

1

1929年9月3日,农历己巳年八月初一,星期二。

程君石早上7点钟才回来,他不想上楼吵醒玉婕,便借了园丁老安的剃刀,在楼下的客用卫生间将就着刮脸,同时留意客厅里收音机播报的新闻。

"苏军与东北军在满洲里与绥芬河前线发生激战,双方均有重大伤亡……"他相信张学良这会儿正急得抓耳挠腮,做梦都想新装备的空军战斗队能够尽早参战。他卖给东北军的那批战斗机一旦投入战场,配件生意便会源源不绝。

"昨晚,英国驻天津总领事、英租界工部局总董事托尼·贾布林宣称:华伦洋行去年10月发生的渎职案件绝不能宽宥,该行买办程君石必须接受严厉惩罚……"听到这话,他像棒球跑垒员一般冲入客厅,关掉收音机。

那些人还是不肯放手,但愿玉婕的早梦没被这个坏消息惊醒——他热切地祷告着,世间任何险恶都不要打扰我那稀世珍宝般的女人。

在他们的关系中,凡是他能够做到的,他相信已经做得接近圆满了,剩下的只看玉婕能否从内心深处的挣扎中解脱出来——这是一场有关现代女性的自尊和自由的挣扎。糟糕的是,她一定是认为,与有妇之夫的同居生活让她丧失的不仅仅是自尊与自由。更可怕的是,这种内心的挣扎甚至让她对性生活产生了罪恶感和厌恶。

"是你么君石?"玉婕的声音从楼上远远传来,是那种慢悠悠的长腔,像她的身材一般有股子诱人干傻事的味道。

他提高声音,对歌似的答道:"你别猛地就起床,当心头晕。"对于玉婕,他觉得自己就是个16岁的少年,懵懂而又狂热。

瞥一眼镜中的脸,35岁的男子依然像25岁,白净,聪慧,健康,倒是个有财产,有才情,有才干的样子,好男人理当如此。他对自己有信心,但对玉婕却没有。

"睡得好么?"见玉婕下楼来,他的嗓音便开始跳舞。她身上套了件宽大的丝睡袍,却掩不住运动员式的体形,腕间一对玻璃翠的镯子,相对她的手腕略显大了些。这对翠镯是从皇宫里流落出来的宝物,它的旧主人许是位丰腴的妃子。

玉婕问:"你不是要去港口接货么?何必一早就从医院赶过来。"程君石的原配夫人把医院当成了家,昨晚他留宿在那边。许久以来,玉婕总是在猜疑,不知这位程夫人是否知道她在与她丈夫同居,为此,她对这位程夫人充满了好奇。

"船进港迟了,我等舞会过后再去。"君石轻轻亲吻她,用手指握住她的手指,将身体小心地贴上来。

"你不必陪我,我不一定非得参加舞会。"玉婕却有些神不守舍的淡然。身体的接触让她颤抖,她便故意走向窗口,张望花坛中的玫瑰。我不是个合格的情人。她对自己无可奈何。

君石软语相商:"舞会还是去吧!这是暑期过后的第一次盛会,没有人肯错过。"租界里的夫人们若肯放弃这样的时装舞会,怕是比她们突然抛弃了有钱的丈夫还让人震惊。

小巧的早餐桌安放在宽敞明亮的凸窗里,德国迈森瓷器的花样在这种天气里显得太过鲜艳。9月的风应该很清爽了,但今晨却湿漉漉的,不是"秋老虎"的干热,而是穷追猛打似地湿热。

玉婕坐下来,把目光停在情人脸上,像在读史。

"有事要说?"君石将目光迎上来,仿佛在读诗——他不想玉婕有半点心事滞留在情绪中,尽管他察觉到的比这要多得多。

"嗯,也不是那么要紧。"她最怕的就是这一点。他察颜观色的本领无人能及,于是,话到唇边又被粘住了。

电话铃猛地响起,这种德国电话的铜铃足以惊醒死人。君石拿起听筒,发现玉婕的目光飞快向他一瞥。

听筒里的声音很大,连送茶来的周嫂也听得清。"我是隆盛地产,请找一下郑小姐,郑小姐呀!"

君石的视线跟随玉婕走到窗前。她将听筒紧贴在耳边,压住对方的高调门儿,头微微侧着,逆射的光线,在她的额头和颧骨上敷了一层金灿灿的炫光。她道:"对不起,您找错人了,请不要再打这个电话。"

"中午一起吃冰好吗?"玉婕理顺腰带坐回来,现抓了个话题问君石。她必须得将这个电话引动的疑虑擦抹干净。

"傻丫头,脾胃不和还吃冰,小心些!"君石玩笑似地伸出手指按在玉婕的颊上。这个小脑袋瓜里隐藏着怎样的怪念头!他暗自忧心。

她也玩笑似地张口向他的手指一咬,没有咬到。看来,他的疑虑越来越深了,还是越早摊牌越好,她想。

"哇!谋杀亲夫啦!"门边一声高叫,让两个人脸上飞红。来人身材细小,齐耳短发硬如鬃刷,是小丁,本地报界有名的矬老婆高声的女记者,玉婕在报馆的同事。

玉婕原本是《布尔乔亚早报》的编辑,自从住进君石给她买的这幢洋楼,便只在家里兼职编不太要紧的"闻人"版。她知道君石不赞成她继续工作,但他也绝不肯明确表示反对。他做任何事都忘不了那个恼人的"分寸",可越是如此,玉婕心中便越发的不安。

"此时不逃更待何时?"君石与小丁熟不拘礼,同时也受不了她的大嗓门与口无遮拦,便急急地去了,临出门留下话,"中午我回家来接你。"

"到报馆接吧。"玉婕没料到小丁来得这么早,把君石给吓跑了。

同住在一所房子里,却没有机会把两个人的事情谈谈清楚,她对自己的犹豫不决很是不满。不管怎样,自己拔脚就走总不是个体面的办法,毕竟跟君石同居了将近两年,简单处理可是个蠢主意。

2

玉婕一向不在意衣着华贵与否,只求自适即可。她并不宽裕的父母能供她读完大学,已实属不易,没有钱再给她讲究衣装。然而,君石在服饰上却有怪癖,质地高级、品牌高级、售货的商店和售货人也要高级,即便如此,他也不过是偶尔才会满意,好在像他这样的顾客,没有商家会介意他的任何挑剔与怪癖。

买这些东西累死人!为此玉婕常在心底抱怨,像个不知父母恩的孩子。

她挑了件不太显眼的印度绸长裙,淡绿色,疏疏落落地印着几朵深黄色的雏菊。换装室里有君石给她配套的绿色高跟鞋,她却故意选了双黄鞋,但下得楼来她才想到中午要与君石见面,只得再上去把绿鞋换上。上下两趟,她的额上便有了汗。

若不是因为那件大事,这样的天气最好留在家中,她自言自语。

小丁盛赞玉婕这身衣服天上少有,地下全无,只她一人最适宜。

玉婕心道,你却不知,君石为这套衣服至今耿耿。他因为这裙子太便宜,让他在洋装商店付账时丢了脸,便一气之下又给她买了件不合季节的火狐斗篷。君石平日里有绝好的脾气,只是喜欢跟钱过不去罢了。

还有什么要准备?她问自己。首饰多得从匣子里溢出来,她却只在小指上套了只颜色淡淡的翠指环。因为金属过敏,她连手表也省了。

"你拿定主意了么,当真要离开老程?"小丁虽然常常管束不住自己的舌头,但也知道要紧话得避开仆人。

"说不好。"她相信周嫂仍在收拾餐桌,走到花园中方道。"我也不知道该当如何,想了半年多,还是没有好办法。"

"要是换了别的女人,能过上这种好日子,遇上这样的好男人,早美得鼻涕冒泡啦!你呀,就不知足吧,回头悔青了肠子别来找我哭。"小丁拼命压低嗓音,像个间谍的学徒。

园丁老安早已打开了车库门,低眉顺眼地候在那里。她那辆蓝色的阿尔法·罗密欧刚刚打过蜡,闪着宝石样的光彩。

"太太走好,玫瑰要剪么?"老安瞄一眼她沉甸甸的皮包。

玫瑰花圃是玉婕最大的消遣,如今长梗玫瑰刚刚开败,短梗玫瑰又长出丰满的花苞,天气若是称心如意,下周三它们便该绽放了。

"把长梗的打打枝子。"望着这些即将被遗弃的心爱之物,她不由得心痛。

"太太不自己动手了?"老安今天的话多得可疑。

"那就放两天再说吧。"她快步走向汽车。

"太太,小的随时侍候您老,全都按您的心气儿办。"今天老安把"太太"俩字儿叫得太多。

玉婕平日尽可能不开车出门,因为君石给她选的这辆车太过招摇。虽说本地九国租界只剩下六个,又打了十来年的仗,但生活没有变,依旧是富人无数,比赛着糟蹋钱财,但即便如此,在整个天津租界里,像这样的汽车也只有两部。开另一辆香橙色阿尔法·罗密欧的,是京津两地出名放浪的"女疯子"。

车子绕过英租界运动场,刚驶进新加坡道,小丁突然叫道:"停一下,我先在这儿下车,朱三儿和朱五儿今天开车从北京过来,听说带来的舞会晚装是法国名师设计,我得先探探风,能拍几张片子最好。"朱家姐妹是前财政总长的女儿,社交场上的风云人物。

小丁跳下去,却又蹦回来,叫道:"险些忘了,这是你要的绝密材料,但别太当真了,老程是块宝,丢不得。"一只马尼拉大信封从皮包里拉出来,丢在汽车座位上,然后便冲进朱宅大门,皮包在膝边蹦蹦跳跳,门房一躬到地。信封上小丁夸张地写着:《渎职者的罪状》。

玉婕走进报馆,迎面正遇上《布尔乔亚早报》的主笔郝大为。

"嗨喽!"郝大为花哨的圆点领结松着,衬衣袖口卷到肘部,高举双臂,对刚刚进门的玉婕叫道。"令我魂牵梦绕的人儿,我牵挂了你20年,你的一颦一笑,是拨弄我心弦的玉指,你的……"

郝大为今年还不到30岁,宣称他的报纸是新兴中产阶级的代言人,可没想到富人更喜欢它,广告收入与订户数量足以骄人,为此,他在京津两地的社交界里前途不可限量。

每一次回到报馆,玉婕紧缩的心便一下子松弛下来,十几个年轻人营造出来一派生机勃勃,向她匆匆点点头或挥挥手便埋头工作,透露出来的是生命的价值与意义。

我愿意每天在此,哪怕缺衣少食。玉婕发一声轻叹,没理会郝大为半调情式的玩笑,打开那份《渎职者的罪状》。

这是英租界工部局秘密档案的副本,上边别着张纸条,手书的字母横冲直撞:阅后速还,不得拍照。这一定是小丁的那位苏格兰情人的手笔。他是工部局的秘书,取了个中国式的别号叫"渤海渔夫"。

档案全部是打字的官样文件,玉婕读这类英文不太困难。她迅速翻找有关程君石的内容。君石当买办的华伦洋行秉承德国洋行节俭的传统,外表的排场并不大,但资金雄厚,加上君石长袖善舞,生意局面极开阔,全国各路军阀手中大都有他经手的欧洲军火。

所谓渎职案发生在去年,东北易帜前两个月。这20架意大利战斗机原本是替北伐军订购的,通过与蒋介石相熟的中介洋行和担保银行做成的这笔生意。不想,国民革命军1928年10月打下了京津两座城市,北伐出奇顺利,眼见着大功告成,他们便对这笔生意萌生悔意,付款也就不大痛快了。当时运送飞机的货船已经驶过了马六甲,等船一到上海港,君石就必须得立刻付款给货主。为难之际,他便电告货船转赴旅顺,把飞机卖给了正在替父亲张作霖大办丧事的张学良。这是因为,日本人向来是只卖给奉系军队枪炮,飞机的不给,所以,为了建立自己的空军战斗队,张学良出手大方得很。通常情况下,此事也不过是小小的违约而已,但英国与日本在华关系紧张,这次程君石将他为亲英的蒋介石定购的军火转手卖给了亲日的奉系军阀,难免会被人按上一个"资敌"的罪名。然而,天津是个自由港,大家都是做生意赚钱,与政见无干,所以,工部局若给君石定个"资敌"的罪名实难服众,但如果仅仅告他违约并处以罚款又很难让君石的敌人满意。于是，便有人想出这个主意，由中介洋行出面告他不守行规，这就是渎职罪了，如果罪名坐实，君石此生便再也不能干买办这一行。

玉婕早便知道，整个案件的操纵者，正是她大学时的戏剧教授，现任英国驻天津总领事托尼·贾布林。玉婕原本是他最得意的弟子，尽管她时常因为打篮球而忘记彩排，让老头子很恼火，但他仍然喜欢她。英国人性子直，她喜欢这种性格。

如果能由她出面找老托尼把这桩麻烦事解决了，就应该能还上她这几年对君石的亏欠，离开的时候也就心无牵挂了。她要活得自尊，就不能欠任何人的一丝一毫。这个想法虽然愚笨，却有尊严，能让她找回自己。只是，英国人愚直、死板，老托尼的脾气简直就像个榆木疙瘩，所以，她无法预测她的计划能否赢得老托尼的支持，心中难免惴惴。

3

报馆主笔的办公室极小，透过玻璃墙，可以望见外边工蜂般忙碌的编辑和记者。

"请坐下说话。"每当只有他们两个人时，郝大为便很斯文，不胡闹。

"我不打算再干兼职了。"玉婕直言相告。

"那可是我们的一大损失。"一支红蓝铅笔在郝大为的指间跳舞。"你应该再好好想想，常言道，一步走错可是步步错，大褂也可能改成袜子。"他早便听到过玉婕要与程君石分手的传言，认为玉婕必定是疯了，但他此刻又不能暗示得太露骨。

玉婕立刻纠正他的误解:"我没打算离开,我是说,过几天我要开始干全职编辑。"

他精确地做出吃惊的表情,感叹道:"谣言害人不是!有人竟然传说你要出远门。但是,程先生会答应么?"他心中却认为,谣言中往往包藏着真情,女人不知足是天性。

"他会答应的。"玉婕说这话时自己也没有信心。

"我的机会来啦!"郝大为隔着桌子揎衣捋袖地高叫,像个热切的求爱者,心中却道,我竟不信,放着宝马香车,锦衣玉食的日子不过,没理由走这一步啊。

外边有人叫玉婕接电话,她道:"就这么说定了?"

"说定了,那个职位永远是你的。"郝大为嘴上回答得干脆。女人的事,没有能说得定的,即使今天下午她又突然宣布与程君石去领"姨太太的结婚证",他也不会吃惊。

电话是君石打来的,说上午工部局调查"渎职案",问话一时半会儿没有结束的意思,中午过不来,很抱歉,舞会前换装时家里再见。

那就只好下午再摊牌了,但你最后决定了么?她问自己。这一步迈出去,再无法回头,然而,如果自己怯懦了又会如何?她下意识地四下里望一望,却又无人可以言说,比君石更可依赖的人不好找!

只有办成老托尼这件事,还上欠君石的人情,才好平等地提出分手,但这需要钱,大笔的钱。

英商汇丰银行的二楼有个贵重物品抵押部,是家犹太人开的买卖,虽然打着汇丰银行的招牌,其实两家只是房东与房客的关系。玉婕知道，犹太人贪便宜，她如果做个利息高得荒唐的10日抵押，应该能得到近乎卖断的押款。皮包中的40多件首饰，她在上个月已经请行家仔细估过价，心里有数。

玻璃门上用花体字写着：拉比诺维奇祖孙押行。看柜的年轻人只有二十几岁，下巴上的胡须剪出优雅的椭圆形，黑色的犹太便帽戴得太过靠后，显得精明有余。许是被玉婕包里的这一大批宝物惊住了，他的声音开始颤抖："小姐，能为您效劳荣幸之至，不知您是做哪一种押款？"

他替玉婕拉出椅子，两人隔着一张小圆桌坐下。这座大楼刚建成不足3年，但房间里摆的却是半旧的樱桃木家具，墙上挂着与赛马有关的小幅油画，没有账簿、套袖之类煞风景的东西。这是犹太人刻意营造出来的一种传统、殷实的气氛，好让来借钱的人心安。

玉婕道："我需要3万元。"这是接近于估价的数目。

"这可是笔大数目！"犹太银行家的口气像是赞美圣父。

所有的首饰被分门别类摆放在一只黑丝绒蒙面的托盘里，壮观得不大真实。

"你是？"玉婕指了指门上花哨的字迹。

"在下是小拉比诺维奇。"他往眼上戴了只桶形的放大镜，每一件首饰都被放在眼前仔细研究，半个小时很快就过去了。

"请不要介意，这些东西，全部卖断也不值3万，您可以增添抵押品，也可以少借一些。"小拉比诺维奇手捻鬓边垂下来的卷发，样子相当知心。

"我需要3万元。"玉婕的口气不是商量。

小拉比诺维奇起身去了另一个房间,玉婕四下里望了望,便收回目光。这是个较量耐心的时候,只是她的时间有限,下午要办的两件事情都很费功夫,而她又不能让君石在家里等,舞会之前也许真的有机会把事情谈谈清楚。

小拉比诺维奇领着位衣装保守的老人出来,两人有相似的大鼻子和相似的夹鼻眼镜。"这是我的祖父。"祖父的腕上系着经匣。

"幸会,幸会。"老拉比诺维奇的汉语很好,只是讲得慢些,带着诵经的味道。"您借这么一大笔款子,想必是有急用?"

"实际上,我是想卖掉它们。"玉婕故意扔出一枚炸弹。

"天啊,这可是个惊人的消息。"玉婕的炸弹收到了预期的效果,老拉比诺维奇的感叹如同唱赞美诗。"您做出这样的决定想必十分痛心吧?您的这些珠宝多数是博物馆级收藏品,收集它们一定花了您大量的精力,就此割舍,需要绝大的勇气。"老犹太人人情熟透。

"我今天就需要这笔钱。"玉婕斩钉截铁。

又摆上一张小桌,一盏台灯,砧、钳等诸般工具也铺排开,老拉比诺维奇戴上套袖、围裙、老花镜,再次问道:"贵重的宝石我得取下来检查,可不可以?"

"干吧!"玉婕知道,接下来又得是一个漫长的过程。这种长时间的等候折磨,目的之一就是让借贷者失去自信。

红宝石、蓝宝石、绿宝石、钻石,在灯光下熠熠生辉,被从戒指、手镯、项链上取下来,用天平称过,又在放大镜下仔细察看,最后记录在案,托盘内余下的是玉婕往日时光狼藉的遗骸与富贵生活破碎的片段。

老拉比诺维奇清了清嗓音道:"尊敬的小姐,您的这批宝物,不说零售价格,若在同业间买卖,确实值3万元,但是,您这是办理押款,我们是个古老的行业,有一定之规,我尽最大的努力,也只能给您17000元。"

玉婕脱口而出:"这个数目远远不够,至少得21000元。"

"这是不可能的事。"老拉比诺维奇开始把宝石镶回到首饰上去。

"上帝曾把卖淫者与高利贷者一同赶出圣殿,并诅咒他们。"玉婕也有伶牙利齿,只是在君石面前无从开口而已,于是落了个文静的好名声。

老拉比诺维奇一声长叹道:"我那埋在俄国的祖父若知道我这么干,一定会从坟墓中跳出来,猛踢我的屁股。好吧,19000元。"

4

从老拉比诺维奇那里拿到了19000元支票,将汽车卖给汽车行又拿到3000元,到律师行交上21000元,玉婕手中便只剩下了1000元。不过,她的银行折子上还有600多元,加在一起也不是个小数目,在租界旧街区的公寓楼里,够她租下一个不带卫生间的小房间,只是得自己动手做饭吃,有公共厨房。

洋车停在德国医院门前,玉婕这才意识到自己没有问价。她只好在洋车的脚踏板上放了一枚5角钱的银角子,故意给了个大价钱。与车夫当街争执有失身份,今后自己该当节俭花销才是。

程君石的原配夫人就住在这家医院里,他们结婚十五年,据说极恩爱。对这位夫人,玉婕心中充满了愧疚和好奇,所以,在与君石分手之前,她一定要来见一见这个人。

"我是女青年会的,给您带来了上帝的福祉。"玉婕撒谎也是出于无奈,她的真实身份是对自己也是对程夫人的最大羞辱。女仆给她拉过椅子坐下,她把脚缩在裙下,后悔穿了这双绿鞋。

程夫人美貌惊人,脸上只敷了层粉,未涂唇膏,目光锐利,在医院宽大的睡衣下,却是孩子般娇小的身体。玉婕早便知道,程夫人在本地是最负盛名的美人之一。

"裙子是你自己挑的?"程夫人把玉婕透视了一番才开口,讲的英语没有口音。

"让您见笑了。"用英语交谈可以避免被女仆与护士们听到,玉婕小心应对。

程夫人笑了笑,这才带出些病容,她道:"看来你很有主见。我一眼就能看得出来,你的发式、唇膏、鞋子、皮包,指甲修剪的样式,包括神态,都是君石的品位,只有这裙子是你自己。"

玉婕一时语塞,没想到,对方一见面便认出她来。

"你一定是君石现在的女人吧?"程夫人问。

"是的。"玉婕甚至没有机会羞怯。

"来看我什么时候死?"程夫人的唇边稍带揶揄。

"不,我是过来向您道谢。"

"不是道歉?"

"是道谢,感谢您没有阻止我们在一起。"但玉婕自己也不明白该不该对程夫人的这种大度心存感念。

"道谢就多余了,太多情是女人致命的缺陷。凡是君石的女人,分手之前总要来看我一眼,真是闹不明白她们想干什么。那么,你打算什么时候离开他?"

玉婕无言以对。真的,我今天当真能离开他吗?

程夫人又道:"君石是个情种,却挑剔得很,等闲的女人难入他的'法眼'。"

"我难道该感到荣幸么?"玉婕试图保持住尊严。

程夫人好像兴致不错,双手交插,臂上也露出一对玻璃翠的手镯,显然与玉婕的那一对出自同一块玉石。她道:"如果换了我,我会感到非常的幸运。老天爷真不公平,把我弄得这么矮小,所以我不幸。"她的神气却不像言辞这般感情充沛。"我很早就知道你,你是君石最着迷的一个。他亲口对我说,他一定是前生欠了你大笔的情债,今生今世怕是也还不清楚。听他这样讲,我就越发的不放心,怕他把你宠跑了。女人如果一味受宠,必定是要逃的。"

玉婕无语。

"我的身子太弱,而君石做梦都想娶个篮球运动员。你是运动员么?"程夫人的大眼睛里又变幻出一片天真。

程夫人能够如此平静地谈论她丈夫的情妇,已经超出了玉婕的经验范围。不过,她此刻已摆脱了最初的慌乱。这只是共事一夫的两个女人的谈话而已,没什么大不了的。于是她答道:"我是篮球运动员,打过校际比赛。"她努力让自己的目光与程夫人一样天真。

程夫人的汗水把额发打湿了,叹道:"我一直在想,如果你不离开他会怎么样呢?该不是你另有情人了吧?"

"不,只是因为这种生活让我感到羞辱。"

"不过,你还没有最后决定,对吗?"程夫人机智过人。

"我的心里一直有两个声音在争吵,谁也说服不了对方。"她无意间讲出了真实的苦恼,眼前的这位夫人确实是那种能够让人一见倾心的女人。

"要是说服不了自己,就这么将就着过吧,我都不说什么,别人更没有资格说闲话。回头我让君石给你补一张婚书,再热热闹闹操办一场。国民政府虽说不够开通,但只要交足了印花税,娶几房姨太太他们都给结婚证,保护妇女嘛,新女性就是好。"程夫人倦了,汗水爬上睫毛。

玉婕的颈后也在流汗,天气太闷热了。

程夫人又道:"我的父母还算富裕,带过来的嫁妆至今也不曾动用,所以,就由我另外出钱安置你的家人,你也就不用胡思乱想了。离开他的事就算从来也没提过,我也不会对君石讲。"

"您太慷慨了,不过我不能……"玉婕起身要逃,程夫人的好意如同一支强大的攻城部队,逼得她无可逃避。

"你担心得有道理,他也许不会正式娶你,因为我们两家都是罗马天主教徒,但是,他一定会给你好生活的,对女人,君石最慷慨。"程夫人倦得眼看着就要入梦。

玉婕退到门边,伸手去开门。程夫人突然在她身后呓语般地问了一句:"也只有你这种运动员能满足得了他,他在床上可是个狂暴的男人；他的身上还是那么有劲么？"

玉婕没有回答，而是逃也似地去了。程夫人最后这句话触到了她的痛处。

这次拜访的结果让她灰心丧气，然而，她又必须得打起精神，应付即将面对的一切，因为，她的前任戏剧教授托尼·贾布林正将君石拖到政治舞台上去蹂躏，也许这几日就要做出判决。她必须得赶在判决之前把君石的麻烦彻底解决掉，这不单单是为了救她的情人，更重要的是自我赎买，尽管君石不会赞成她参与到这件事情中来。"新女性要勇敢参与并争取在社会与家庭中的权利"，她背诵口号。英国领事的官邸是所摄政王式的建筑，红墙高窗，庭深树茂，面对着海河胜景，看不尽过往帆樯。但托尼·贾布林和夫人却离开那所官邸，搬到咪哆士道上一所小房子里住，原因很简单，老托尼太穷，他的收入不足以支撑领事官邸庞大的开销。

玉婕来到老托尼家门前，望见不远处的墙子河在湿热中蒸腾起一派白雾。房前阶下有两小块草坪，绒绒的精致；童话似小巧的花坛中，荷包花与蝴蝶花正在用各自炫烂的色彩争执彼此的美貌。英国人对本地的贡献之一，就是把他们对园艺的狂热夹杂在枪炮中间一起带来了。

老托尼的门上挂着块小小的水牌，白粉字儿，写着"仆人放假，夫人有病，无事挡驾，有事请自己开门。"突然，玉婕听到门内传出一阵惊心动魄的叫喊："抓贼呀！抓贼呀！抓凶手呀！抓杀人犯呀！王法，有眼的上天！我完啦，叫人暗害啦，叫人抹脖子啦，叫人把我的钱偷去啦。"

玉婕收回推门的手。这喊声具有极强的穿透力，厚重的橡木门似是正被猛烈地摇撼。

"哎呀,我可怜的钱!我可怜的钱!我的好朋友!人家把你活生生从我这边抢走啦……我完啦,我再也无能为力啦,我在咽气,我死啦,我叫人埋啦。"

玉婕的脸上不禁浮起一丝笑意。她相信,老托尼此刻一定又换上他排戏时穿的那件绿呢旧外衣,这样一来,在"阿巴贡"撕扯衣袖时便不至于毁坏领事大人出门时要穿的唯一一套礼服。不过奇怪的是,每一次老托尼戏瘾大发,贾布林夫人那只可爱的小狗"莫里哀"总会高声喝彩,或是小配角儿似地搭下茬,但今天却没听见动静。

老托尼的声音当真充满悲哀与怒火:"我要告状,拷问全家大小:女佣人、男佣人、儿子、女儿,还有我自己……快来呀,警察、宪兵、队长、法官、刑具、绞刑架、刽子手。我要把个个儿人绞死。要找不到我的钱呀,跟手儿就把我自己也吊死。我的心肝儿宝贝呀!"

咦,最后一句不是台词。玉婕推门进去,身上热得像只刚出笼的馒头。外边的天空已经低得压在了屋檐上,湿热,穷追猛打似的湿热。

进门后玉婕看到,卧室的门洞开着,贾布林夫人手握嗅盐斜倚在床上;领事大人身着出客的盛装站在起居室中央,左袖上到处都是被手揪出来的褶皱,通红的爱尔兰大脸儿燃烧着烈火。

事情的缘由很简单,夫人的那只乖巧伶俐,极为好客,个头儿小小的舍得兰牧羊犬今早莫名其妙地丢啦,不见啦,没有啦。

这狗丢得真不是时候,玉婕心中越发沉重。在这个节骨眼儿上,老托尼如何还能平心静气地谈事情?但她又不能告辞离开,几个月的精心谋划,都是为了今天。

"巡捕们刚走,那群笨蛋没能发现任何有用的线索。这是一个显而易见的阴谋,是一次政变,一场无政府主义者的革命。"老托尼还没有从阿巴贡的角色里倒过口来。

玉婕守着规矩,先问候了半昏迷的领事夫人,这才关上卧室门,在狭窄的起居室找了个坐处,安慰老托尼道:"'莫里哀'的脖子上带着标牌,走失了也不要紧,一定会有人送回来讨赏钱的。"

"夫人是怕它叫中国人给煮煮吃喽。劝慰全无用处,我只能替她抒发感情而已。"老托尼终于从戏剧角色蜕化到戏剧教授,但离政府官员还有相当的距离。

"我有件为难的事情与您商量。"玉婕最后还是决定实话实说。"有关程君石的案子,您是女王政府在本地的最高代表,也是裁判所的法官,您的观点决定一切。"

"是你那有钱的情人派你来的?"老托尼消息灵通。他这个总领事自然要兼任本地的间谍头子。

"不,是我自己要来。"玉婕大义凛然。

"这样的事情,说情没有用。你那情人若只伤害了我本人,我完全可以原谅他,但他伤害的是大英帝国的尊严,这是公事。"

"没有您说的这么严重吧?"玉婕对困难有所准备。

"这是政治,殖民地政治,麻烦得很。"老托尼后悔爱慕虚荣,干上这个倒霉的总领事。

玉婕换了个话题:"我听说,香港道向西延伸的计划取消了,是真的么?"老托尼在英租界香港道西边有一小块地产,这是他唯一的不动产。如果香港道向西延伸,那块地产必定升值。

老托尼猛地呼出一口浊气道:"是真的,卖地还债是我最后的一点希望,现在也破灭了。别人到中国都是来发财,我却在这里破产,回国去让朋友们听说,必定传为笑柄。"

玉婕偷眼望了望座钟,正是下午4点30分。英国人守时,与她约好的那人该来了。她的心在颤抖,热切地期望这个计划能够成功。

有人在门上敲了两下,也依照水牌上的指示径自走了进来。是领事先生的律师。

"我又有支票拒付么?"老托尼见到律师有些紧张,声音压低,显然怕惊醒隔壁的夫人。

律师点点头,威风的髭须横在脸上,像两柄老旧的炊笤。

老托尼双手抱头,跌坐在椅子里,不是做戏,却有强烈的戏剧效果。

玉婕坐着没动,律师轻握她的手,用髭须扫了扫,算是行了吻手礼,然后拉过一只小几,把肥大的皮包放在上边,并给自己拉了把椅子坐下。

律师道:"咱们还是先把账目理一理。您夫人没在家吧?不过,在家也不要紧,这些事早晚是瞒不住的。"皮包里的几大本账簿摊开来,律师夹上单片眼镜。

老托尼摆了摆手,呻吟道:"简单说吧。"

"简单地说,您在伦敦的证券经纪人刚刚寄来结算清单,前几笔债券买卖,由于您的固执,损失已经超出本金,您必须在20天内补足差额380镑;您在香港黄金市场上的投机,欠款2150镑有零……到今天为止,您夫人的3000镑嫁妆,还有您用养老金与不动产抵押的1600镑全部损失不提,您各处总计尚欠3900镑有零,但这并不包括您夫人在商店里的赊账。"

这笔钱折合成银元,接近20000元,玉婕发现律师上周没有对她说假话。

"这么说,我现在连这里的房租也付不出啦?"老托尼的红脸灰暗下来。

"如果再找不到钱,您的领事任满之后,怕是得直接进入债务人监狱。"律师的言辞滴水不漏,毫无慈悲之意,但他立刻又将话题一转道:"不过,也有好消息。有一位善心人曾找到我,表示愿意出资帮助你。这可真真是主的仁慈。"

律师将一份法律文件交到老托尼手中,让他拿到玻璃窗下仔细看。这是一份慷慨得吓人的贷款合同,老托尼有此贷款,不但可以还清旧账,还能有千把块中国银元剩余来过日子。至于说到归还贷款的问题,对方也替他考虑得很周到,合同条款中巨大的漏洞可以保证他今生今世根本不用操这份闲心。玉婕动了动身子,让自己坐得舒服些。万金散去,恩怨了了,这是一种难得的享受。

老托尼将文件读了又读,摇头道:"女王政府断不会如此慷慨,我也没有这么愚笨的朋友,故意把钱往天津的海河里丢。"他举起手臂,下颌向上一抬,大约是要发一通《威尼斯商人》的议论。

律师急忙拦住了他的兴头道:"是这位小姐的好意,而且已经把钱付清了。"

玉婕连忙插言解释:"这是我个人的财产,是我想帮助您,与程君石无关,他日后也不会知道此事。"律师没有按照她的剧本表演,铺垫尚未完成,便把她供了出来,这就难免太突兀,太像个威逼利诱的阴谋了。

律师夹着大皮包去了,桌上留下那份诱人的贷款合同。

老托尼在起居室狭小的空间里转来转去,脸色红得像是要滴血。"你是个可爱的好姑娘,却是个可怕的坏朋友。"他的脚下没有停步,越走越蹒跚。

"我是您的崇拜者,也是个好学生,您一定没忘记,今天晚上还有咱们师生的对手戏啊。"玉婕尽力分散老托尼的注意力,希望他紧张的神经能松弛下来。

"你真是可怕,把我推向了深渊,却还要与我合演《罗密欧与朱丽叶》吗?今晚我要改戏。"

"一切都听您的,谁叫您是我的老师呢?"玉婕的声音轻快,不自觉地带些笑意。在两个人的关系中把握主动,这滋味真太美妙了!可为什么在君石面前,自己却拘谨得痛苦?这种自我拷问来得不是时候。

突然又有人重重敲门,显然客人不识水牌上的英文。

先拱进门来的是只朱漆食盒,后边跟着个小力笨,系着雪白的围裙,进门行礼道:"俺是送菜的,给领事老爷。"

"谁让送的?"玉婕问。

"知不道,也是位老爷。"小力笨对答如流。

怎么回事?玉婕觉得奇怪。若是位上等人巴结老托尼,他必定知道今晚的舞会也是冷餐会,此时送菜岂不可笑?

老托尼也奇怪，凑过来。

"还有封信，给领事老爷。"小力笨从套袖里摸出只信封，送到老托尼面前。

信封里只有一页信纸，夹着张支票。玉婕突然发现，读信的老托尼像是要中风的样子，脸上的汗水如同被人泼了杯酒，青紫色从额头沿伸到脖子，手抖个不停。

信纸被老托尼抓作一团，支票送到玉婕面前。这是张横滨正金银行的支票，写着银洋 20000 元整，开票人的图章是个堂号，但玉婕认得，这是程君石的秘密账户。

老托尼两手一扬，信纸的碎片便像蝴蝶一般在房中飞舞。"告诉你那个无耻的情人，老托尼从不接受贿赂，更不惧怕威胁，有什么恶毒的招术，你就让他使出来吧。"他有一副天生的好嗓音，适合悲剧。

玉婕的心一下子沉了下去，莫不是？她忙问小力笨："送的什么菜？"

"是红焖狗肉，您老！"说话间，他便动手去打开食盒。

玉婕慌乱地把眼睛闭得紧紧的。猛然间，她听到贾布林夫人一声惊呼。完啦！玉婕心中哀叹，自己的全部努力与心血，都被这道野蛮的菜肴给毁了。把小狗莫里哀红烧成一盘菜，会是君石干的么？他是多么的斯文有礼！唉，你就这个样子打碎我追逐自尊的努力么？

然而，接下来她听到贾布林夫人发出一连串不分音节的"谵语"，倒像是喜极而泣的倾诉。她睁开眼睛，见一只二尺径的白瓷大盘中，头尾相接地卧着"莫里哀"，头前还被装饰了一朵漂亮的萝卜花，在那里兀自作着狗的梦。

她终于没能忍住泪水。

小力笨殷勤地对她说:"不怕,没啥,俺晌午给它干了一碗烧刀子,要不,装盘摆不出模样。那位爷赏钱让这么干,说是这边老爷一见就会高兴,也必定有赏。"

玉婕赏了他一块钱。她的整个计划都被毁掉了,老托尼必定会被这种做法激怒,因为,爱尔兰人有天下最执拗的坏脾气。

5

玉婕回到家时已是下午5点多钟,不想有一屋子的人在等她,太太,太太一迭声地叫,都是君石招来侍候她的。参加舞会是件大事,发型、服饰麻烦得很,而君石竟像是喜欢这种麻烦。有时玉婕甚至怀疑,看着自己被这伙人折腾,他许是乐在其中。

老托尼的事要不要当面质问他?还是不问的好,他或许会恼羞变成了怒,况且男人在外边的事情,一向不是他们的话题。她恨自己的犹疑。

"莫里哀"的事会是他干的么?她怀疑自己的判断。有人在她脸上糊了厚厚一层蔬菜泥,理发师在她的脑袋上任意胡为,她的指甲也正被人用各式精巧的"刑具"折磨,但她仍然忍不住分心怀疑,怀疑细心温柔的君石会不会如此残忍,更怀疑自己是不是过于轻信看到的一切,而贸然放弃了几年来对他的信任。

君石是个生意人,绝不会是恶棍,最多,"莫里哀"的事只能算是恶作剧罢了。她认为自己绝无偏袒之意,所以也就更没有必要质问君石。但是,老托尼那里的事没有结果,她自己的事该怎么办?总不至于到舞会上去摊牌吧。

早上来电话的地产掮客上周便替她把房子租下了,一应用具安排得妥妥当当,随时可以搬过去住。还等什么?莫不是你真的贪慕虚荣,要把韶光虚掷在这锦绣堆中?她的思绪如头上正在编织的乱发。

不,这一切都是小事!她在内心向自己吼叫。真正的大事你一直在回避——你爱君石么?

爱不爱?若是不爱,现在你就可以拔脚走人,管他什么舞会;或者更有理由住下去,安享富足与宠爱。可如果当真爱上了他,事情就复杂了。你不爱他,只是与他在一起很舒适,但绝不是爱,不爱!她命令自己。

门铃一响,君石回来了,春风满面,后边跟着个犹太珠宝商,笑嘻嘻的半躬着腰。他是这里的常客,君石大约是他最好的主顾。

"把东西拿出来吧,给太太看看。"君石意外地点了支香烟。他为玉婕而戒烟的历史已经长达两年了。珠宝商的大皮包里是一叠丝绒盒子,他一样样拿出来展览,全部是成套的盛妆首饰,钻石、珍珠、红蓝宝石。玉婕脸上的湿泥已经半干了,但她不想起身去看那些东西,它们的美丽越发逼现出她内心的孤寂。

"还是你挑吧,我根本不懂这些。"她微侧着脸,做出不方便的样子。

"今天特地让你自己做主,到手的权力哪能放弃?一个人的自由和自尊,只有在花钱的时候才能显现出来。"君石的情绪有些过于兴奋,像是喝了酒。

"要让我做主,干脆……"她原本想说全都不要,但突然又想到,她的首饰已经全部典给了老拉比诺维奇,今晚这样的盛会,如果没戴首饰便参加舞会,那会比她赤身露体还要给君石丢脸。

"你把那件蓝宝石项链举起来看一看。"她松了一口气,庆幸自己仍有随机应变的本领。

今天这批首饰,每一套都符合精美与昂贵这两个标准,这在君石是必须的。但要配上君石替她选定的那件珠灰色的晚礼服,却还差那么一点点。她说不准在这个家里还会滞留多久,今晚该当让君石高兴些才是。

洗尽湿泥,脸上的皮肤紧绷绷的,挺适意。她再一次检视这些首饰,最初的印象没有错,都是上等好货,但与她的品位却有那么一点点距离。按说,哥伦比亚的绿宝石正配那件礼服,她原有几件,但下午却都押了出去。

"哎呀呀,我怎么把它给带出来啦?该死,糊涂!"珠宝商故作惊人之语,盯着皮包大叫,像个要引人注意的小配角儿。人们的注意力果然被吸引过来,君石在一边又点了支烟。

"拿出来瞧瞧。"众人齐声道,仿佛后台的合唱队。

犹太人商人表演着羞赧和犹豫,由肩头瑟缩到胡须末梢,颤颤微微的,着实有趣,他嗫嚅道:"这可是答应给别人的东西。"

巨大的珠宝盒被打开来,淡青色丝绒衬垫上,是全套的绿宝石晚妆首饰:一条项链、一对耳饰、一支发夹,每一颗宝石都足足有蚕豆大小,颜色之美,让人心痒难耐。

众闲人发出一阵惊叹,犹如天边的雷声,瞬间便知趣地退下了。这样的东西,没有天大的福气,望一眼也招祸。

君石取一只耳饰自己比了比,对玉婕道:"怎么样?"

"我的皮肤没有你那么白。"玉婕笑了笑,今天君石确实有些异样。

"看来看去,还只有这套像个样子。你决定了么?"君石是个耐心的引导者。

珠宝商人却手按左胸高声咏叹:"我一个人儿的主啊!这样的东西再看不上,还有什么可以配您?这是印度一位土邦主的珍藏,他不幸破产,才流落出来。我原本今天要坐夜车赶去上海的,偌大的远东,大约只有哈同夫人才够资格戴它。"他有力的旁白,倒也挺能打动人。

同居3年,玉婕比谁都清楚,她绝不能让君石丢面子,更不能扫他的兴,特别是在这种时候,尽管她并不喜欢这套首饰。如此硕大的宝石,只有老太婆戴上才相衬。

"先戴一晚上?"她和君石软语商量。

"你有最可人的脾性,每当这个时候,总是让我怜惜得心痛。"君石眼中像是闪动着遥远的泪光,但玉婕认为自己一定是看错了。

照这样混下去,你根本走不成。玉婕扭过头去,为自己的好性情而痛苦。软弱的人命中注定要一辈子受人摆布。

6

英国总领事官邸的庭院早便被公认为租界中最美的园林，十几位领事，50年的经营，他们在这片土地上下的心血，一点也不比在公事上下得少，这是大不列颠的民族性格。

在与主人握手时，玉婕明显感觉到，四面八方射来的目光，都落在她的项链、耳饰与发夹上。为此她心中也不免生出几分满足感，于是，托尼·贾布林冷淡的表情也就没那么叫人难堪了。倒是君石，像与领事夫人挺熟络的样子，拉住手谈个不停。

舞曲响了起来。美军第十八运输队的八人乐队是本地最好的乐队，临时搭建的栎木舞池中，旋转起大片的锦缎与成堆的珠宝。乒乒乓乓开香槟的声音混杂在乐声中，让人忍不住脚痒；烧烤台子那边飘过来阵阵黑胡椒的香味，引逗得人们胃口大开。几乎每个男人都在不停地讲话，寒暄揖让，几乎每个女人都盯住别人的衣裙、首饰，估算着价格与来路。

君石挑了张显眼的桌子，刚刚引玉婕坐下，便立刻有各大洋行的大班与买办过来打招呼，为他受到英国领事不公正的待遇而表示同情，也为他飞机生意的巨大成功表示祝贺，这股人流你来我往，在舞会上形成一个小小的漩涡。东北军与苏联军队开战，使他那笔胆大妄为的战斗机生意成为传奇。如今大家都追在张学良的屁股后边谈买卖，所以，托尼·贾布林对他的"迫害"便把他造就成了一位开疆拓土的英雄。

玉婕发现，君石今晚的兴致极高，手上、眼睛忙不迭地与人打招呼,口中滔滔地开着玩笑。她看得出,这来来往往的都是租界中有名的大人物,是她那"闻人"版的常客。商场最势利,有这么多租界内外的重要人物来向他致意,说明君石今天的地位越发非同凡响。

"放心,领事大人是个好心肠的老头儿,他抓住我不放只是为了吓唬别人,我哪能当真?"君石拍了拍对方门板般宽厚的脊背,语音的尾声带着笑意,对方却热情地拥抱了他。这位太古洋行的大班有着狗熊一般的身材。

朝鲜银行的买办瘦得像麻杆,穿件麻夹丝的长衫,与君石相对一揖,又握住手不放,口中道:"别太给他们长脸啦,这些个傻大班,仗着洋行的势力唬人,其实不过是些个拿工钱的洋力笨,论起家财,肯定比不上您手下的二掌柜。"两人相视大笑。

突然拥过来一群珠山翠海般装束的太太、小姐,把玉婕架弄到一边去了。"郑小姐,今天你演什么戏?从春天到现在,我们等了半年多,想死我们啦!前一回的《太太学堂》,可把我们给乐翻啦,这回演什么……"目光与手指却都奔向她颈间、耳上的绿宝石,弄得她花粉过敏似的难过。

夜幕悄然落下,高大的丝柏与色彩迷离的矮树篱上灯火璀璨。河上蒸腾起阵阵湿润的潮气,翻过河堤,浸入人们的衣裙和花样百出的发式。依旧是热,每个人都是一脸兴致勃勃的热汗。

拉比诺维奇祖孙凑过来,谦和有礼。小拉比诺维奇请玉婕下场共舞一曲,老拉比诺维奇顺势坐在了君石身边。

这可不是好事,典押首饰的事必须得她亲口对君石讲。

她说:"对不起,我不会跳摇摆舞。"便又回到君石身边坐下,乐队奏起的却是老施特劳斯的乐曲。

朱家姐妹的出现,在人群中引起一阵轻微的骚动,姐妹俩都穿着一身东方韵味极浓的晚装,一望之下便能认出是越老越怪的法国人布瓦列特的作品。女人们又向她们那边拥过去,总算给玉婕留些空间舒口长气。

君石从转来转去的侍者盘中拿了两杯香槟,然后问她:"我们有多久没一起跳舞了?"

"上一次时装舞会,今年1月17号。"玉婕有很好的记忆力。

"见鬼,难道我们有八个月没一起出来了么?"这种疏忽不可原谅,难怪她会起了逃离他念头,君石勇于自我批判。

"你的生意太忙。"玉婕的语气中难得流露出一丝怨尤,但在心中却满是内疚。他们已经八个月没有做爱了,她深知君石有多么渴望,但她自从有了出走的念头,那件事就不行了。

君石站起身来,伸手引领玉婕。乐队奏起美国最时髦的歌舞剧《演出船》的曲子《我为什么爱你》。这是玉婕心爱的乐曲,她相信这一定是君石的安排。

"啊哈,原来你们躲在这儿说悄悄话。"不想,小丁突然跳了出来,手中的酒杯里只剩下冰块。苏格兰情人跟在她身后,像条温顺的大狗。

"今天你还没请我跳过舞啊。"小丁将酒杯塞在情人手中,拉拉扯扯地把君石弄走了。

此君惯会扫人雅兴,玉婕对此也无可奈何。

苏格兰人却对她道:"郑小姐,总领事大人让我来请您过去。顺便问一问,改演《李尔王》可以吗?"

"哪一场?"

"说是'荒原'那一场。"

玉婕点了点头。这是李尔王痛斥女儿无情的一场戏,想必是让她充当那位滑稽的弄人。或许,老托尼已经心软,先斥责她一番,然后宽恕君石?此刻,她满怀希冀,这位严厉的英国老师终究是个正直的绅士。

老托尼扮演李尔王:"我站在这儿,只是你们的奴隶,一个可怜的、衰弱的、无力的、遭人贱视的老头子。可是我仍然要骂你们是卑劣的帮凶,因为你们滥用上天的威力,帮同两个万恶的女儿来跟我这白发的老翁作对。啊!啊!这太卑劣了!"

演出非常成功,女人们拥上台,手中各擎着一支鲜花,将老托尼包裹起来。此时,他是她们的宠儿。玉婕被这股激流甩了出来,不偏不倚落在了君石手上,二人的手指紧紧扣在一起。她的心情激荡,酸楚又自责,李尔王对女儿的责骂,仿佛君石对她的责备。她自问:你对老托尼的慷慨,无非是为了打破君石在你身上捆缚的蛛网,用他的金钱来还击他的恩义;这是一场无望的争斗,指望用舍弃金钱的手段来赢得自身的解救,结果只能是自我欺骗;现在你还是你,一个被宠坏的、不知感恩的情人。

这时,老托尼冲破崇拜者的包围,对众人大声宣布,英租界工部局对程君石发出逮捕令,罪名果然是"资敌",引用的是英国法律条款。几乎同时,两名英国巡捕将程君石从玉婕的手中夺走,让她张着空空的双手,面对那些方才还在恭维程君石的租界权贵们。到了这一刻,她才真正辨别出自己的感情,她早已爱上程君石,而且刻骨铭心。

再接下来,是老托尼的辞职演说,他辞去了英国驻天津总领事的职务。

三个月后,托尼·贾布林调任新加坡海关,并立刻用现款在马来西亚购买了一座巨大的橡胶园。他在舞会当天兑现了程君石和玉婕分别交给他的两张支票,但仍然将程君石投入监狱。

1944年7—8月,贾布林夫妇因痢疾先后病死在日军章宜集中营。

7

1941年12月24日,清晨。郑玉婕36岁。

今晚是平安夜,虽然希望渺茫,但玉婕仍盼望园丁老安能买到一只鸡。BBC的短波广播里有两条新消息:英国首相丘吉尔今天起程前往美国,与罗斯福总统会谈;苏联在莫斯科的反攻取得显著进展,最高苏维埃决定,围困前转移的党中央和政府各主要部门,以及各国使馆回迁莫斯科。

玉婕将最后一点咖啡倒入壶中,侧耳向楼上听了听。程夫人的失眠症很严重,上午起得晚。倒是一楼租住的两家房客都起来了,孩子们到处乱跑,踩得地板咚咚响,两家女人在争夺卫生间,叫骂声不绝于耳。这种生活她已经习惯了。蒋委员长说过,"抗战期间,物力维艰,国民当苦心勠力,不堕其志"。

她给火炉添了一铲煤球,蒸锅里透出一股甜香。今天晚上她要带领程君石和程夫人逃离天津,前往大后方,路上的干粮就是这锅大眼窝头。

君石下楼来了,才46岁的男人,头发已白多黑少,但声音依旧如唱歌:"玉婕,让你吃苦了,你现在又黑又瘦。"玉婕笑道:"我本来也不白。"说着话她为他摆上简单的早饭,并且献宝似地从围裙口袋里掏出一只煮鸡蛋。天津病院的日本医生说,他在监狱染上的肺结核,病灶已经基本钙化,但身体垮了,为此,玉婕总是变着法地替他增加营养。

君石用餐刀将剥开的鸡蛋切成两份说:"你吃一半,我吃一半。"玉婕不想与他推让,一推让又像是情人。她将蛋黄抖在君石的粥碗里道:"我喜欢吃蛋清。"其实,这种举案齐眉式的关系,仍然让玉婕时时感到困扰,只是,她无法抛下程君石夫妇,因为,她一直认为是她连累了君石,最终导致今天的困境。如果她没有试图干预"华伦洋行渎职案",以至于让君石乱了手脚,他们的生活应该不会变成现在这个样子。

老安买菜回来了,没有鸡,却买到一只细瘦的鸽子。老安说:"小姐,街上贴出告示,日本'极部队'说今晚推迟宵禁时间,到夜里23点开始。"玉婕笑道:"老天爷开眼,真是帮忙。"老安低声说:"还是让我送你们去吧,两个病人,一堆行李,您一个人照应不过来。"玉婕安慰这个忠诚的老仆:"你留在天津,我们才会有根。"

日本兴亚院的联络员岛村贤治来接程君石,黑西装和花领带都不是好料子,皮鞋打了前后掌,玉婕请他在餐桌边等候。君石坐了十二年牢,因为缺乏维生素,牙齿都掉光了,新镶的假牙还用不惯,吃东西极慢。岛村很和气,淡淡地与玉婕闲聊新上映的"满映"电影,与程君石聊美国的"空中堡垒"轰炸机。

房客家的太太在外边别有用心地高声客套:"老太太,您又找您闺女要钱来啦,多有福气呀。"玉婕连忙出来把母亲拦在门厅里,她不能让母亲到她的房间,因为里边有收拾好的行李,她没有告诉母亲她即将离开天津的事。她也不能将母亲让到厨房,因为里边有日本人,而她弟弟10月份刚在郑州为国捐躯。这个月9号,日军占领英法租界的第二天,与刊登"中国对日本宣战"消息的报纸一起送来的,是她弟弟的阵亡通知书。

母亲不到六十岁,小脚伶仃地站在寒冷的门厅里,看到玉婕,眼中放出光来,紧跟着便流下眼泪。她扶母亲上楼,并排坐在二楼的楼梯口,用身子挡住从门口吹来的冷风,透过栏杆她可以望见楼下的厨房,耳朵能听到二楼程夫人房中的动静。母亲说:"你爸爸又犯病了。"她父亲脑子糊涂,所谓"犯病"其实是突然想吃什么东西了。于是她问:"爸想吃什么?"母亲叹了口气道:"银鱼紫蟹火锅。"

她给了母亲五元日军占领区使用的联银券,不能多给,因为她手里的钱太少,一部分在黑市上换成重庆使用的"法币",剩下的联银券只够买车票。她又用手帕为母亲包了两只窝头,送母亲出院门时,还是忍不住,又塞给母亲五块钱"法币",叮嘱道:"别让人骗了。"下次母亲来找女儿,只能见到园丁老安和房客,女儿和程君石夫妇都已不在了。为此,她认为老托尼在《李尔王》中斥责得对,她是个狠心的女儿。

君石与岛村贤治走出来。君石温柔地对她说:"放心,只是开个会,中午就回来。"岛村鞠躬道别,双手奉上一只信封道:"不成敬意,请笑纳。"玉婕接到手中,听到"唰唰"的声响,打开来看,里边有大约二两太谷洋行的白砂糖。

"好几年没见这好东西啦。"程夫人往咖啡中放了两勺砂糖,搅了搅,又放了一勺砂糖,搅匀后喝一口,长长地吁了口气道:"太享受了,谢谢你。"

玉婕照顾她十二年,听这声谢谢已过万次,但还是礼貌周全地回了一句:"不客气,您慢用。"就在程君石被英租界工部局投入监狱一个多月之后,1929年10月24日,美国纽约股票交易所大崩溃,程夫人父母的全部资产,包括她交给父母投资的嫁妆被一扫而空,以至于她父母连回国的船票都买不起。程夫人只能离开医院,卖掉房产和首饰偿还债务,走投无路之际,玉婕将她接到自己的住处。她安慰程夫人道:"这是君石买的房子,虽然登记在我名下,却是君石的财产。"

就这样,一个正室太太和一个旧情人共同居住在这所房子里,等候那个被判刑入狱的男人。历经三十年代的世界经济大萧条和"七七事变"日本军队占领天津,玉婕出去找工作,程夫人变卖衣物,她们二人带着园丁老安,艰难地熬了过来。探监时,程君石也曾劝过玉婕,让她卖掉房子,给程夫人买张去美国的船票,剩下的钱自己拿去当嫁妆嫁人就是了。这种念头玉婕也不是没有过,只是她四顾茫然,爱情和婚姻在她眼里已经像变味的剩饭,留在手里的虽然味道也很奇怪,但她毕竟已经习惯了。于是她回答程君石的是:"只要你出狱,生活安顿好，我便离开。"

被捕十二年后，太平洋战争爆发第五天，岛村贤治将程君石送回到玉婕和程夫人手中。他说："从1931年开始，我花了十年的时间营救程先生，如果不是我军占领英租界，绝对没有机会。"程夫人瞪着美丽的大眼睛问："为什么？"岛村郑重道："程先生是欧洲各国飞机制造商最信任的东亚交易人，他的事迹已成传奇。"玉婕比程夫人了解世事，直接问到核心："你想让程先生做什么？"岛村眉开眼笑，先起身深鞠一躬，然后垂下头，下巴抵住胸口，一字一句道："请程先生为东亚共荣出力，前往欧洲旅行，与各国飞机制造商重新建立业务关系。"玉婕为难道："他的身体垮了。"岛村高声笑道："请太太放心，日租界天津病院和海光寺日本陆军医院随时为程先生免费效劳。"玉婕指着程夫人道："这才是他太太，我不是。"岛村贤治再次垂首为礼道："是，'亦'太太。"

这家伙居然学中国官场人说话，把"姨太太"叫成"亦太太"，玉婕哭笑不得。到底是程君石老练，嗫着无牙的瘪嘴打马虎眼："还是先给我镶一副假牙吧，我想吃'爆三样'、'扒三白'、'烧南北'、'柴把肉'。"

程夫人用新出锅的窝头蘸白砂糖当早餐，感叹没有芝麻酱。玉婕叮嘱她中午之前把行李打点好，随时都可能动身。然后她又在砂锅中配好葱姜等香料，让老安将鸽子拔毛斩件后用水焯一下，放在砂锅里炖。"多放水，勤看着点，别干锅。"她出门时说，心中回味的却是程君石回家那一刻她的感觉，她不再是"新女性"，她如今的思维只是个偶尔能找到兼职工作的居家女人。

先农房地产公司有小丁介绍的房屋掮客,是个模样像小旦的杭州男人。掮客对玉婕哀叹:"您这么着急肯定不行,现在租界破了,不再是孤岛,房价一落千丈,根本就没有买主儿。"玉婕不死心:"抵押贷款呢?"掮客笑得像唱《拾玉镯》:"除非抵给朝鲜人开的小押当。"卖房这条路,玉婕不再想了。

小拉比诺维奇在大萧条中投资失败,办公室从汇丰银行搬到俄国大院,与整日醉酒的白俄为邻。玉婕找他是为了给小丁的苏格兰情人带封信,信封里有二十美元和一百法币。现在那人和所有英籍、美籍侨民被日军软禁在皇宫饭店,食宿自理,遣送他们回国的轮船不知何时才有,没钱就得饿死。这笔钱是玉婕在估衣街卖掉最后两件大毛衣服换来的,作为朋友,她对小丁已经尽了全力。小拉比诺维奇却说:"信我马上去送,但丁小姐让我跟您讲,她在皇宫饭店门前等您,不见不散。"

玉婕有点恼恨小丁不通人情,她们二人过马路走进萧疏的维多利亚花园,小丁压低声音道:"今天是平安夜,宵禁晚,看守皇宫饭店的日本人可能不会给英国人点名。"玉婕没有说话,却担心得紧。小丁接着道:"我有两张到上海的火车票,明天上午发车;我还有一张比利时人的旧护照,已经换上我男人的照片。"玉婕发现此事已无可推脱,便问:"你想干什么?"小丁说:"今天晚上,我带着我男人到你府上借宿一晚,明天乘火车南下,到上海乘船去英国。"玉婕问:"津浦线不是没票了吗?"小丁说:"郝大为虽然当了汉奸,对朋友还是肯帮忙的。"玉婕怨恨道:"但他没帮我。"

郝大为现任北宁铁路警察局副总督察,是日本人的狗腿子。玉婕在天津北站与他见面,这是几天前就约好的。玉婕开口就问:"你给小丁买津浦路车票,却告诉我没票了。"郝大为胖了许多,依旧是快活脾气。他笑道:"英国人外逃首选津浦路,日本人沿途设岗,我在票上也做了记号,只抓那'渤海渔夫'一人,抓住算我一份功劳。"玉婕问:"为什么要这样做?"郝大为大笑道:"日本人要杀鸡儆猴,给皇宫饭店的英美房客一个警告。"玉婕心急如焚,但没有办法,只能枯等小丁晚上上门。

郝大为给玉婕准备的是经北平转京汉路到郑州的联运火车票,两张二等车票和一张三等车票,没收钱,他说这是为了青春的纪念。

1945年8月天津光复,郝大为作为国民政府的地下工作者升任北宁铁路警察局总督察,大发财源,却在年底被人在川鲁饭店门前击毙。

8

中午,程君石还没回来,玉婕不知如何是好。只有逃离天津,她才能抛弃过去,面向新生活,如果错过今天,她不知是否还有能力把这件事情做到接近圆满。

程夫人饿了,玉婕给她撕了半只鸽子蘸酱油吃,自己吃鸽汤烩窝头。程夫人的行李乱七八糟,玉婕丢掉所有没用的东西,打成一只皮箱。三个人,三只皮箱,太显眼了,她有些发愁,但更愁的是君石。日本人把程君石当成了宝,他等于是才出狼窝,又入虎口。

小丁带着苏格兰情人大白天就来了,手上提着一只巨大的柳条箱。现在埋怨她已没意义,玉婕将他们藏在自己的房间,对小丁道:"郝大为说,他在你男人的车票上做了记号,一查票就会被捕。"小丁哭叫:"那可怎么办哪,救救我吧。"玉婕早已想过此事,但她没有办法,苏格兰人是"敌侨",随时随地都可能被捕,她不能有妇人之仁,把程君石的火车票换给他们。于是她道:"死生有命,还是送他回皇宫饭店吧。"小丁哭闹,苏格兰人抱住她,对玉婕道:"谢谢你的钱,我们再商量一下。"1945年5月,苏格兰人"渤海渔夫"病死在日军山东潍县集中营。

已经过了下午两点,君石还没回来。玉婕叫来老安道:"你带着夫人和行李先出发,在北仓站等我们;记住,只有看到我本人下车来接你时,才能送夫人上车。"老安点头。她将一张二等火车票交给程夫人道:"如果在北仓站没见到我们,你一定要跟着老安回家来。"程夫人将车票收进手袋,淡淡地问:"到时,如果你们不在家里呢?"

程夫人的猜忌,让玉婕感觉受到了侮辱,但转念一想,如果她处在程夫人的位置,也会有此猜疑,这就是旧情人的悲哀。于是,她跳过程夫人的问话,取出筹备多日的路费和生活费交给程夫人道:"我怕日本人纠缠,君石脱身困难;你先把钱带上,在北仓站汇合,我们一起走。如果没见到我们,就是君石被捕了。"程夫人问:"如果我们留在天津不走呢?"玉婕斩钉截铁道:"如果不走,程君石就得当汉奸。"

下雪了,如同盐粒般的雪花落在程夫人的水獭皮大衣领上,立刻便融化了。房客太太也送出门来问:"程太太这是到哪去呀?"程夫人笑道:"父母从美国回来了。"玉婕向程夫人挥了挥手,目送老安跟着洋车吃力地跑,突然心中一阵慌乱。老天爷、佛祖、南来北往的各路大仙哪,千万别像当年的老托尼那样,在我自以为得计的时候,给我一闷棍。十二年的艰辛生活,让她思维中的语言变得粗俗,不再是高尚的"新女性",反倒像是房客太太那样的家庭妇女。

火车从天津北站到北仓站大约十五分钟时间,玉婕一直拉着程君石的手,没有说话,因为她当真不知该说什么。下午送程太太走后,她到附近烟卷店打电话给汽车行,叫了一辆出租汽车候在她家不远处。君石到家时已过17点,距离开车不到一个小时,等岛村贤治的汽车开走,玉婕一手抱着大衣,一手拉着君石,快步跑上出租车。君石问:"我太太哪?"玉婕答:"相信我,都安排好了。"因为出租汽车烧木炭,除司机之外还配了一个司炉。车过法国桥,汽车停下来,司炉下车掏炉灰,加木炭。玉婕透过如梦如幻的雪幕,望着不远处的天津火车站,几次有冲动想拉着君石直接跑过去。然而,这里是始发站,如果日本人预防君石逃跑,最重要的关卡就在这里。天津北站是小站,停车一分钟,郝大为从车站派出所将他们送上月台,没有经过检票口,第二重危险也过去了。

君石的手枯瘦,皮肤焦黑,握在玉婕的手中,像一块燃烧的木炭。她将头倚在他肩上,半闭着眼睛。分离十二年,她多少次梦到这个场景,二人相爱,无忧无虑,无所顾忌,奔向远方。票员来了,对玉婕道:"太太,这是二等车,您坐错车厢了。"

车到北仓站,玉婕让君石不要动,她早早候在车门边,望见月台上的程夫人和老安，浑身不由得一阵颤抖，终于把这件事做成功了。程夫人和行李都已上车，乘务员口中喊着"送站的客人请下车"，锁上车门。开车的电铃响起，站长晃动绿色信号灯，"哐"地一声，车头拉动车厢挂钩，发出巨大的金属撞击声。

这时，君石冲到车门口，四下摸索着想要打开车门，同时挥着手向车下大喊。玉婕听不到他的喊声，但她知道君石会喊些什么。火车开动，君石侧着脸紧贴在玻璃上，眼睛望着风雪中的她，手绝望地拍打车门。在北仓站临时决定的分手，其实是玉婕苦熬十二年引发的顿悟。她笑着向君石挥手，口中无声地道别："来世再见吧。"

此后，玉婕收到程君石寄来的一封短信，说他们平安到达。重庆邮件检查很严厉，不能多说。天津光复后，玉婕听重庆来的接收人员讲，程君石在国防部任职，作为特派人员，他多次乘飞机翻越危险的"驼峰"，前往印度、美国和英国监督援华的飞机制造与运输。欧战结束后，他又飞往德国和意大利，购买被当作废铁拍卖的作战飞机，运回中国。听到这些，她很欣慰。

玉婕没有恋爱，没有结婚，和思想激进的小丁住在一起，并且加入了小丁的组织，正式参加工作。与程君石的这段恋情，虽然是有缺陷的爱，但玉婕亲手将缺陷修补到圆满，为此，她有理由感到欣慰。

1948年9月，程夫人在香港去世，年底，郑玉婕前往香港与程君石相会。1969年11月9日，程君石在香港岛赤柱东头湾道99号赤柱监狱去世，终年75岁，没能服完刑期。他的入狱罪名是向中国大陆走私飞机发动机等战略物资,判处19年监禁,没收全部财产。1970年2月5日,农历己酉年除夕,65岁的郑玉婕怀抱程君石的骨灰坛,蹈海。

古　风

　　1938年12月，中共北方局城工部为李金鳌同志做出工作鉴定:该同志对共产主义理想充满信心,战斗意志坚强,革命信仰坚定,要求自己严格至苛刻,工作时舍生忘死……然该同志性格执拗,有时会执着于某些奇怪的封建思想观念。

1

　　一个月前,李金鳌被上级领导开除了党籍,并派铁面无私的廉铁人率领"锄奸组"对他执行"组织纪律"。他本人清楚地知道,领导这是中了敌人的奸计,然而,他却毫无机会为自己辩白,这是因为,刺杀李善朴的两次失败,已经让他成为众矢之的,只要被发现,汉奸特务、日本宪兵和上级的"锄奸组"都会对他毫不留情地痛下杀手。

　　此刻是1939年10月,日军分三路进攻长沙,并向晋察冀解放区发动冬季大扫荡,而李金鳌也已经在天津郊外的瓜棚中躲藏了半个月。他强忍剧痛睁开眼睑,迅速将锅下的两根木柴撤出一根,又急忙闭紧泪眼,用左手在铁锅外壁感受温度变化,右手中的木铲轻柔地搅动锅中正在提纯、干燥的硝酸铵。每过十几秒,他都必须得将眼睛睁开一线,察看锅中的动静,以免操作不当引起爆炸,然而,每一次睁眼,硝酸铵对眼睛的刺激便抵得上他在国民政府军事监狱中遭受的整日酷刑。

这时,被他赶到瓜棚外的小凤轻声问,少爷,锅里怎么样了?让我替你一会儿吧。他很想让小凤替他看守锅里的这堆"冤孽",哪怕只是一小会儿也好。然而不行,因为一旦出错,他和小凤都难逃一死。

叶小凤是他一年前用一千元联银券买来的女人。自从两年前他前妻借着南开大学南迁,跟一个演文明戏的大学生私奔之后;自从两个多月前他父亲得知他要刺杀李善朴,盛怒之下登报与他脱离父子关系之后;特别是一个月前上级领导认定他为叛徒之后,小凤便是他唯一的亲人。

小凤递给他一只剖开的南瓜,他将瓜瓤按在红肿的眼睑上。他担心,没等这锅硝酸铵完全干燥,他的眼睛就会瞎掉,那时,他也就再没办法证明自己的清白和对党的忠诚了。

这种制造炸药的方法,是他接受"地工"训练时向苏联专家学来的,主爆剂是日本复合化肥中的硝酸铵,助爆剂是太谷洋行的白砂糖磨成的糖粉,助燃剂是美孚石油公司的柴油,引爆剂则是德国洋行的强酸"镪水"。然而,日本化肥中的硝酸铵含量只有35%,需要利用硝酸铵溶于水的特性,将它溶水后提纯到70%以上。在整个加工过程中,最困难的就是干燥过程,硝酸铵本身毒性极大,它的溶液加热后散发的气味太刺激,不但要远离人群,对动手"炒制"的人员更是危险——他的那位苏联教官便是在给他们做示范的时候,被炸牺牲的。

说到牺牲,两个月前,在他第一次刺杀李善朴的时候,他领导的六人行动小组牺牲了两人。而在三十多天前,当他第二次刺杀李善朴时,他的行动小组又牺牲了三位同志。于是,整个行动小组中,只有他一个人活了下来,而且背着"叛徒"的骂名。

为此他活得屈辱,痛苦,以至于开始怀疑大相士娄天士给他批的"命书"会不会是真的。娄天士的断语是:老夫观人半生,如此刻薄的"八字"实为仅见;此子命里克朋友,克妻小,克同僚,克下属……唯一的好处是对主人愚忠,对父母愚孝,所以,此子天生是个当仆人的料;然而,此子心比天高,只怕不肯甘于仆从,以至于误交匪类,入"帮"入"会",届时难免反噬其主……

"反噬其主"这句话让李金鳌的父亲痛苦得锥心刺骨,因为,他们家已经在李善朴家作了三代仆人,到李金鳌就是第四代了,他们能够姓李,也是当年老主人的恩赐。他父亲将娄天士批的"命书"亲手送到李善朴的卜房间,请老爷示下,这个孽种是溺死还是送育婴堂?

李善朴是新派人物,日本留学生,对娄天士的话根本就不以为意,等到他资助李金鳌在甲种商业专科学校毕业时,还玩笑似地将这张"命书"找出来送给他,并且像以往多年一样,讲了番"忠孝节悌,礼义廉耻"的道理勉励他。不过,当时李金鳌已经在学校加入了中国共产党,根本就没打算成就"四代忠仆"的美谈,进入主人家的银行工作。他的这个决定让中年得子的老父亲又气又恨,便将李家总管的职位让给了李善朴的养子高莽,他自己只管些老爷和太太的私事便了。

李金鳌第一次刺杀李善朴,便失败在他父亲身上,但杀死他同志的,却是与他一同长大的高莽。

在接受任务时,他才刚刚从领导那里得知,李善朴是个隐藏极深的汉奸特务。据他的直接领导,也是入党介绍人魏知方讲,李善朴在留学期间加入了日本陆军参谋本部的间谍组织,回国后一边经营家族银行,一边组织慈善机构"保善堂",为他的间谍活动提供掩护。"七七事变"后,他又利用"保善堂"和慈善家的好名声,专门帮助日军特务机关诱捕国民政府和中共的地下组织成员。

这次刺杀行动是国民政府军统天津站向中共天津地下党组织提出的正式请求,并提供了大量的情报支持。他们之所以这样做,是因为军统天津站的潜伏人员已经先后被李善朴大规模诱捕了三次,现在已经无人可用了。

当然,从上级领导掌握的情报来看,中共在天津的地下党组织有两次规模较大的破坏,也是出自李善朴之手。魏知方对李金鳌道,选中你的原因不用多说了吧?那是你的家,李善朴是你的主人,从你住的下房到他的上房只需穿过两道院门,很方便动手;不过,我必须得提醒你,你先给我把脑子里的封建思想剔除掉,换成单纯的对革命理想的忠诚,不要受几代主仆关系的干扰……

然而,李金鳌的头脑中立刻联想到的,却是娄天士的"命书",莫非他命中注定要"反噬其主"?

2

　　接受任务那天,李金鳌的全部存款只有十八元,于是,他将毕业时李善朴送给他的镀金怀表当了五元钱。去年他从人贩子手里买小凤的钱是向李善朴借的,今天还上二十元,他还欠九百元——李善朴不许他还利息。

　　李善朴望着桌上的二十元联银券道,你该给自己买双新鞋了。李金鳌望着脚上的旧鞋道,我今天就从宅子里搬出去。李善朴长叹一声道,我老了,儿子不成器,高莽那小子一根筋,善堂里的管事又私心太重,把事情弄得乱七八糟;你还是留在我身边吧,不管是银行、善堂,还是家里,薪水、职位随便你;现在世道不好,你还是别在外边乱闯了。

　　李金鳌沉吟了半晌方道,剩下的九百,回头我还给少爷。他起身退后一步,跪倒在地,中规中矩地向李善朴行了拜别大礼,便退出上房。这时,李善朴在他身后叹道,他们真能如此忍心,把杀我的活儿交给你这个傻孩子?

　　李金鳌并没有停步。他此刻只想到一件事,李善朴对他的行动了解得如此清楚,说明党组织内部必有叛徒。

　　在父亲的责骂和母亲的哀求声中,李金鳌背着简单的行李,小凤挽着一只小包袱,离开了李善朴的大宅。既然有着三代主仆之恩,他就不能利用"家生子"的身份来完成组织上交给他的任务。然而,事先离开旧主人的大宅,他就能解脱这段"恩义"吗?李金鳌固执地认为自己是个高尚的忠义之士,堪比关圣人,绝不能在伦常上有半点瑕疵,哪怕是为了共产主义理想和伟大的革命事业也不行。

"反噬其主"是背逆人伦的大罪,"比同恶逆"呀!他每思及此,都不禁冷汗浃背。

向领导汇报了李善朴的情况之后,魏知方告诉他,谁也不知道李善朴在天津地下党组织内部发展了多少条内线,为此,党在天津的工作正在遭受极大的威胁,必须尽快将他铲除,掐断由他独自掌握的这些内线,否则后患无穷。

然而,第一次行动失败了。李善朴的大宅位于日本驻屯军海光寺兵营近旁,李金鳌派两位同志在院外警戒,他带领另外两位同志从建有厨房和仓房的小跨院翻墙进去,穿过花厅和内庭,直扑李善朴住的上房。不想,先是在上房外值夜的李金鳌的父亲发现了他们,突然大叫一声,然后狂敲铜盆不止,高呼"有刺客","抓贼呀";接着便是像猎狗般忠实的高莽从耳房里窜出来,他先是用双筒猎枪打死了李金鳌的一位同志,又用劈挂拳打伤了另一位同志,最后他从腰间取下九节铜鞭,舞得寒光闪闪,直向李金鳌逼来——这一切都在几秒钟内完成。高莽是沧州人。

原计划是由同行的两位同志动手杀人的,李金鳌只管引路,而且,为了显示道德上毫无亏欠,他身上没带任何武器。更要命的是,虽然是一师之徒,但他从小就不是高莽的对手。此时高莽哇哇大叫,骂他吃里扒外,忘恩负义。他父亲也站在廊檐下骂他丧心病狂,"大混混儿李金鳌转世"。

交手三五个回合,左肩上挨了一铜鞭之后,李金鳌只得拉起那位受伤的同志,穿花厅,奔前院。远远的他便看到母亲已经替他打开了院门,他对母亲喊了一声"您保重",母亲哭喊了一声"冤孽呀",他便逃了出来。

日本兵营中的巡逻兵已经冲了过来,担任警戒的两位同志用手枪对抗日本兵的步枪,边打边撤,结果又牺牲了一位同志。

当心哪,小凤大叫一声,将李金鳌推倒,这才打断了他梦中的回忆,然后小凤手疾眼快地从锅下拉出那根烧得过旺的木柴。李金鳌连忙伸手摸了摸锅中感觉烫手但仍然潮湿的硝酸铵,惊叹一声好险。若不是小凤及时发现,再晚几秒钟,一切都可能灰飞烟灭了。

小凤是个眼里有活,心细如发的好孩子。他父亲吸鸦片败家,将她卖给了人贩子,而人贩子是注定要将年方豆蔻的她卖入妓院的。因为李金鳌出手相救,她便爱他爱得发痴,发誓为他作牛作马。然而他自己却清楚地知道,他能给她的着实有限,小凤只是他的女人,而非他的爱人。

小凤的家乡保守偏僻,又被父亲灌输了满脑子的"在家从父,出嫁从夫","夫为妻纲","男尊女卑",于是,她并不在意眼下的生活,只要李金鳌不反对她爱他就足够了。难怪李善朴的太太当着李金鳌母亲的面打趣他道,你小子比老爷还舒坦,大模大样给自己弄了个"通房大丫头"。

小凤将铁锅端到瓜棚外的阳光下,让李金鳌倚在棚柱上,边休息边搅拌锅中的危险物。她掰来几只青苞米,就着棚中的柴火,边烤边道,少爷,您总躲在这里也不是办法,实在不行,我去求廉大哥帮您写封信,替您向你们"大龙头"求求情。

他的义兄廉铁人是个面冷心热的同志,比他大几岁,行事常常强人所难,对他买小凤当"丫头"的作法深恶痛绝,骂他是"封建余孽",曾多次强迫他与小凤正式成婚。只是,因为他与前妻还没有正式离婚,实在无法再婚,才将此事放了下来。

见他没有回答,小凤又道,实在不成,我替你去给你们"大龙头"认个错,三刀六洞,没有过不去的事。小凤是江湖艺人的女儿,不懂党组织内部的事,她哪里知道,叛徒的罪名没有任何原谅的理由。他现在只能寄希望于找到证据,证明自己清白,然而,李善朴已经给他的领导伪造了太多的证据,坐实了他的叛徒身份,他如今人单势孤,身陷绝境,根本无从自辩。

青苞米烤熟了,香气宛转,咀嚼间,苞米粒碎裂开来,清甜的滋味在他的味蕾上跳舞。他又睡着了——硝酸铵中毒让他近来时常陷入轻度昏迷。

3

像这种造成人员牺牲的行动,党组织是一定要派人调查的。魏知方从城工部接来经验丰富的廉铁人,当即表示,为了公正,必须得先从他身上查起。廉铁人在与大家的见面会上,开口第一件事,便是公开他与李金鳌的"盟兄弟"关系,并且拿出结拜时交换的梅红"全帖"给大家看。他说,在座的如果有一位同志怀疑我的公正,我立刻就离开。没有人想让他离开,每一个人都急于证明自己的清白,因为,这位以严厉著称的调查员所做的结论,以往从未受到过任何质疑。

调查进行了两天两夜,廉铁人得出的结论是,参加行动的人员并没有可疑之处。他提出的唯一一点质疑是：李金鳌行动时没带武器，而且行动之前他便对同伴声明，绝不会亲手刺杀李善朴。不过，因为他太了解李金鳌和李善朴的关系了，便又替李金鳌向上级领导做了解释，说这是李金鳌头脑中残存的封建思想在作怪，绝非故意推卸责任。为了挽救李金鳌，他还和魏知方一起建议领导让李金鳌戴罪立功，再给他一次机会证明自己是一位忠诚的革命战士。

第二次刺杀行动布置得很周密，李金鳌将全部身心都扑在对行动的策划上，即使他父亲在《庸报》上刊出与他断绝父子关系的启示，也没有影响他的工作——他只是在夜深人静的时候，朝着父亲居住的方向叩了几个响头，大哭一场而已。

这次行动的地点是保善堂。今年8月海河上游狂降暴雨，河水冲破天津的几处堤坝，60%的市区被洪水浸泡了一个月。难民挤满了"华界"几处有限的高地，疫病横行，日本军队实行严厉的封锁、烧毁疫病人家的政策，一时间，天津的日军占领区变成了人间地狱。

为了救民众于水火，天津各界拼尽全力，慈善机构全都夜以继日地工作。在这次大水灾中，保善堂以施药的善举闻名全市，他们每天从早上开始，在保善堂门前施舍供两千人服用的藿香正气水，灾民们排队领取，每人当场喝下一小勺。对于病重的灾民，他们每天还定量派送紫金锭或诸葛行军散。

李善朴每周至少两次亲临施药现场，对药料的质量要求极为严格。李金鳌设计的行动方案是：李善朴视察施药现场之后，多半会回到保善堂与各位董事议事，保护他的警察也会散去，在这个时候，他们便有机会接近李善朴。

这次行动由魏知方和廉铁人共同监督,廉铁人沉重地对李金鳌说,哥哥在领导面前替你担下了血海般的干系,你要仔细了。然而,李金鳌的这次行动又失败了,而且是被李善朴玩了。

其实,这次行动刚开始便错了。原计划是等李善朴回到保善堂院内之后,由一位担任策应的同志鸣枪搅乱恐慌的难民,然后李金鳌乘乱带领另外两位同志潜入保善堂。让李金鳌没想到的是,李善朴刚刚出现在施药现场,他便被高莽用九节鞭锁住了脖子,还高声对难民叫喊,说要绞死他这个背弃主子的恶奴。李善朴喝住了高莽,让他将李金鳌带到保善堂楼上,然后对他进行了一番苦口婆心的劝说。

保善堂位于河北大经路,本是袁世凯老宅的偏院,近年来李善朴在靠近大经路这边修了座两层楼房,作为保善堂的办公地点。李善朴拉着李金鳌来到二楼的窗前,指着楼下的难民道,天津的难民不下八十万,我根本救不过来,为此我很痛苦;天气很快就冷了,你今天如果杀了我,我就再没有机会说服善良的富人出钱出物,开粥场,施棉衣了,结果便是,楼下的这些人当中,今年冬天至少得有五分之一会冻饿而死。李金鳌却道,你是汉奸特务,罪该万死。

李善朴又道,你的上司必定是受了军统特务的蛊惑,误信人言,我不怪他们;如果你回去跟上司讲明情由,让他们能了解我的一番爱民之心,他们必定不会再与我为敌。李金鳌摇头道,施舍不等于买了叛国的免罪金牌。

李善朴很耐心道,到你这一代,咱们两家相处有四代人了,你们共产党讲平等,那么请你告诉我,我曾经把你当仆人看待吗？我一直都把你当子侄一般。李金鳌道，私恩抵偿不了公义。李善朴叹道，那你现在为什么不杀我，我记得你的"锁喉手"已经练到用两指捏碎核桃了？李金鳌也叹道，你的罪恶虽人人得而诛之，唯独我不能动手，不管怎么样，我是你的"家生子"。

李善朴像是感动得要流下泪来，半响方道，你看这样好不好，你帮我到济南跑一趟，上次替我运粮开粥场的家伙，私自在沧州把粮食高价倒卖了；现在人心险恶，派别人去我不放心，你去替我把粮食和做冬衣的棉花押运回来，让我把这次善事做个圆满；等冬天过后，我会为你摆酒，知会众人，将你们全家"出籍"，你也就不再是我的"家生子"，到时候你再来杀我，也就不算是背逆人伦了。

说着话，他取出两张到济南的火车票，又拿了一盒点心和一件毛线衣塞到李金鳌手上，让他和小凤带着路上用，轻声道，你父亲那里尽管放心，我会劝他再次登报，收回断绝父子关系的成命。

高莽送李金鳌来到保善堂门口，将缴去的手枪又掖在他的后腰上，恨道，顺了主人，你是我亲兄弟；逆了主人，你我不共戴天；你好好掂量吧。

李金鳌真心实意想做一个十全十美的革命者，但他更想做一个十全十美的忠义之士，如今，对党组织的"忠"和对旧主人的"义"就像两片石磨夹住了他，除非他选择"权宜之计"，否则只有"自裁"这一条路可走。然而，一旦便宜行事，他这个忠义之士便不再纯洁——他发现，上级领导交给他的这项任务，生生就要将他逼成《刺客列传》中的人物。

就在这个时候,传来三声枪响,与他配合行动的三位同志当即横尸街头。上千难民大乱,裹着李金鳌奔向了金钢桥,魏知方和廉铁人也很快追上了他——他还活着,而且毫发无损,这是最可怕的结果。他想带上小凤立刻远走高飞,但念头刚起他便记起,行动之前,小凤已经被魏知方接走了。

4

到了新的联络点,廉铁人的脸色阴沉如铁,魏知方拍桌子打板凳,怒骂不止。李金鳌只能放下手中的点心盒和毛线衣,又从衣袋里取出李善朴硬塞给他的两张火车票,拔出腰间的手枪,将这些全都放在魏知方面前,然后退到一边,等待组织审查。

子弹还在枪膛里,保险是关着的;两张车票的目的地是济南,毛线衣是鸡心领桃红色;点心盒里是祥德斋的"小八件",中间夹着一千元联银券和一封李善朴为李金鳌写的推荐信,收信人是日军驻济南特务机关长。

面对点心盒里的东西,李金鳌道,李善朴对这次行动知道得一清二楚,我们内部有叛徒。接着,他便对魏知方和廉铁人复述了李善朴与他的对话。廉铁人又对照记录,一字一句向他核对了好几遍,这才问,我们在街上能看到你们两个在楼上谈话,你刚才说,他是想策动你叛变?李金鳌道,他是有这个意图,被我拒绝了。廉铁人看了一眼香油"小八件"和桃红毛线衣,接着问,他为什么没让高莽杀掉你?李金鳌道,他很念旧,毕竟主仆多年,可能是不想那么绝情。廉铁人继续问,我说的是，你拒绝了他之后，他为什么不杀你？李金鳌又将李善朴请他去济南帮忙的事说了一遍。廉铁人叹了口气道，从推荐信上看，他可是想让你去济南当官呀！李金鳌斩钉截铁道，他根本不懂我的心。魏知方插言道：在楼上的时候，你为什么没杀李善朴？李金鳌道，我没枪。魏知方怒道，你是劈挂拳名家，你的两只手不止杀过一个敌人，如今杀死一个老弱的敌人很难吗？

是啊，当时楼上只有李善朴和他两个人，高莽在门外，他为什么没动手？但他绝不能对组织上撒谎，于是他答道：我不知道为什么，但我确实没动手，连这种念头也没有。魏知方又问，你第一次刺杀李善朴时就没带武器，今天又错过了当面击杀他的机会，为什么？李金鳌老实承认道，是李善朴将我教养成人，而且我是"家生子"，就是他家奴仆生的儿子，我不能"反噬其主"。

魏知方大叫，你这是狡辩。廉铁人却深深叹了口气。

第二天一早，廉铁人给李金鳌拿来一张当天的《庸报》，上边有昨天保善堂枪击事件的详细报道，标题是《共产党刺杀大善人》，这张汉奸报纸借机公开了李金鳌的中共身份，并且污蔑共产党阻止慈善机构救济难民——李金鳌这才想到，他将行动地点选错了。

接着，廉铁人和魏知方开始交插询问李金鳌近一年来的情况，渐渐的，话题便集中到半年前党组织遭受的两次破坏上来。李金鳌心中一惊，他知道，自己是从基层干上来的，在天津的时间太长了，有意无意间认识的党内同志太多，如果一定要牵连，天津党组织的任何事怕是都能找到与他的"牵连"。

于是他只说了一句,我要见上级领导,便将嘴闭紧,再也不回答任何问题——说得越多,便越容易败坏自己,他从魏知方和廉铁人厌恶的目光中发现,他们已经不再将他当作同志了。

他的闭口不谈没有起到任何效果,因为证据太周全了。除了昨天他与李善朴的交谈,点心盒内的大笔金钱和推荐信,再加上今天《庸报》刊登的文章,都可以被视为他叛变革命的铁证。廉铁人对李金鳌道,李善朴是个精细的间谍,在这个时候他为什么要刊登这篇文章,你想过没有?魏知方对李金鳌道,我来告诉你他的目的,他这是想替你开脱,给我们制造烟幕;由他来证实你是共产党,这是多么巧妙的一招呀,可惜,你自己不争气,破绽太多。廉铁人道,这次天津党组织之所以反常地接受军统特务的请求,最重要的目的,就是借着刺杀李善朴的机会,找出他控制的那个狡猾的"内奸";但我万万没想到……

原来这是一次"内部清查"行动啊!李金鳌恍然大悟,同时他也发现,所有指证他叛变革命的证据,全都是由李善朴直接或间接提供的。李善朴一定是在保护某个人,在他被处决之后,真正的叛徒便能继续潜伏在党组织内部。这对天津的党组织实在太危险了。想到此处,他大喝一声,我要见上级。然而,他已经没有机会了。当晚,上级领导的指示传来,"将叛徒李金鳌就地处决"。

廉铁人弄了一包铁蚕豆和一瓶烧酒来给他送行,劝他道,别再提见上级的事了,不可能的;咱们盟兄弟喝一碗酒,等一会儿有人送你上路;别怕,不为难你。

李金鳌却道,你还记得我爹为什么给我取名叫"李金鳌"

吗？同样是过来给他送行的魏知方接过话头道，"李金鳌二次折腿"。李金鳌笑道，对呀！我爹恨我"八字"不好，说是给我取个恶人的名字，好以毒攻毒。

魏知方就着李金鳌的酒碗喝了一口，丢一颗铁蚕豆到嘴里，含混道，"李金鳌"是天津卫"上角"的大混混儿，年轻时"开逛"，硬要在赌场拿一份，被看场子的打断双腿；开赌场的老混混儿看他不是池中物，怕久后难制，便买通伤科大夫，将他的伤腿故意接错；混混儿"开逛"，凭的是脚力。见双腿残了，"李金鳌"找到那位伤科大夫，问明情由，他便将腿架在门坎上，亲手用捣药的铜钵将两条腿砸断重接；从此，"李金鳌"凭借二次折腿得享大名，包占怡和斗店脚行几十年。

廉铁人叹了口气，感伤地对魏知方道，要说这"李金鳌"跟咱们还真有些瓜葛，民国二十二年，天津卫的混混儿给李金鳌出大殡那天，正是你介绍他入党那天；还记得吗，我是监誓人。

李金鳌知道，他们三人闲扯这些旧事，无非是排遣心中郁闷，等候组织上派来的行刑之人。第一次行动失败后，是廉铁人替他做的担保，他才能有机会二次行动，所以，他相信"义兄"廉铁人心里一定非常难过，既为他，也为自己。而魏知方是他的入党介绍人，他现在成了叛徒，魏知方也脱不了干系。

李金鳌突然发现，却原来，此刻是两个断送了前程的革命者正在为一个叛徒送行。他心中一凛，道，我爹恨我不死，给我取了这么个倒霉名字，说不得，我也该沾这老混混儿一次光，耍一回光棍。廉铁人惊问，你小子还想"二次叛变"不成？

李金鳌道，临死之前，你们得让我见见小凤，我知道她也在这里。

他知道自己活不过今晚,但他必须得将真正的叛徒仍然隐藏在组织内部的消息送出去。眼前这两个榆木脑袋是不能指望了,但他还记得三个月前中共北方局城工部留给他的一个特别"邮便所",他要让小凤替他将这个消息投递到"邮便所"里。只要能抓住真正的叛徒,他虽死犹荣。他想,这应该算是他对党组织最后一次尽忠,为革命理想最后一次尽力了,同时,也算是为眼前这两个被他牵连的倒霉蛋保留一点继续革命的资本。

廉铁人问魏知方,隔壁埋人的坑挖好了吗?魏知方答,我太笨,刚才把铁锹弄断了,他们出去找新的了。廉铁人出去了一趟,回来后两个人对望一眼,魏知方对李金鳌道,你的名字取得确实不好,还记得吗?今天正是那个老混混儿的忌日;往后我年年给你"送钱","送寒衣",你就安心走吧。廉铁人对李金鳌道,领导命令我们立刻去一趟英租界,哥哥我就不送你了;办事的人刚到,我跟他们谈妥了,鸡叫三遍,他们送你上路。

魏知方对廉铁人半开玩笑道,你这可是"徇私枉法"呀。廉铁人道,我不能让我义弟就这么走,只好拜托你,明天早上再跟领导汇报吧。魏知方笑道,咱们两个人拴在一根绳上,还是你来"告"我吧,你是上级,活动活动,早几天把我弄出来,我也好继续工作。廉铁人感叹道,那就委屈你了,承情之至。魏知方正色道,一家人不说两家话。他们俩走到门口,廉铁人回过头来对李金鳌道,你今天晚上最好给自己留下个儿子,我替你养。

5

  显然,小凤已经知道他今晚必死,便悲伤得很坚强。她朗声道,少爷,廉大哥说了,让您给自己留下个儿子。李金鳌哭笑不得,但还是连忙拉她上床,蒙上被子在她耳边悄声道,我死不要紧,但我的名声最重要,你一定要替我洗刷叛徒的恶名。接着他便对小凤交代了秘密"邮便所"和他本人专有的识别暗号,让她将组织内部仍有叛徒的消息写一张字条送过去。小凤却道,我替您生儿子总得有个名份,哪怕是作妾也得先给您叩个头吧!

  他能够理解小凤的想法,名份对于这个女人是件大事,就像身后的名声对他是件大事一样,只是,如今诸事不备,也只能草草不恭了。他掀开被子,盘腿坐在床沿上。小凤穿鞋下地,先到窗口向外望了望,然后对他敛衽拜了三拜,又跪倒叩头,叫了声"老爷"。

  他妈的,这算哪门子事呢?李金鳌心中作呕,感觉自己这个革命者很不像样。然而,他与前妻婚约仍在,绝不能停妻再娶,此乃人伦纲常,错不得,没办法,只能委屈小凤了。于是,他摆了摆手道,别叫老爷,太难听了,叫名字吧。

  小凤站起身来,说了声谢谢少爷,便拉住他的手放在自己的肚子上,笑道,廉大哥过虑了,其实您已经有儿子了,三个月。李金鳌当即便感觉心脏快乐得仿佛要爆炸开来。"不孝有三,无后为大",有了儿子,他便可以死得安稳了。

  小凤又到窗前向外望了一会儿,回头对李金鳌道,"掌刑"的两个人已经着了我的"道儿",正在抢茅厕哪;等一会儿我先出去，您随后出来；如果我的办法不行，就只能拜托您跟门口拿枪的那人拼命了。李金鳌根本就想不出小凤会有什么办法救他，但事到如今，也只能"死马当活马医"了。

小凤敲开房门，对门外看守他们的那位同志道，这位大哥，我家少爷有请。说着话，她侧身将那人让进门来。那位同志用手枪谨慎地指着李金鳌问，什么事？李金鳌并不明白是怎么一回事，只看到小凤的手在那位同志的衣领后晃了两晃，不一会儿，那人便像是被二十五只老鼠钻进了衣领，嘶叫一声，忙不迭地伸手去抓。李金鳌不会放过这个机会，一掌切在那位同志的手腕上，夺下他的枪，然后将他推倒在院中。小凤轻叫一声，快走。他们二人携手直奔院门。

小凤去打开院门，李金鳌持枪掩护。他注意到，上级派来处决他的两位同志一手提着裤子，一手举枪从茅厕中冲了出来。而那位看守他的同志，此时已脱掉上衣，仰面躺倒，正奋力在地上蹭他的脊背。

追赶他们的同志没有开枪。跑出大门李金鳌发现，他们正在南市荣业大街上，枪声一响，警察和日本兵转眼便到。

天津城里已经没有他们的立锥之地，等逃到津郊杨柳青，租了间房子住下来，李金鳌才问小凤，你昨天用什么法子对付我的同志？小凤答道，那天你们"龙头"把我押在"窑儿"里，我就知道您出事了；您是我男人，我可不能让他们跟您动"家法"。李金鳌不明白，小凤又道，我爹是"彩门"，"挑除供"的，就是卖戏法骗人的。李金鳌似懂非懂，小凤道，自从您把我从人贩子手里救出来，我就多了个心眼儿，把我爹当年教我的几手小把戏藏在身边，不想这回管了大用。李金鳌让小凤解释，小凤笑道，说穿了也没什么，在家的时候，给老爷、太太煎药都是我的活，我就从药包里偷了一点治太太便秘的"巴豆霜"，又偷了一点治老爷牛皮癣的"闹羊花"；这些药毒性太大，药房里不单卖。李金鳌问，那管什么用？小凤道，那两个"掌刑"的人来了，是我做的饭，他们要是吃酒，我就把"闹羊花"粉末放到酒里，一杯就醉；他们要只是吃饭，我就放"巴豆霜"在饭里，保证让他们跑肚拉稀站不住脚。李金鳌好奇地问，你早就知道会有今天？小凤道，我原是准备对付坏人的，侥天之幸救了少爷您，这也算是我的造化。

李金鳌又问，看守我的那位同志，我看他痛苦得很，你又是怎么弄的？小凤笑得花枝乱颤道，少爷您真是个老实人，那是骗人的，叫"仙人脱衣"，就是用"细辛"的毛混上桃毛，拿酒煨过再晒干搓成粉，放一撮儿在他的脖子里，保证他痒得脱衣裳……

李金鳌也笑了，但笑得很苦。虽说自古以来，美人帮助男人成就大业的事比比皆是，但他以往待小凤并不算好，至少不是真心相爱。如今小凤不但舍身救了他一命，还心甘情愿给他叩头作妾，让他这个革命者的心里险些苦出水来，更何况，他此时已经被领导认定是"叛徒"了。

最后小凤感叹道，从今往后，您不能再丢下我一个人到处闯，我实在是不放心。李金鳌不解，小凤斩钉截铁道，我不能让任何人伤害您。

过了两天，小凤贴了一锅"两面焦"的饼子上街去卖。因为小凤不许他出门，李金鳌只好躺在床上想心事。

他现在已经走投无路，这一点是事实，为此，他必须得做出选择，或是带着小凤远走高飞，去过普通人的日子，或是向领导证明自己的清白。然而，一想到说服领导这件事，他便感觉气馁。李善朴为他设计的圈套太过周密了，此刻即使他能见到上级领导，面对五位同志的牺牲和一连串的证据，他就算浑身是口，也难以自辩。

李善朴到底为什么要这样做？他是要害我，还是想逼我"改邪归正"？他想不通，便对自己说，如果，我是说如果，如果我亲自动手杀了李善朴，领导会不会对我另眼相看，帮我洗脱叛徒的罪名？但转念一想，他更气馁了，难道我真的被困入娄天士的"命书"之中，今生今世注定要"反噬其主"？

叛徒的罪名是他对中共党组织的"反噬其主"，刺杀李善朴是他对旧主人的"反噬其主"，不论他怎样做，在道德上都是罪人。

小凤回来了，带回一包小咸鱼和一捆韭菜，说是等一会儿给他摊"咸食"吃。包咸鱼的是半张昨天的《庸报》，第二版上有一则消息说，昨夜，保善堂的管家高莽向南市警察所首告"共匪"窝点，并亲自带路前往捉拿，双方在荣业大街枪战，击毙共匪一名，目前警察局正在全力搜捕逃亡的共匪余孽……

完了！李金鳌知道自己回头无望了。高莽的这次行动，将他叛徒的身份做成了"铁案"。高莽肯定是李善朴派出来的。不管李善朴是出于什么目的，他的上级领导只会得出一个结论——李善朴派高莽来救他，进一步证明他和李善朴是同伙。

如果他是领导，他也会得出这种结论，为此，李金鳌痛苦得连自杀的心都有——在领导眼里，他以往的"忠义"都变成了狗屎。

6

和小凤商量了半宿之后,李金鳌终于决定听从小凤的意见。小凤的意思是,"此处不留爷,自有留爷处",咱们可以改名换姓,出去"跑海"嘛。李金鳌将小凤的江湖言语翻译成革命道理,便是"天津的党组织不信任他,他可以改名换姓到其他地方参加革命",这于他的共产主义理想和革命信念并没有大的损伤。

只是,他改名换姓一走,叛徒的骂名就会长久地留下来,这一点着实让他痛苦。然而,既然要为党组织尽忠,就不能考虑个人颜面和风险,他决定走之前还是要将党组织内部潜藏叛徒的事写明,通过"邮便所"交给上级。不管上级是否采纳他的意见,作为"忠谏之臣",他算是仁至义尽了——他知道这是在给自己的畏缩找托辞,但他又实在想不出更周全的办法。

南市的"三不管"是天津最奇妙的地方,聚集了上千的江湖艺人,拉起席棚、布幔,租几张板凳就做生意。有的艺人什么也没有,就用白沙在地上画个圈,也能"平地扣饼,空手拿鱼"。

李金鳌要找的"邮便所"是个"哑金",就是不说话的卦师。通常"哑金"的摊上都有个玻璃镜框,内写"哑相"或"揣骨神相",摊前蓝布上写着"坐地不语,我非哑人;先写后问,概不哄人"。而"邮便所"的这几个字写的却是"坐地不语,我非哑人;若无诚心,断子绝孙"。

借着大草帽护脸,李金鳌在小摊、席棚挤成的小径中来来往往走了好几趟,没有发现危险迹象。他要找的"邮便所"在"三不管"的西南角,此时盘腿坐在地摊上,四周围着一圈闲人,正看他"倒写"《劝人方》。

李金鳌知道,上级领导不会忘记任何事,他们一定记得曾交代给他的这个"邮便所"。如今"邮便所"仍在,可以说明两件事,一是领导认定他绝不敢来,二是领导将这"邮便所"当诱饵钓他。他闪进一间说评书的席棚,坐在板凳头上,用手揭开芦席,便可观察不远处的"邮便所"。只是,他没看到拼死拼活缠着他一起来的小凤。

台上的先生说的是《春秋列国》中"豫让刺赵襄子"的故事,正说到"豫让吞炭漆身,行乞于市"。李金鳌看了看天,此时将近傍晚,再过一会儿,"三不管"的看客就该回家吃饭了,万一出险,人少了不方便他撤离。于是,他往"打钱的"簸箩里丢下几个铜元,出了席棚,挤进"邮便所"周围的人群。

二人用动作、手势打暗号,一来一往严丝合缝,"邮便所"了无痕迹地打发走前一位顾客,冲李金鳌写下"白送手相"四个字。李金鳌伸出左手,"邮便所"在他手上倒着写下"走投无路",下边的一番做作自然都是常例,妙就妙在"邮便所"居然能在众多围观者的眼皮子底下完成"邮递"。

李金鳌与"邮便所"分手时,"邮便所"的手里多了两角钱卦资和李金鳌给城工部领导写的一封短信,而李金鳌手里也多了一张纸条。然而,没等他看纸条上的内容,便被廉铁人一手搭在颈上,一手掐住手腕——他被"锄奸组"拿住了。于是他连忙四下张望,担心替他打掩护的小凤也被抓住,但他没看到小凤的身影,也没有任何人注意到他们。

廉铁人恨道,"弃保潜逃",出卖同志,你小子罪不可赦。李金鳌道,我没想连累哥哥你,但我也不想被上级领导冤枉。廉铁人道,勾结汉奸特务,破坏党组织,领导没冤枉你。李金鳌道,我如果是叛徒,今天就不会主动联系上级。廉铁人道,别以为我看不出你这招"连环计",否则我也不会在这里"蹲坑",专门等你。李金鳌问,我怎样才能向领导证明自己的清白?廉铁人道,除非你亲手杀了李善朴。李金鳌一时语塞。廉铁人切齿道,难怪领导清查内奸时,会把你当成第一嫌疑人;我早就该看出来,你小子就算没胆量当叛徒,也是混进党内的"异己分子"。

廉铁人"亲热"地拉着李金鳌,一同进了芦庄子宝局,等他们穿过赌场从后门出来,已经是日租界了。李金鳌知道自己的时间不多了,便停住脚步,对廉铁人道,我今天不能死。廉铁人道,领导命令我,必须得把你送到宫岛街交给他们。李金鳌问为什么?廉铁人道,前两天因为你又牺牲了一位同志,我想他们必定是太恨你了,这次想亲自动手。李金鳌问,这没道理,往常"锄奸"不都是当头一枪吗?这事我干过。廉铁人道,所以我说领导这是"脱裤子放屁"嘛。

李金鳌知道,他们现在位于日租界旭街,离宫岛街不远,他如果想脱身,只有两个办法,一是向街上的日军宪兵或日军岗哨求救,但那样做廉铁人必死无疑;二是找个机会打倒廉铁人,但廉铁人是"行意拳"高手,此刻已经拿住了他的腕脉和颈项,就算是他能挣脱开,到时二人撕掳起来,廉铁人还是难免被日本兵抓住。"治一经,损一经"不是道理,他虽不想蒙冤而死,但更不能犯下"不义"的大罪,因为廉铁人毕竟是他的义兄,立誓"同年同月同日死";除非……

"除非"果然来了。当他们行至旭街和福岛街交口,从中原公司里走出一个挎竹篮,包头巾的乡下女人。那女人掀开盖着篮子的白毛巾,从里边取出个白布包,轻巧地往廉铁人脸上一抖,一股白烟泛起,廉铁人双手捂脸,那女人拉起李金鳌便逃——又是叶小凤,这次的招术是撒石灰救丈夫。

回到杨柳青家中,小凤得意地问李金鳌,这可不是我缠着你,带上我没错吧?李金鳌真诚地对小凤道,谢谢你。然而,他心中却痛苦得很,这个傻女人不知道,在他的领导看来,她第一次救他还可以算是女人无知,但今天的行为显然是有预谋、有准备,已经是"反革命"行为了。

他打开"邮便所"交给他的纸条,验过封口和里边的"花押",知道确是城工部领导的指示。领导指示道:既然你主动与上级联系,便有两种可能,一,如果你确是叛徒,便是来使"连环计",破坏党组织,"锄奸组"必将追你到阴曹地府;二,如果你蒙冤,组织上就命令你找出真正的叛徒,这是你的任务。但在你完成任务之前,组织上不能改变给"锄奸组"的命令。

李金鳌有些怨恨领导。这张纸条上,领导没有解释为什么那么快就对他做出判决,也没有解释为什么会将他当成"内部清查"的主要嫌疑人,更没有对他交代下一次的联络暗号——他与"邮便所"的联络暗号一次一换。

领导让我找出叛徒洗刷自己,廉铁人让我杀掉李善朴证明自己,我要是有这本事,还会落到今天这地步?李金鳌不禁破口大骂,李善朴为了拖我下水,不知道布下了多少圈套,什么时候布下的我都不知道,可领导你也不知道,也上了李善朴的当,搞什么"内部清查"。没错,我他妈的也上了李善朴的当,自己跳进粪坑里,还连累牺牲了好几位同志。

这就是命啊!李金鳌感觉自己被领导气得要发疯,像关在笼子里的狼一样在屋里乱转,手上指天画地,口中大叫大嚷。李善朴这老鳖……你为什么要害我?娄天士那老杂毛,你一张破纸就害了我一生;"反噬其主",他妈的我就给你们"噬"一回看看;不干我就是不忠不义的叛徒,干了我说不定能把自己救回"半忠半义",反正已经里外不是人了,不干也得干;不就是把叛徒揪出来吗?叛徒的上线是李善朴,抓住供我上学,帮我娶妻的旧主人,上老虎凳,灌辣椒水,不怕他不交代……

他突然发现,他的这些愤怒的想法已经再不是"关圣人式的纯粹道德",而是"晏子式的权谋"了,于是,多年来他引以为自豪的道德铠甲上,终于裂开了一道缝隙。

当然,李金鳌认为自己还是看清了部分事实真相。他发现,领导在纸条里无意间透露出这样一条信息:此时领导对他的看法,已经不再是下命令处决他时的深恶痛绝了——他已经逃出来五天,如果真是叛徒,天津市的中共地下党员怕是已经被日本宪兵和特务逮捕了二三十人——他在天津工作的时间太长了,认识的人也太多了。这也就意味着,领导的心里很矛盾。除非,他妈的除非他们认定我这是在"放长线,钓大鱼",不出卖小喽罗,为的是抓住大首长。

这时,小凤怯怯地问,咱们还去"跑海"吗?他大叫一声,不去了,从明天起,我带着你去当英雄,或者,他妈的没有或者。

7

李金鳌清楚地知道,英雄不是那么好当的。领导通过纸条交给他的"任务"根本就不可能完成,更何况还有对他烂熟于心的廉铁人带领"锄奸组"在追捕他,也许他刚刚开始行动,便又被义兄抓住了。

他和小凤两个人分头蹲点、盯梢,结果发现,李善朴调用军警将自己保护得严严实实,他根本无法近前。而在这其间,他有几次险些与"锄奸组"的同志迎头撞上。他们也在跟踪李善朴?不会的,他们是在找他,以为他这个叛徒必定会跟李善朴在一起。

跟踪到第三天,更可怕的事发生了。他痛心地看到,高莽带着汉奸特务抓住了廉铁人。唉,他心中苦得赛"杜十娘","恰好似冷水浇头,怀里边抱着冰":义兄这是为了抓我,才只身犯险,结果才被高莽抓住。可是不对呀,义兄地下斗争经验丰富,只是蹲守、跟踪,怎么可能暴露?会不会是叛徒出卖?谁是叛徒?那还用问,必定是李善朴想尽办法保护的那个人。只是,上级领导却未必这么想,他们会再次确认,那个叛徒果然是他李金鳌。

背叛党组织,出卖义兄,刺杀旧主人,这些罪名几乎将李金鳌压垮了。

你说怎么办才好？他身边只有小凤可商量。小凤刚吃掉一大捧新上市的山楂，摸着肚子道，这小家伙长了个"老西儿"的胃口。见李金鳌急得要发脾气，小凤忙道，别着急嘛，您要是让我跟您一起去，我就给您出主意。他说这是去送死，你不能去。小凤也很坚决，他没办法，只好答应。

小凤的办法其实很简单，既然是去送死，不如大大方方登门造访，况且，他那旧主人虽然做了许多坏事，但不像是真想要他命的样子。

他认为小凤把这件事看得很透彻。如果他能说服李善朴，同意让他用自己将义兄换出来，不管他杀不杀李善朴，都能洗清叛徒的恶名。结义，结拜，性命相结，舍生取义，到了这个时候，才能看出结义的真谛，他觉得自己应该对得起义兄，对得起党组织了。

小凤紧紧缠着李金鳌，一起来到李善朴的大宅。高莽将他们上下打量，派人进去通报，李善朴传出话来，男进女不进。小凤拉着他的手道，少爷，您要是活着出来，我们娘俩在这儿等您；您要是死在里边，我们娘俩可就是一尸两命。李金鳌叹了口气道，别等在这里，明天你再来，如果我死了，你就去找我娘；如果我活着，唉，咱们去"跑海"。

李金鳌没死，但也没带着小凤去"跑海"，等第二天看到报纸的时候，他发现，李善朴只给他剩下一条路可走，就是照李善朴的话做，卖身投靠。

当时李善朴将他叫到上房，在高莽的保护下，平心静气地讲述了"陷害"他的全部经过。然后李善朴感叹道，"天将降大任于斯人也，必先苦其心智，劳其筋骨"；你曾祖父跟随我曾祖父出征西北,血海般的十年,杀人如麻,流血漂橹;你祖父跟随我祖父血战"长毛",八次兵败,三次失散,他们是从死人堆里爬出来的;你父亲跟随我父亲,在廊坊阻击"八国联军",身中两枪,但还是把我父亲的遗蜕背回家来,让他老人家的灵魂有个安稳处;现在到了我们主仆这一代,你却受"共党"蛊惑,要"反噬其主",真真的让我痛心……李金鳌明白,李善朴这叫"以恩结之"。但共产党员不信这一套。

李善朴又道,大丈夫行于天地之间,最要紧的就是一个"义"字。"义者,宜也",就是做正确的事情;我们主仆之间,什么是正确的事情,就是我爱护于你,你忠诚于我。李金鳌知道李善朴说得有道理,但只是小道理,如今国破家亡,主仆之义应该让位给国家大义。

李善朴接着道,如今我们都是"人在江湖,身不由己",我有上司,你也有上司;我有我的"家国之责",你也有你的"家国之责";不幸的是,你选择站在我的对立面上,你错了,大错了,这不但会害了你,也会害了你的父母和妻妾儿女;小凤是个好孩子,你就忍心让她孤身守寡,一个人拉扯你的儿子?李金鳌在这一点上很坚定,革命者死都不怕,还怕败家吗?于是他逼问道,你用了那么多心思将我陷害成叛徒,到底是为了什么?谁是你要保护的人,谁是真正的叛徒?

李善朴深深叹了口气道,根本就没有叛徒,我要保护的人就是你。我那儿子一妻两妾,结果无一生养;我太好面子,把女儿嫁给她的"娃娃亲",结果我那女婿不成器,如今已经"杨梅升天"了;我老了,没有人可依靠,只能依靠你,可你又误入歧途,深陷其中,没办法,"不用猛药,难起沉疴",我只能出此下策，先害你，再救你；我所做的一切，都是想让你回到我身边，帮我主持家业，照顾全家所有人。

李金鳌相信李善朴的话里有一部分是真情，但只是很小一部分，与党的事业比起来，这些全都微不足道，更何况，这是汉奸的请求。于是他道，你的这些理由根本说不动我，我还是刚才那话，今天来只有两个目的，一是救我义兄出去，二是杀你完成任务。

李善朴见他意志坚决，脸上说不清是痛苦，还是慈悲，想了许久方道，我倒是有个变通的法子给你，不知你是否想试一试？李金鳌道，但讲无妨。

李善朴道，你已经杀了我两次了，虽不成功，但足以对得起你的上司了；你今天第三次登门杀我，必定是被逼无奈，没办法，我只能效法古人，再给你一次机会，以成全你的忠义之名，同时，也可以让你对得起加入"共党"时立下的誓言。李金鳌问，那我义兄怎么办？李善朴叹道，我都安排好了，杀了我之后，你明天就可以来接廉铁人。

他们二人来到院中，高莽喊了声把东西拿上来，院子各个角落闪出十几名埋伏的警察，全都持枪指向李金鳌。他们让李金鳌站在院子中间，有人送上一柄单刀给他，他试了试刀刃，很锋利，但要在密集的弹雨中冲上去斩杀李善朴，必定无法成功。

他正在犹豫，只听李善朴对他道，你改主意了吗？他摇摇头。李善朴叹了口气道，那我就效法赵襄子，帮你求一个心安吧。

这跟赵襄子有什么关系？李金鳌脑子急转，突然明白了。

果然，又有人从房中抱出一件古铜色织锦夹袍来，里边裹着一只长靠枕，放在地上倒像是个人形。这时李善朴道，孩子，你自幼模仿古代义士，熟读《刺客列传》，应该知道我已经仁至义尽了。

李金鳌清楚地记得《刺客列传》中那段原文。豫让曰："臣闻明主不掩人之美，而忠臣有死名之义。前君已宽赦臣，天下莫不称君之贤。今日之事，臣固伏诛，然愿请君之衣而击之，焉以致报仇之意，则虽死不恨……於是襄子大义之，乃使持衣与豫让。豫让拔剑三跃而击之……遂伏剑自杀。"

他被李善朴气疯了，因为他发现，李善朴这样做不单是在蔑视他，而且是在污辱他所敬爱的先贤。于是他三次跃起，用单刀劈斩地上的锦袍，然后横刀向颈，却被高莽从他身后用三节棍将单刀击落。

李善朴感叹道，孩子，你的气性也太大了。我这是在救你呀！回头吧，共产党绝不会再要你了。明天，我再给你一天的时间好好想想，明天下午，你过来，咱们再谈谈。李金鳌问，我义兄哪？李善朴道，明天。

第二天李金鳌没去李善朴府上，因为小凤早早便给他买来一份报纸，上边不但有"李金鳌弃暗投明，手刃悍匪廉铁人"的文章，居然还有他挥刀跃起，劈斩廉铁人的"假照片"。

李金鳌自己也感觉奇怪，当此大变故，他居然没像以往那样发怒，发疯，发狂。看来，李善朴为了拉他当汉奸，真是做到了"仁至义尽"。事到如今，他该怎么办？

背叛党组织绝不可能，他连这个念头也没有；说服党组织相信他的忠诚？这件事就算了吧,毫无可能;替党组织完成任务,找出真正的叛徒？他知道自己没有机会,也没有这本领。李善朴可以将他玩弄于股掌之上,使用计谋他根本就不是李善朴的对手。

他现在只剩下一件事可以做,就是那个惹来所有麻烦的起点,也是党组织交给他的最初的任务——刺杀他的旧主人李善朴。

事情转了一圈,如今又回到了起点,他仍然摆脱不掉"反噬其主"的命运。李金鳌沮丧到极点,也就越发痛恨当年"诅咒"他的大相士娄天士了。

8

铁锅里的硝酸铵已经变成粘稠的块状,李金鳌知道,此时再用火烤就太危险了,他需要三个晴天,用阳光来帮助他完成最后的干燥过程。

小凤今天又进城了。她不顾强烈的妊娠反应,挎着满满一篮偷来的青苞米去卖。李金鳌购买原料的花费,全都依赖于小凤的生意。

整日在阳光下翻晒硝酸铵,李金鳌已经不再分析他与党组织,还有与李善朴的关系,因为,在新的证据出现之前,他就算是想破头也救不了自己。他现在需要思考的是自己的"命",是他那刻薄的"八字"和娄天士的"命书"。

共产党人要破除迷信,解放思想,这一点他清清楚楚,然而,他更清楚的是,并不是每一位革命同志都将迷信思想破除得干干净净,至少此刻,他的"命书"已经成了他无法逾越的障碍。为了这张倒霉的"命书",他父亲在他耳边抱怨了二十多年,每一个字都像是烙刻在他脑子里。他原本对此嗤之以鼻,然而,当"命书"中的预言一步一步在他的生活中应验,以至于真的将他推入"反噬其主"的绝境时,困惑和愤怒便让他怒发如狂。他当真是命中注定要"反噬其主"?在这件事情上,他已经失去了判断力,因为,不论是听从党组织命令杀死李善朴,还是听从李善朴的引诱背叛党组织,他心中最纯静、最崇高的道德和伦常都将碎为齑粉。他感觉发现自己已经无路可走。

不,不对!他惊喜地发现,他其实还有一条路可走,就是证实娄天士的"命书"是彻头彻尾的胡说八道。

娄天士的相命馆气派极大,设在法租界劝业场二楼,是个三套间。李金鳌用手指将小徒弟"师父不见生客"的话掐在喉咙里,反手锁上房门,推着小徒弟进了里间的"相命室"。

娄天士应该有七十多岁了,却长了张娃娃脸,满眼天真,一口好牙。他吃惊地望着李金鳌道,我等了你两个多月了,怎么才来?动手杀李善朴之前应该先来问问我呀!

李金鳌被他说糊涂了。娄天士长吁短叹道,报纸上的消息我都看了,有真有假;但你也太莽撞了,你出生时是我批的"命书",如今遇上"坎"了,你该先找我"指点迷津"才对,要知道,二十块大洋的卦资可不是白花的……

李金鳌恨道,我没钱给你卦资!我今天只问你一件事,你在我的"命书"里批上"反噬其主",是不是故意吓唬人的?

娄天士请他在书桌对面坐下,挥手打发小徒弟去泡茶,然后悄声道，二十七年前，令尊来找我，卦资之外又送给我一只二十两的元宝，只求我一件事，就是在批"命书"的时候，一定要让你的命克主人的命，让主人心生厌恶……

李金鳌心中一下子松弛了下来，感觉身上所有的骨节都在咯咯作响。谢天谢地，这一切原来都是父亲做的假！不管他老人家出于什么目的，只要能知道自己并非命中注定"反噬其主"就够了。

娄天士从身上摸出一卷钞票，诚恳道，令尊给了我二十两的元宝，一块银元七钱二厘，二十两白银合二十八块银元；国民政府的法币发行时是一元法币折合一块银元，日本人的联银券发行官价是一元法币折合一元联银券，咱们既不算利息也不算通货膨胀更不算货币贬值，这里有我为你准备下的二十八元联银券；你在华界活动，给你法币反倒是麻烦。

李金鳌没有接娄天士的钞票，起身就往外走，因为他隐隐听到了外边传来的雷声，他担心小凤，更担心他那锅"药"。知道父亲在骗他就足够了，到底为什么无关紧要。如今他可以放下包袱，想干什么就干什么。然而，刚走到门口，他又回来了，将二指微岔指向娄天士的双眼问，你告诉我，李善朴是不是也知道"命书"是假的？

娄天士睁大天真的双眼道，那怎么可能？"命书"当然是真的；我就算是拿了令尊的钱也不能做假，这就是我的"命"。要不我怎么能推演出你近期会来找我，还事先准备好这些联银券？要知道，我在租界里只能用法币……

这么说，我命中注定要"反噬其主"？李金鳌目眦尽裂。

唉，要不怎么说是"命"哪！我给你取"李金鳌"这个恶名,只能保证你不早夭,却改不了你的"命",可怜的孩子!娄天士反而怜悯地把眼闭上了。

从城里走回郊区的瓜棚,李金鳌如同在暴雨中梦游。反抗"命书"一直是他生命中的重要支柱之一,如今,用事实和可靠的细节将这根支柱击碎,推倒了,于是,在他的整个生活和全部信念中,还是那相互矛盾的三件事:共产主义信仰、"关圣人式的道德"和"反噬其主"的命运。

铁锅没有盖严,锅里虽然进水不多,但要再次干燥,至少得多耗费三天时间。他一脚将铁锅踢翻,灰白色的硝酸铵翻倒在泥水里,显得是那样的丑陋。

小凤回来了,浑身湿透,脸色发青,看到他将硝酸铵踢翻在地上,便连忙抢上去收拾。他粗暴地将小凤推倒在地上,不许她收拾。小凤大哭道,少爷,您别着急上火,实在不行就打小凤一顿出出气吧。都是我不好,明天我替您炒炸药。

他没有打小凤,而是不停地抽自己嘴巴。小凤发疯似地抱住他的胳膊,让他打她的脸。两个人撕掳良久,到了无奈之处,她才大叫道,老爷说了,让您别难为自己。

老爷,哪个老爷?李金鳌感觉脑袋要爆炸。小凤道,就是上房的老爷,他让我对您说,杀人的事他不计较,让您别难为自己,等想通了就回家吧。

回家?回到那个有主人,有父母的家?李善朴的要求绝不会这么简单。他只要回到家,便是以叛徒的身份脱离党组织,那么,李善朴埋藏在党组织内部的真正叛徒便等于得到了他的掩护。

他紧捏小凤双肩问,你是不是一直在给李善朴做内线?小凤哭道,他说您有危险,所有人都想害您,只有他能救您!你相信他吗?小凤道,我相信您,但他说得有道理,你们"大龙头"要害您,他们还逼着廉大哥害您。他大叫道,那都是李善朴害的。小凤道,我不管什么缘由,我只管一件事,您活我就活,您死我就死。他叹道,我怕是管不了你了,今后你只能自己顾自己。小凤坚决道,如果这样,那也是您让我活我就活,您让我死我就死。别忘了,我不是您太太,我是您买来的小老婆,我的命就在您手里。

唉!李金鳌认为自己已经够固执,够封建的了,没想到小凤比他还固执,还封建。也就在这一刻,他突然发现,这个一向被他轻视的女人,值得他好好疼爱。

然而,往后他该怎么办呢?所有的事情都乱了套,一切因果关系也都乱了套。

这时,小凤边收拾地上的硝酸铵边道,廉大哥让我告诉您,他相信李……李金鳌惊叫一声,廉铁人还活着?小凤道,我下午还见了,活得好好的,被关在后院,有人看守。

老天爷呀,廉铁人只要活着,就是我清白的证据!我终于有救了!李金鳌喜极而泣。小凤安慰他道,廉大哥说,他已经看清楚您的事,让我告诉您一句话。

李金鳌擦干眼泪,正色倾听。小凤道,廉大哥让我转告您,"是不是叛徒不在于'命',而在于行动,你的信仰、道德和品格全部存在于行动之中。"

行动?李金鳌仰天长叹,我该如何行动?

小凤大着胆子插了一句,救出廉大哥。

李金鳌补了一句,服从组织命令,杀死李善朴。

9

行动计划必须得周密,这一点李金鳌清清楚楚,然而,根据现有的情况分析,只凭他一个人根本就无法完成既杀死李善朴,又解救廉铁人的任务。他让小凤再去见廉铁人,他必须要得到组织上的支援,哪怕事后组织上仍然要"处决"他。

硝酸铵终于彻底干燥了,呈灰白色粉末状。他将磨得精细的砂糖按比例均匀混合到硝酸铵里。如果一切顺利,小凤回来的时候,不但能带来上级领导的指示,还会给他带来柴油、镪水和容器。

眼下,最让他为难的事情,是他手边的材料太少,没办法制造延时启爆装置。用镪水引爆,时间上很难控制,一旦出现意外,伤及自身的可能性极大。

同时,他内心深处仍然有着深深的忧虑,担心上级领导并不像他期望的那样开明和智慧。即使他能顺利杀死李善朴,救出廉铁人,上级领导就会相信他忠诚可靠吗?难道他们不会怀疑,他是受了李善朴的上司,也就是日本特务的指使,采用"丢卒保车"战术,迷惑中共党组织,目的还是让他替日本侵略者"放长线,钓大鱼"么?

在此非常时刻,换了我也会这么想,他高声对自己说。那么,他该怎么办才好呢?昨天刚刚想通的一切,今天又变成糨糊。

罢了,罢了,他终于明白了义兄的深意。为了革命胜利,为了让领导放心,为了完成任务,为了"活得刚强,死得清白",根据目前所有不利状况进行判断,他只剩下一项"行动"可为——与李善朴同归于尽。

然而,他没把这个决定告诉小凤,因为,这个封建女人如果知道他要去赴死,必定会疯狂阻止,甚至会不客气地将他出卖给李善朴。为了他能活着,她会不顾一切。

小凤雇了辆马车,拉回来一只大木箱,里边有他所需的一切。

他将注射用的玻璃针管拿粘土封住口,里边灌上镪水,制成引爆器。柴油与硝酸铵等傍晚出发时再混合,以免放置时间太长,柴油渗到容器底部,影响爆炸效果。小凤带回来两只装腐乳用的瓦罐,容积在三分之一升左右,因为硝酸铵不多,装配炸弹时他只用了一只瓦罐,多余的材料只能放弃。

李金鳌洗手、洗脸,将身上可能沾染硝酸铵的地方都清洗干净,拉着小凤来到瓜棚外,与她肩并肩,手拉手坐在夕阳中,这才轻松道,好啦,一切准备就绪,说说你跟我的上级联系上了吗?

他之所以如此气定神闲,原因只有一个,就是他终于想明白了,不管今天是否能与组织上取得联系,他都必须行动。况且,既然是必死的行动,组织上是否参与也就不重要了,只要他们事后得知他李金鳌"舍生取义",不是叛徒即可。

小凤确实取得了廉铁人的信任,他交给她一组数字,让她写在官银号后街的布告栏里,通知魏知方。通知的内容大意是,今晚李金鳌刺杀李善朴,请在八里台接应。廉铁人让小凤转告李金鳌,此时情况不明,加上前几次行动失败的教训,他不能调动同志冒险参与李金鳌的行动,只能请他们事后接应,并为李金鳌安排撤退所需的一切。

李金鳌不在乎这些,他现在要做的是"尽人事,听天命",反正是一死,无关紧要了。

天刚黑下来不久,小凤坐着雇来的马车,来到李善朴大宅的后门。高莽已经在那里等她,见面就问,老爷子问了七八遍了,他还活着吗?小凤道,当然,不信你自己看。她掀开马车上的大木箱,里边蜷缩着李金鳌,睡得正香。高莽感叹道,老爷子这几天吃不下,睡不着,生怕这小子气性太大,把自己逼死。小凤道,有我盯着,没事的。高莽问,你给他吃了什么,睡得这么香?小凤笑道,还能是什么,蒙汗药呗。

一碗凉水灌下去,李金鳌醒过来,但他的头还很晕,药性明显比小凤说的要烈。但他如果不吃,又怕装得不像,因为小凤答应过李善朴,她会把李金鳌用药迷了之后带回来。他看到高莽把头凑到木箱边上,道,老弟,老爷对我这个义子还不如对你亲哪,你是有福之人;您老人家里边请,老爷子等急了。

李金鳌说他腿软,浑身无力。高莽仔细将他全身搜查一遍,又用手敲了敲木箱四壁,这才让警察将木箱径直抬到上房。李善朴道,快来人把他扶出来。李金鳌连忙摆手,说要再喝碗凉水。又一碗凉水喝下,小凤对李善朴道,老爷,这药太烈,他刚醒过来,身子软,眼睛怕光,先别动他,还是把箱子盖上让他闭一会儿眼吧。

箱盖又被盖上,眼前顿时黑了下来。李金鳌能听到外边李善朴在盘问小凤,问得很细,小凤倒是对答如流。

"大变活人"的机关在哪来着?吃了蒙汗药,李金鳌感觉脑子转得慢。出发之前,小凤把他拉到这只大木箱跟前,道,"大变活人"的手艺我可不精,当初都是我爹变我,我自己从来也没上过手。李金鳌问,就这么一只箱子,大小深浅谁都看得出来,你怎么就能在别人眼皮子底下把我藏起来?小凤道,箱子里的机关都是"障眼法",把这两块木板翻起来斜放在这里,你看看,板的上边画着线,猛一看都会以为是空箱子,但不能用手摸,一摸就露馅。

这时他又听到,小凤正按计划请李善朴带她去见廉铁人。她道,对不住老爷,我没管住自己,说漏了嘴,把廉大哥给说了出来,我男人一定要让我问问廉大哥,他们为什么一口咬死,认定他吃里扒外。接着他便听到他们往门外走,又听到高莽吩咐警察,看好上房。

侧面的那块板好弄些,但把身下的这块板翻上来就困难多了,他生怕弄出声响被警察听到,又怕将木板放错了地方。临出发前他只试过一次,还不熟练。等两块木板斜着放好后,他的身子只能像张弓一样弯在狭小的空间里,头和脚都被挤得生疼。

他们又回来了。李金鳌听小凤道,我家男人别又睡着了?他听到箱盖被打开,接着便是小凤的一声惊叫,人哪,我男人哪?然后是箱盖跌落在箱子上的声音。这时高莽道,他妈的跑了。李善朴道,不会走远,你快带人四处看看,别让他撞上了"共党"的"锄奸组"。

他听到高莽带人冲了出去,又听李善朴问小凤,你是怎么跟他说的,告诉他没有,我不会要求他出卖"同志",而是会送你们去大连;我在"满铁"给他安排了职位,只要躲开"共党",

你们幸福赛神仙。

小凤再次掀开箱盖,又打开翻板,李金鳌一跃而起。小凤对李善朴道,老爷,"夫为妻纲",我男人就是我的一切,大主意得他自己拿。

李金鳌知道李善朴身上没有功夫,于是只轻轻捏着他的手臂,将他身上搜了搜,他没带武器。李金鳌对小凤道,把东西拿给我。小凤利索地蹲身用手往裙下一捞,像"空身变鱼缸"似的举出一只瓦罐来。李金鳌检视一下瓦罐上插着的针管引爆器,然后对李善朴道,老爷,对不住,这都是你逼的,今天咱们得一起死。李善朴一点也没有惊慌,看了看炸弹又看了看他,道,我虽然想到小凤会一心扑在你身上,但没想到这个傻孩子还会耍心眼儿。你用强酸引爆,这屋里谁也活不了。

这时高莽回来了,一脚门里一脚门外,看到李金鳌吃了一惊,下意识地将手枪掏了出来。李善朴向他摆了摆手道,你别莽撞,先听金鳌有什么话说。

李金鳌根本就不想多废话,只对高莽道,你去把廉铁人带过来。高莽很听话,只说了句你也别莽撞,便飞也似地去了。

李善朴开口了,像是谈家常:我待你们父子不薄,你妈妈是我太太的陪房大丫头,我把她嫁给你父亲;你刚出生不久,你父亲听信娄天士的胡说八道,想要把你溺死,也是我将你救下……

李金鳌道,您对我有天大的恩情,给我讲做人的道理,供我上学,替我娶妻,这些我感激不尽,但是,你是日本特务,汉奸,国家的叛徒,人民的敌人,我实在没办法饶恕你。

李善朴换了个话题道,你就不想知道,我为什么会陷害你？其实很简单,我是要救你;共产党没有前途,国民党也没有前途,苏俄更没有前途,在亚洲,唯一有前途的就是日本。我不会勉强你当"汉奸",但我可以用我的力量,帮助你走正确的人生之路。

李金鳌坚定道,共产主义是我唯一的人生之路。李善朴轻轻摇头道,共产主义者也讲道德,他们肯定没要求你"反噬其主"吧。

"反噬其主"这四个字就像咒语一般,让李金鳌眼前冒金星,口中发苦。他恨道,我是为了民族大义。李善朴却道,那么,他们就是让你"以怨报德"了？我可是你的恩主。李金鳌道,所以我才要和你一起死。

李善朴叹了口气道,知道你的领导为什么会派你来刺杀我吗？因为他们透彻地研究了你的一切,知道你有"道德洁癖",事到临头,必定会选择跟我同归于尽,到那个时候,他们就会把你捧为英雄,奉为道德典范,然后,所有悖逆伦常的暴力就都会在"民族大义"的掩盖下,成为合情合理的革命行动,并且被广泛宣传。孩子,我知道你已经落入他们的圈套,所以才把你诬陷为"叛徒",好让他们放弃对你的利用,然后再救你出来,没想到,你太固执了。

李金鳌反驳道,别再花言巧语,理智上你诬陷我是为了保护你在党组织里埋下的内线。李善朴感叹道,没有人比得上你在我心里的位置,李家的未来全靠你了。

李金鳌挥手打断了李善朴如魔咒般迷人的言语,理智上他不相信李善朴讲的每一句话,但他的内心深处却明显感到内疚、愤怒、激动。

高莽押着廉铁人来了,站在门口对李金鳌道,咱们换人吧。李金鳌却道,你让廉铁人带着小凤离开,等他们打电话通报安全之后,咱们再谈别的。

李金鳌发现李善朴在轻轻摇头。他用瓦罐在李善朴头上晃了晃,李善朴便对高莽道,好吧,你去准备。李金鳌没想到事情会如此顺利,只追上一句,不许耍花招。

不想,他还是上当了。高莽随后推入房中的,居然是他的父母。父亲一见他便破口大骂,母亲颤抖着双手,想上前又不敢上前,痛哭不止。这时高莽又推着廉铁人走进上房道,小子,你要的人都齐了,把你那个破玩意丢在地上,大家一起死吧。

他向他的义兄廉铁人望去,义兄紧闭双唇,显然是让他自己拿主意。

他向爱人小凤望去,小凤双手举在胸前,像是随时准备接住他丢出去的炸弹,又像是在手中捧着她那颗完全彻底奉献给他的真心。

他向父亲望去,父亲眼中满是怨毒。

他向母亲望去,母亲泪眼模糊。

他回头向旧主人望去,李善朴干脆把眼闭上,口中喃喃地念着《往生咒》。

他手中这只瓦罐只有四五斤重,却威力巨大,炸开来,必定房倒屋塌,所有人无一幸免。

他现在只需把针管往里一推,引爆炸弹,他的父母,他的爱人,他的儿子,他的义兄,他的旧主人,他的儿时玩伴,一切皆休。

这时,李善朴已经念完《往生咒》,长叹一声道,炸弹一响,万事皆休,只是,在你上司那里,这样真能洗清你的名声吗?就算是你能洗清自己,就算是你不怕"反噬其主",你觉得这样做会让你成为民族英雄?你再往深里想一想,即将被你杀害的人当中,有你的亲生父母,放眼天下,古今中外,有"弑父弑母"的英雄吗?在即将被你杀害的人当中,有你尚未出生的儿子,放眼天下,古今中外,有杀害自己亲生儿子的英雄吗?你的榜样是关圣人,你有"道德洁癖",你一直想成为一个仁人君子,但你今天……

该死的,李金鳌感觉自己的脑袋胀大得像只南瓜,胸中气血翻腾。李善朴又道,不是人死万事休,今天如果你杀害这屋里的任何一个人,你都是罪人。在这件事情上,你的上司绝不会费心替你辩白。

住口!李金鳌大喝一声,感觉心中有样东西"啪"的一声破碎了,然后再看屋里的人,看这个世界的时候,便感觉与以往大不相同——他的心碎了?或者是觉悟了?他不清楚。

小凤道,少爷,咱们走吧。他向廉铁人望去,廉铁人也点了点头。于是他对李善朴道,麻烦你跟我一起去见领导,把事情讲清楚。

李善朴道,见了你的领导,我必死无疑,所谓"我不杀伯仁,伯仁因我而死",你仍然摆脱不了"反噬其主"的命运。

李金鳌又看了看周围所有人,方道,这一次我保你不死。廉铁人道,下一次我来杀你。李善朴不无欣慰地点头,对李金鳌道,你做得好,我就知道你能够自己走出困境。

他们来到上房门口,李善朴叫来家里的账房,让他给院中的每位警察三百元封口费,让他们等他回来后再离开。然后他吩咐人把汽车开到后院。高莽拦住他道,义父,您老人家年纪大了,让我替您去吧。李善朴摇头道,有许多事你解释不清楚,莽撞脾气一上来,说不定又害了金鳌。

他们来到后院,司机已经把汽车停在后门口。不想,高莽突然将司机从汽车里拉了出来,两臂夹住司机的胳膊,稍一用力,司机的双臂便断了,然后他对李金鳌道,这院里除了他,只有我会开汽车,没办法,只能由我陪你们一起去了。

李金鳌一手拿着炸弹,一手拉着李善朴,和小凤一起坐进后座。廉铁人将高莽浑身上下搜了个遍,这才与他一起坐进前排。

后门大开,汽车驶出,李金鳌从后窗望出去,看到他父亲正在跳脚大骂,母亲已经昏死在地上。

这辆汽车日本兵都认得,没有人拦阻。他们出了日租界向西南行驶,很快便上了八里台大道。魏知方已经带着两位同志等在那里。

不想,魏知方一见李善朴,举枪便打。廉铁人将他的手一托,子弹打飞了。廉铁人严肃道,李金鳌同志对他保证过,今天放他回去。魏知方大哭道,他害了我们多少同志呀,你们这是叛党。

廉铁人对李善朴道,共产党人绝不会食言而肥,我们虽然没有"道德洁癖",但我们重然诺,守信义。

李善朴对廉铁人拱手称谢,又指了指李金鳌手上的炸弹道,当心些。然后他上车,高莽倒退着走向汽车,打开车门。这时,魏知方突然抢过李金鳌手中的炸弹,向李善朴的汽车丢过去。炸弹碎裂,却毫无动静,汽车绝尘而去。廉铁人严厉批评魏知方道,自由主义没有好下场。李金鳌却感觉很沮丧,他制作炸弹的手艺没学好。

组织上已经决定送李金鳌去冀中根据地兵工厂工作,当晚,他们夜宿荒村。等众人睡下后,小凤一脸顽皮地将李金鳌拉到屋外,姿态优美地蹲身用手一捞,居然又从裙下托出一只瓦罐来。她笑道,这个才是真的,那个假的是我用您剩下的材料做的,还怕瞒不过您哪;我可不能让您死,我得跟您过一辈子。

三十年后,李金鳌、小凤和廉铁人在一所偏僻的"干校"相遇了。小凤替他们望风,李金鳌问廉铁人,李善朴掌握的那个叛徒到底是谁?廉铁人道,你走了之后,李善朴主动向我们提供材料,指证魏知方,说他诬陷你完全是为了保护魏知方。李金鳌问,那魏知方为什么要杀李善朴?廉铁人道,李善朴说魏知方这是想摆脱他的控制,"反噬其主"。李金鳌问,组织上调查了吗?廉铁人摇头道,因为在你身上发生的那些事,组织上无法相信李善朴,调查魏知方的材料越真实,就越不敢相信,结果把魏知方调到山东根据地,听说牺牲了。

李金鳌又问,既然这样,组织上就应该早给我做结论哪?廉铁人道,给你做结论更难,据高莽"镇反"时供认,李善朴确实是想把你拉回到他身边;他说李善朴曾经说过,"不用非常手段,难克这小子命中注定的反叛"。

李金鳌大怒,他管得着我吗?廉铁人道,他认为管得着。李金鳌狂叫一声,胡说八道。廉铁人叹道,你母亲原是李善朴的"通房大丫头",因为主母不容,才把她嫁给你父亲;组织上对此事做过严密调查,你可能是李善朴的儿子,真的很可能……

天哪!

少年三题

五日流言

1976年10月9日,星期六,距首都北京120公里,天津市河北区东四经路居安里。再过五天我就十五岁了,我有一个梦想,生日那天买一本《新华字典》。

我一手托着面酱碗,另一只手将一两肉票和一毛钱递上去:一两肉,多要肥的。副食店卖肉的胖老头冲我嘿嘿一笑:你小子思想反动,伟大领袖他老人家刚刚逝世一个月,你就敢吃炸酱面。他将一小块血脖丢在秤上:一毛钱的,不多收你肉票,便宜你了。我嘴上向来不饶人,发现他包肉的纸是一本《学习与批判》,便道:你敢拿革命报刊包肉,只要告诉街道代表,就送了你的"现形";一两正经肥肉,不然我给您老来个血溅"狮子楼"。我不是武松,胖老头也不是西门庆,这都是"评《水浒》"闹的。胖老头假装吓得一缩脖:你小子就是一个张铁生啊。然后他把秤盘子里那块烂糊糊的血脖换成一小片雪白硬挺的肥膘,依旧在杂志上扯了张纸托着肉丢给我,纸上文章的大标题是《由赵七爷的辫子想到阿Q小D的小辫子兼论党内不肯改悔的走资派的大辫子》。我不依不饶:猪肉九毛钱一斤,一两九分,找零。胖老头举手作势打人,但还是找给我一分硬币。商务印书馆的《新华字典》,精致得好似"红宝书",深绿色塑料封皮,里边的纸又白又薄,"580千字,定价:1.00元"。从今年春节我就开始存钱,加上这一分硬币,我已经有六毛三分钱。只是,在未来的五天里,我要想再弄到三毛七分钱,怕是比王莽篡位还难。不过,伟大领袖他老人家说了,"世上无难事,只要肯登攀"。我现在是"王莽谦恭未篡时",哪怕"上九天揽月,下五洋捉鳖",这字典一定要买。

好几年前我就开始看书,但像样的书太少,只能到处借,许多都没头没尾,纸也发黄变脆,有些还是竖排版繁体字。我囫囵吞枣地乱看,把《史记》当小说,看不懂的跳过去,最喜欢《神秘岛》和《狄公案》。去年全国开展评《水浒》运动,父亲单位发了一套《水浒传》当批判材料,那一百单八将的故事,精彩得让我心痒难耐,半年就看了十来遍。虽说那书是简体字,但生字太多,像鼓上蚤时迁盗甲那段,"狻猊"两个字连语文老师都没把握,更不要说"挑帘裁衣"那段,王婆儿使的"马泊六"奸计到底是什么意思呢?有大人教训我:少不看水浒,老不看三国,你小子这是要学着造反哪。我猜他们必定是抓革命促生产累的,自己没功夫看书,妒忌我。只要有一本《新华字典》在手,我就能认得所有字,必定能充分领会他老人家为什么会说"《水浒》这部书好就好在投降"。

家里有客人,是父亲的好友。我刚叫了声叔叔,便被父亲从家里赶了出来,然后他们继续低声说话,脸上阴晴不定。我夹着《水浒传》来到胡同口,路灯下聚着几个男人,牛鬼蛇神似地交头接耳,挥手把我往远处赶。我找了块半头砖垫在屁股底下，假装看书，不远不近地偷听他们说话。采购员韩大爷见多识广：我这次回来郑州大堵车，在火车上蹲了四天五宿……在北京听朋友说……武则天、吕后……娘娘自个说的，还没下文件，听说快了。曲艺团说评书的郑爷爷喜欢将古比今：这是要唱《盗宗卷》哪，还是《端午门》？杨排长手里提着旅行包：首长电报来得急，我得赶火车……说不定真会随部队进京。采购员韩大爷：我明天去上海采购假领子……领导让我看情形不妙就赶紧跑，别溅一身血。说评书的郑爷爷：今年八月份全国曲艺调演，我们团唱单弦的看见正宫娘娘了，这回说不定真的一翻两瞪眼儿，大唐变大周……

大人们不让我听，但零星飘来这几句，我也能猜出个大概，谁叫我看了一肚子杂书哪。现如今，伟大领袖"驾返瑶池"，不管是赵匡胤陈桥兵变、黄袍加身，还是武则天改国号当女皇帝，都早就在马克思的历史唯物主义和伟大领袖的辩证法预料之中。用说评书的郑爷爷话说，伟大领袖要不是精熟诸葛亮的"马前课"和刘伯温的《推背图》，怎么会"用兵真如神"呢？我觉得郑爷爷说得对，收音机里那一句"按既定方针办"，说得多清楚；再者说，这两天反复广播，新主席、新中央，给老人家在天安门广场正中央建纪念堂；大人们这是瞎操心哪。可有一节，这"既定方针"到底是个什么方针呢，居然能保得铁桶般的江山？"君心深似海"呀！我学着郑爷爷的腔调发了声感叹。

10月10日星期天，学校里学工劳动。我早去了一会儿，找语文老师问字，被一向喜欢我的老师赶了出来，说是在开会，但看他们变颜变色的模样，倒像是"策划于密室，煽动于基层",大约跟昨晚大人们议论的话题有关。在我眼里,学工劳动的铁工厂就是阿里巴巴的宝库,随便一根铜条铁棍卖到废品收购站,就够我买字典的。但是,一来那是集体财产,拿了算偷;二来看门大爷像刘文学似的目光如电,大约把我们都当成偷辣椒的坏分子了。这时,给铁工厂运废品的马车正往外走,我向同院张奶奶的孙子张丑儿一使眼色,俩人便溜出学生队伍。马车上堆着大片的废铁,后边破烂的柳条筐里装着被冲床冲出来的圆铁片,一毫米厚,五分硬币大小。我们俩人一个望风,一个用脚使劲踹柳条筐,每踹一脚,便有几枚铁片从筐眼儿里滚落到地上。等到车把式发现了我们的把戏,举着长长的鞭子轰赶我们的时候,我和张丑儿每人口袋里都已经装了一斤多铁片——这是我们在地上捡的,不算偷。我们依旧是伟大领袖的好孩子。

　　我妈妈正满街找我,大舅来了,得给他做顿好饭,焖米饭熬鱼,让我拿着副食本去买朝鲜进口的橡皮鱼。我把铁片交给张丑儿,让他去废品收购站,卖的钱拿回来"二一添作五"。大舅和父亲也是神神秘秘的样子,不让我听他们说话。但大舅疼我,说来得匆忙,没给你买糖,便给了我一毛钱。我拿着妈妈收拾鱼剩下的鱼皮和内脏,给修鞋的聋师傅养的大肥猫送去,修鞋棚下聚着邻家几个男人,照例是神头鬼脸地密谋。聋师傅收下猫食,给了我二分钱。郑爷爷笑我:你这是《花子拾金》哪,二分钱你就乐成开花馒头了。明天要是封你东宫太子,怕是赶不上王宝钏的造化。我一点也不生气,郑爷天生嘴损,但人是好人。再者说,我现在离《新华字典》只差两毛五分钱啦,更不用说一会儿张丑儿还要给我送卖废铁的钱来。今天是大喜的日子。张丑儿来了,两腮鼓鼓的。我伸手,他往我手心里放了一块奶糖。我问钱呢?他指指糖,口音含混:奶油的,二分一块。我让他张嘴看,里边是三块奶糖。我押着他去糕点店,卖糖的大姐眉弯眼细,但不通人情:商品售出概不退换,更何况是吃食。我又押着张丑儿去找他奶奶,张奶奶把我的那块奶糖塞进她孙子嘴里,给了我一分钱道:宝贝儿,玩去吧。唉,这又能怨谁呢?他们是工头儿的老婆和工头儿的孙子,不是劳动人民,把钱交到他们手里……现在我还差两毛四分钱。

下晚时分,街道代表来了,敲着铜盆:"按既定方针办"啊;不信谣,不传谣啊;"坚持阶级斗争为纲"啊;基干民兵都出来上岗啦;"坚持无产阶级专政下的继续革命"啊;严防阶级敌人搞破坏啊……当晚,各个胡同口都被臂缠红袖标的老太太封锁了,去公共厕所也有人盘查。

11日,大人上班,孩子上学。老师今天没心思讲课,也不管课堂纪律。我疯玩了半天就回家了,正赶上民警押着郑爷爷往外走,说是阶级敌人贼心不死,妖言惑众,是可忍孰不可忍,便用吉普车拉着一溜烟儿去了。郑爷爷给我讲的故事最多,我实在想不出哪一段够得上阶级敌人的罪过。我心里难过,却又无人可说。当晚,再没有男人们在街上"密谋"了,连串门的人都没有,各自在家守着收音机,但广播的都是五天前的内容。

12日,一天白过,一分没挣,买字典还差两毛四分钱。

13日,采购员韩大爷回来了,坐在聋师傅修鞋棚底下,拿包阿尔巴尼亚香烟四处撒,半压着嗓门儿,给慢慢凑上来的邻居讲上海见闻,眉飞色舞,口若天河之倒悬:咱们都听错啦,这回唱的是《监酒令》,不是《二进宫》……那四个人下落不明,上海革委会要干……真出大事了,听北京采购员说的。这次大人们没赶我走,任我听个够。他们说的这些戏曲故事郑爷爷跟我讲过,《监酒令》是吕后败亡,《二进宫》是李艳妃改了主意保住大明朝江山不变色。有人把郑爷爷被抓的事跟韩大爷说了,他立刻脸色焦黄,仓皇回家。

派出所民警通知郑爷爷家人,让他们早些预备东西,明天听通知。郑家人哭作一团,向街坊四邻借布票买白布,手巧的妇女被请去赶制寿衣。我帮着用黄纸折元宝,心里在哭。要不是郑爷爷给我讲了那么多戏曲故事,我也理解不了这些天听到的事情。我理解了么?不是都《监酒令》了吗?用《水浒传》里的话说,此刻应该是"梁山泊英雄排座次","聚义厅"改换"忠义堂",皆大欢喜的时候,干什么跟个说评书的老头儿过不去?我有点怀疑,韩大爷从上海带回来的消息未必真实。这两天一忙乱,没顾得上挣钱,明天就是我的生日,与《新华字典》还有两毛四分钱的距离。

14日,出大事了,老师们正在操场上安装大喇叭。这阵势我见过,那是伟大领袖他老人家逝世那天的事。所有同学在操场上排好队,喇叭里传出来的声音很大,不是上次那种缓慢沉重,仿佛铅球落地的音调,而是"鞭敲金镫响"的高亢:10月6日……一举粉碎江青反革命集团。我恍然大悟,这几天云里雾里的流言终于现出真相,借用郑爷爷的口吻来说,这是正宫娘娘不智,只想着"手中缺少杀人的刀",没学李艳妃顺坡下驴。但在《二进宫》这出戏上,我跟郑爷爷的看法不同,反倒觉得李艳妃是绝顶聪明的女人。叔叔篡夺侄子的皇位，那是他们大明朝的家风，李艳妃怀抱小皇帝，装模作样地要把皇位让给她父亲国丈爷，硬生生将一群看风使舵的"权臣"逼成了保国的"忠臣"，损失的只是国丈爷的名声，保住的却是她儿子的皇位和她这垂帘的太后。当初郑爷爷听了我的高见，却说我这是奸臣思想，鬼子来了肯定当汉奸。

听完广播，同学们一哄而散。我回家的路上，有人在放鞭炮。大人们都挤在胡同里高谈阔论，孩子们疯玩疯闹没人管。郑爷爷已经被放回家，正闹着要"出活殡"，说是大难不死，国出明君，借着现成的装裹、纸钱，他一定得热闹出点动静来。父亲回来了，手上托着好大一块五花肉，怕是得有半斤多。他塞给我五毛钱，让我去买二斤切面，一挂鞭炮。每逢喜事，吃喜面，放鞭炮，这是本地传统。一斤切面一毛三，二斤两毛六，还剩下两毛四分钱买鞭炮。我心中打着算盘，鞭炮一放灰飞烟灭，既不当吃也不当喝，听听别人家放鞭炮的声音，照样能愉悦心情，表达快乐。于是我有违父命，买回来二斤切面和一本《新华字典》。我出生十五年来，既有长寿面可吃，又有贵重礼物可收的生日，这是第一次，算是托了"国家大事"之福，梦想得以实现。

注释：

1，血脖：猪脖子上多淋巴结的部位。

2，现形：现形反革命的简称。

3，狮子楼：施耐庵小说《水浒传》中，武松杀西门庆的地点。

4，评《水浒》：1975年开始的一场政治运动。

5,张铁生:文革时期的"白卷英雄",被树立为造反派的典型。

6,红宝书:《毛主席语录》,全部是红色封面,当时尊称"红宝书"。

7,牛鬼蛇神:文革中被打倒的各色人等。

8,《盗宗卷》:传统京剧,余叔岩、马连良代表作。讲汉代吕后拟夺汉室江山,命御使张苍将其保管的刘氏宗谱交出,张苍惧罪欲自尽,其子藏真卷,使吕氏所烧宗卷为副本,并将真本交给扶汉反吕的忠臣。

9,《端午门》:传统京剧,汪笑侬编演。唐高宗皇后武则天称帝,封男宠张宗昌为妃,宰相狄仁杰欲斩之,武则天传旨解救,狄仁杰棍责之。

10,假领子:只有领子与胸部,没有襟袖的衬衫。穷人爱美,文革时装的重大发明。

11,一翻两瞪眼儿:牌九的赌博方法之一,每人两张牌,俗称小牌九,翻牌即见输赢。不像四张牌的大牌九,有时双方平手,不见输赢。

12,大唐变大周:唐高宗皇后武则天登基为帝,改国号"大周"。

13,驾返瑶池:尊贵人物去世的委婉说法。

14,马前课:中国古代占卜术之一,传说是诸葛亮所创,此说法无证据。

15,《推背图》:传说唐代贞观年间,袁天罡、李淳风奉唐太宗御旨编著,配图六十幅,预言后世千年变局。《推背图》与明代宰相刘伯温所著《烧饼歌》被后人并称为两部预测学奇书,然争议甚大,没有定论。

16,刘文学:文革期间被大力宣传的少年烈士,为保护集体财产,被偷辣椒的地主分子杀害。

17,副食本:文革时期城市居民定量供应生活用品,副食本每户一本,是供应部分副食品的重要凭证。

18,《花子拾金》:又名《拾黄金》,传统京剧,丑角小戏。讲花子范陶,乞食街头,偶拾黄金一锭,幻想从此富贵,载歌载舞。

19,王宝钏:传统京剧《红鬃烈马》女主角。唐末,宰相之女王宝钏抛绣球嫁给乞丐薛平贵,与娘家决裂,苦守寒窑一十八载。薛平贵从军归来,登基为帝。王宝钏被封为皇后,十八天即死。

20、《监酒令》:传统京剧,小生戏。汉代吕后专权,大宴群臣,小将刘章借监酒行令之机,斩杀吕后亲属。

21、《二进宫》:传统京剧,生旦净唱功戏,与《大保国》、《叹皇陵》为连续故事,俗称"大探二"。明代穆宗早亡,万历皇帝幼年登基,皇后与王公大臣激烈斗争的故事,《二进宫》是故事大结局。

22、出活殡:天津的一种奇异风俗,人未去世,却行殡葬之礼。此事惊世骇俗,极少出现。

23、切面:机器轧制的面条。

穷人的孩子早当家

1971年1月27日星期三,农历正月初一,我十岁。

腊月二十三。今年天暖,年货容易腐败,邻居们悄声祈求,老天爷可怜穷人,下场雪吧。上午妈妈请了半天假,带着哥哥和我在粮店里冲锋陷阵,抢回来一捧葵花子,一捧花生,还有几斤只有春节才供应,专门包饺子用的"富强粉"。下午我看了场电影,学校组织的,开场的新闻片,先是"美国人登上月球",后是"中国人民空军在南海击落美国高空侦察机",看来美国人确是"纸老虎"。爸爸回到家很晚了,他虽然在副食店工作,但过年的猪肉还没买回来,给灶王爷糊嘴的封建迷信"糖瓜"也没有,只带回来一小包"点心渣",花了二两粗粮票,一毛八分钱。我不记得自己曾吃过正经"炖肉",好像也没吃过整块的点心,盼着今年能吃上。

腊月二十四,早上打了一架。打架的缘由很简单,我将窝头眼儿朝上举着往外走,被隔壁的二蛋子撞了一下,窝头跌在地上,沾了不少土。窝头沾土原本不怕,将土搓掉照旧能吃。只是,我那窝头眼里装了满满两勺"点心渣",洒在地上再也吃不成了。二蛋子这算是"罪大恶极",尽管我明知打不过,但不打一架便是不孝。这场战斗引来了我哥哥和二蛋子的哥哥,还有他们各自的朋友,一群十三四岁的男孩子在胡同里打成"人粥"。各家女人冲出来,大叫"要文斗不要武斗",但他们充耳不闻。我和二蛋子此刻已经忘了他们,捧着那只脏窝头,一起去街口的早点铺看大人喝馄饨。二蛋子有二分钱,买了碗馄饨汤,棒子骨熬成,白白的,漂着香油花和韭菜粒,香气扑鼻。我把窝头掰一半给他,然后一人一口,公平地把馄饨汤喝了。今天妈妈回来得很晚,爸爸在旧意大利菜市里管点事,每逢年节,照例是要到夜里才能回家。妈妈给哥哥买回来一双新球鞋,今年过年全家只添了这一件东西。哥哥那双破了四个洞的旧球鞋自然给了我。夜里爸爸叫我们起来,从套袖中摸出一只湛青碧绿的沙窝萝卜,用刀打成条,给我们吃。萝卜又凉又甜,我吃下之后睡意全无,在床上翻了一阵跟头,又拿了几个大顶,这才躺下。爸爸今天还是没买肉回来!

腊月二十五,今天买白菜。哥哥天不亮就去副食店排队,妈妈带着我稍晚一点才去。妈妈将副食本和钱交给哥哥,又叮嘱我帮着往家里抱白菜,这才去上班。哥哥排在前十号,身后有二百多人。二蛋子和他哥哥刚来,拉着一辆轴承做轮子的小车,排在二百人后边。哥哥让我过去将二蛋子家的副食本和钱要过来,两家各买到20棵白菜,棵棵结实有菜心,堆在二蛋子家的小车上往回走。排在二十号之后的人,买到的白菜都瘪瘪的像只破鞋。下午，我拿着煤铲和煤钩跑到墙子河外，在水坑边的冻土里挖出12只冬眠的癞蛤蟆，拴成一串送给缝鞋的聋师傅养的那只大肥猫，充作修鞋钱。聋师傅看了看蛤蟆，又看了看我哥哥的那双又脏又破的球鞋，说二十八来取，便又低头与成堆的旧鞋战斗。我今天来修鞋是有用意的，凡事赶早不赶晚，聋师傅年前活儿多，如果我把鞋洗净晾干再来，怕是过了年也穿不上。爸爸今天"走后门"，用家里的全部肉票买回来一块肥油，亮晶晶的好看。于是我知道，"炖肉"怕是得等明年了。

腊月二十六，天还是没下雪，所有已经买了肉的邻居都快急疯了，无奈之下，只好用盐把肉腌起来。常言道，半大小子，吃死老子。离每月25日"借粮"还有三天，家里只剩下一碗棒子面。妈妈早上把白菜帮子剁碎，拌上半碗棒子面，蒸成一锅菜饼子，每人一块，爸爸两块，包括午饭。

腊月二十七，对门马爷爷给送来小半袋棒子面救急。同学来找我去百货大楼看热闹，我没去。二蛋子约我去铁路货场偷洋葱，我犹豫了一下，也没去。我去聋师傅那里帮忙扫地，喂猫。聋师傅给了我一只蛤蟆腿吃，咸。回家时，有个男人走在我前边，菜篮子里的韭菜一根一根往下掉，我悄悄跟在后边，一根一根地捡，不想被他发现，抬手要打。我紧攥着六七根韭菜跑回家，塞在白菜叶里，免得冻伤。

腊月二十八，聋师傅的两眼熬得红红的，好像小兔子，我的鞋还没补好。他说明天。我说今天晚上。看公共电话的老太太来喊，叫我家接电话。我心里七上八下，怕是农村的亲戚要来我家过年，提前打电话通知我爸妈准备他们要带回去的东西。电话那头是爸爸,让我赶快到他单位去一趟。我没有接传呼电话的五分钱,也没有坐公交车的五分钱,只好对老太太说,回头我送您几块劈柴顶账,便一路跑到旧意大利菜市。我不知道爸爸用了什么办法,居然弄到六根猪尾巴。他用报纸将猪尾巴包好,塞在我的裤腰里说,别让人看见,别让人抢了,也别丢了,慢慢往家走。从聋师傅的修鞋铺门前路过,见我的球鞋仍然大睁着四只破洞混在一堆旧鞋里,我把猪尾巴从裤腰里掏出来,撕掉报纸,拎在手中,故意晃来晃去引逗他的大肥猫。等到聋师傅的目光长在了猪尾巴上,我这才离去。有"炖肉"吃啦,哥哥大叫一声,跑了出去。我知道他去干什么,我也得为"炖肉"干点什么。我钻到床下,翻找出被妈妈没收的一块"电木",6寸长,1寸半宽,半寸厚。这是我的宝贝,用它"得彩",曾经赢过整筐的劈柴,但因贪心太重,赢得太多,对方家长找上门来,这才被妈妈将这宝贝没收。傍晚,我抱着一捆劈柴回来,挑了两块大的送给传呼电话的老太太。哥哥也回来了,头被打破,血蒙在眼上,手里提着半口袋晶亮的大同无烟煤块,边洗脸边说,炖肉得用硬火。晚上,聋师傅终于将鞋补好,四块皮补丁针脚细密。我没舍得给他猪尾巴,聋师傅很失望,但也没说什么,只有大肥猫瞪了我一眼。我用肥皂头儿把鞋洗刷干净,放在火炉边一尺左右,太近怕把橡胶烤化了。晚上爸爸让人带话来,说是抓革命促生产,不回来了。

腊月二十九,今天"借粮"。哥哥找来两根麻绳,把脚上的旧鞋捆结实,粮本和钱藏在衬裤的小口袋里,三个粮食口袋卷成卷儿塞在腰里,对我说,你站在外边等着,不许往粮店里边挤。每月"借粮"这天,挤粮店的都是有男孩子的人家,往往是父子兄弟齐上阵,场面之激烈好似攻城夺寨。中午的时候,我背着10斤黑面,哥哥背着40斤棒子面和5斤籼米,凯旋而归。我的"新鞋"还没烤干,我家只到做饭时才点火,平时不取暖。爸爸晚上还是没回来,肉也没炖成。

腊月三十,下雪了,我的"新鞋"夜里冻住了。妈妈上半天班,午后回来,炒花生瓜子,用昨夜发好的黑面蒸馒头,剁白菜,炼猪油。剁馅剩下的白菜疙瘩切片腌起来,明天早上喝粥时点上醋,爽口。猪油炼好了,油渣金黄,洒上一点细盐,夹在馒头里吃,给个校长也不换。爸爸的一个朋友来了,没进门,留下小半个猪头,带着一只耳朵半个嘴,没有舌头。傍晚爸爸还没回来,妈妈包饺子,油渣白菜,外加那六七根韭菜的馅,富强面的皮儿,白亮亮的像一队队小猪。妈妈煮了二十个给对门送去,马爷爷孤身一人,儿女不在身边。做了半天的饭,炉火很旺,我的"新鞋"终于烤干了。爸爸天黑之后才回来,头上身上全是雪,鞋已经湿透了。他从左边衣袋里掏出两个小纸包,一包里边有两片桂皮,几朵大料,一把白糖;另一包里边有拳头大小的一块冻蛋黄。他从右边衣袋里掏出来的是两包一百头的浏阳花炮,我和哥哥一人一百。花炮的价钱我可以倒背如流,一百头的每包一毛三,两包两毛五。炖肉是一家之主的事,妈妈早已经将猪头和猪尾巴洗干净,爸爸拎着猪头到院子里,用烧红的铁通条烫烙猪鼻孔和猪耳朵眼儿,然后将猪耳朵和猪嘴割下来藏到屋角的雪堆里,扣上筐再压上砖头,说留着初五"剁小人"用。然后爸爸先将切块的猪头肉和猪尾巴焯去血水,再给肉炒糖色,一时间家里焦糖香味四溢。吃年夜饭了,整盆的饺子,一个个胖嘟嘟的,腊八蒜颜色翠绿,味道丝丝的甜,炉火上炖的肉已经开锅。我剥着花生瓜子,守岁到夜里 12 点,伴着收音机里传来人造卫星播送的《东方红》,我终于吃上了炖肉。尽管不是五花三层的肋条,也不是有肥有瘦的臀尖,但这毕竟也是炖肉,香得糊嘴。

正月初一,全天吃素,取一年无事,素素净净的意思;我穿着"新鞋"四处拜年,每走一家能得一块水果糖或一小把瓜子。初二,木耳、黄花菜打卤捞面,一年只能吃两回,另一回是伟大领袖的生日。初三,炙炉烙的白菜小虾皮馅合子,白面皮上点点金黄。初四,烙饼炒鸡蛋,妈妈将那块冻蛋黄化开,放上盐和葱末,炒出一片灿烂;烙饼是"金裹银",里边是棒子面,外边裹上薄薄的一层白面,又香又脆,卷上炒鸡蛋吃。然后,大人们都去上班,晚上爸爸又"抓革命促生产",没有回家。

初五,过年的最后一天,照例是"剁小人"包饺子。单位同事带信来说,爸爸被送往青泊洼劳改农场工作,三五个月回不来。"剁小人"是妈妈剁的,我和哥哥也帮着剁,饺子是面酱炒猪嘴、猪耳朵拌白菜馅,黑面皮儿。吃饺子时妈妈说,人要知道"惜福",连吃了六天好东西,明天得改粗粮了。

注释:

1,走后门:以权谋私。

2,电木:绝缘的合成木料,质地光滑沉重。

3,得彩:音 dēicǎi,用木柴将对方的木柴整体击过双方约定的横线,已方留在线内为赢。

4，借粮：当时粮食有定量，居民每月25日可以提前购买下个月的粮食定量。

5，剁小人：民间风俗，正月初五用刀剁肉馅，一年不犯小人口舌。

6，青泊洼：天津市劳改农场。

青丝玫瑰

1972年的中秋节是9月22日，星期五，小雨。那年我11岁。

21日，收音机里广播了两条重要消息，第一条是天津人民今年购买月饼可用粗粮票，且不再加收油票；第二条是日本内阁总理田中角荣和外务大臣大平正芳将于9月25日访问我国。男人们下班回来，聚在胡同口的修鞋棚下聊这事，说日本人投错了靠山，美帝跟咱们交过手，在朝鲜、越南败了两回，不会真给他们撑腰；小日本儿这是尿了，趁着"八月节"来走动走动，见面礼必不可少，也不知给伟大领袖带来的是什么馅的月饼。我是广播迷，有空就守着家里的电子管收音机，家里不方便就到对门马爷爷家听他那台几十年的日本矿石收音机。我清清楚楚地记得，去年底，收音机中有个女人比我们班主任声调还严厉，她说："中国外交部发表声明，抗议美、日把我国钓鱼岛等岛屿划入日本'归还区域'，重申我国对这些岛屿的领土主权。"这事闹了大半年，如今日本人上门赔罪，算是有了结果。这时马爷爷提着个透着油迹的纸包回来，对男人们说了句："小日本儿自称擅长'谋略'，凡事以占便宜为第一，这次也一样，他们不是好油熬的。"他老人家在日本铁路干过8年,经多见广,一句话便让男人们恍然大悟,各自回家吃饭去了。

我跟着马爷爷往家里走,问日本月饼是什么馅的?他说日本点心叫"和果子",没有月饼。我追着问日本人中秋节吃什么?他说吃粘糕汤,不是江米面,是白面,就像咱们的"片儿汤"。我刚想问他们是不是也往"片儿汤"里放"饽饽鱼",便已经到家了,妈妈喊我去提水,打断了我的敏而好学。我提着马口铁水桶往外走,心中揣摩着日本"片儿汤"的滋味,却看到隔壁二蛋子双臂金黄,高举过头,从街上疾步走来。他慷慨地让我在他手臂上舔了一口,香甜滑腻,必是他在铁路货场凿开木桶蘸了两胳膊蜂蜜,带回家给他妈妈做月饼馅。也不知日本的"和果子"里有没有蜂蜜,我一路胡思乱想,心中动了几次艳羡二蛋子的念头。提水回家,妈妈叫我帮她"摔"月饼馅,一下子绊住了手脚。这让我自恨不擅长"谋略",我方才应该径直去铁路货场,借着二蛋子凿开的洞,提半桶蜂蜜回家。

根据我独自在祥德斋糕点店无数次的"参观学习",我对真正的月饼有着丰富的"见识"。天津最著名的是"提浆月饼",水油面皮烤成淡黄色,花纹繁复,区别在花纹中间的圆框里,分别写着:五仁、百果、豆沙、枣泥和甜咸等。近两年新出了一种"改良月饼",看上去面皮用的是"槽子糕"的原料,起毛,上边用食色盖了个长方形的印章,印章里写着馅料名称。我也曾听干采购员的大人说起过广东月饼,说是里边有肉有蛋黄,但没见过。正常情况下,天津市每年6月发放下半年食品票证,每人有一张月饼票,限购一块月饼,现金之外另收二两细粮票；每三块月饼收一两油票，若只买一块则收半两油票。

我家粮食不够吃，每年月饼票都送邻居。今年虽然不要油票，但月饼票还是送给了对门马爷爷。妈妈晚饭只蒸了锅大眼儿窝头，没做菜，好留下炉火做月饼。我父亲在"意国菜市"工作，因此，我家每年的月饼馅都用"点心渣"做原料。因"点心渣"干散，加了古巴糖和乌黑的菜子油之后，要一边用手指少量掸水一边揉搓，和成馅团后需摔上千百次，做成的馅料才会细腻可口。然后妈妈会向南屋张奶奶借来枣木月饼模子，和面包馅，压模成形。从去年开始，摔馅的活才传到我手上，比我大三岁的哥哥升级了，去干技术水平更高的家务活——摇煤球。我家的月饼是烙的，砂制炙炉，煤火，烙出的月饼上有一颗颗栗黄色的小圆点，很是费功夫，而且每锅只能烙4块。因为面皮里油太少，我家的月饼刚烙熟时酥软香甜，真的非常美味，只是，到了第二天中秋节晚饭时，面皮就硬得硌牙了，但仍然美味。妈妈像往年一样，烙了10块月饼，4块明晚过节，4块明天走亲戚；当晚只能吃两块，父亲一块，我和哥哥各半块；妈妈不吃，说是嫌太甜，但我不信这话。我和哥哥都没有立刻吃那半块月饼，而是抓紧时间，借着残余的炉火把鞋修补了。塑料凉鞋穿了整个夏天，已经多次断裂，多次修补，因此越补鞋越小。哥哥找来一只旧凉鞋，剪下一块块塑料片，我们在残火中烧上两根通条，将断裂的塑料鞋带和塑料片烫化后粘在一起。这活儿要求很高的技巧，哥哥干得熟练，我打下手。我之所以不肯先吃月饼，是不想让烫塑料的臭气败坏了月饼的美味。

父亲下班晚，回来后先摸了摸晾在屋内的渔网，然后叹了口气。妈妈说反正都月底了，逮着鱼也没油煎。去年中秋节正赶上周日，父亲周六夜里便骑着自行车赶往百里之外的塘沽，第二天下午才回来，他用"撒网"逮回大半麻袋梭鱼，还有四只河蟹。那天父亲是整条胡同最受爱戴的人，几乎每家都分到了一盘鲜活美味的梭鱼。最让父亲得意的是那四只河蟹，这是天津中秋节最具传统意义的佳肴，只是已经多年不见了。他说这是用一盆梭鱼和一个使"拉网"但收获甚少的同行换来的；那个人此前曾和一个用竹篓捕蟹的人大吵一架，因为，拉网偶尔捕到的螃蟹身上都会沾着泥，而这四只蟹却很干净，应该是它们钻进蟹篓后被掏出来的。今年父亲没能出去逮鱼，是因为这几天总下雨，他的鱼网浆过猪血之后一直没能干透，于是，整条胡同的邻居都很失望。

我刚吃完那半块月饼，同学小夏来了。我们俩是"一帮一，一对红"，我帮她思想，她帮我学习。小夏的出身很复杂，她父亲是资本家，有三个老婆，小夏的妈妈是老二。解放后他跟大老婆和小夏的妈妈离了婚，和最年轻的老婆过日子，但这期间又和小夏的妈妈生了小夏。1967年我6岁时，国家停止对资本家支付定息，小夏的妈妈没了资本家前夫的贴补，只能找点糊纸盒之类的加工活，凑合着过日子。让我开心的是，近两年经常能看到小夏的父亲挨批斗，除了资本家身份，他还多了一条"流氓罪"，这是因为小夏的出生。家中炉火已经熄了，过节用的月饼不能动，妈妈抖着双手愁了一阵，最后借邻居的炉子烤了几片焦脆喷香的窝头片给小夏，并及时送上一杯开水，这是因为，上个月小夏曾因半个干馒头，在我家几乎被噎得背过气去。

中秋节只上半天课,留的作业是作文,题目是《最伟大的理想》。我问小夏的理想是什么?小夏摇头。我说我的理想是在祥德斋上班,各色点心随便吃。小夏说那我就到起士林去上班,我用"马蹄酥"换你的"小八件"。我伸出小指,她也伸出小指,然后拉钩。但我真的不知道什么是"马蹄酥",也不好意思问,看来我有必要到旧英租界那一带认真学习学习了。

马爷爷孤身一人,儿女各自成家。下午,我把家中的水缸提满,又给马爷爷提了两桶水,这是我每天必干的家务。马爷爷叫我进屋,打开透油的纸包,里边是五块真正的月饼。他说,你选一块,明天早晨再给你。这大约是我人生第一次艰难的选择,我一只手抱在胸前,一只手按住嘴和下巴,目光在这五块月饼上细细摸索。我最先排除的是豆沙馅,因为春节我有时能吃到豆儿包,红小豆的味道应该相似。第二个被排除的是五仁,不用吃也能猜到,里边应该有花生仁、瓜子仁、芝麻,剩下的两种果仁虽不知是什么,但因为吃过前三种,它便不那么诱人了。第三个排除的是枣泥馅,去年大雪天,我和二蛋子曾跟在糕点厂的马车后边,每人从薄皮木板箱里掏了一手枣泥馅,虽然非常非常好吃,但不值得因此失去品尝全新味道的机会。最后两种是百果馅和青丝玫瑰馅,这是个两难。百果不会是鲜果,应该是糖果糕点店里装在玻璃罐中或是纸盒上写着"北京特产"的蜜饯,这是我的唇舌牙齿从未有过的经验,无从揣测。青丝玫瑰,我在纪录片《祖国新貌》和《西哈努克亲王访问中国》里看到过玫瑰花,样子像月季,听说有香味；那么月饼里的玫瑰呢？是花瓣吗？什么味道？多半应该是甜的，居然还香？至于青丝，是头发吗？应该不会。可愁死我了！

青丝到底是什么？我终于向马爷爷求教。马爷爷说青丝是橄榄做成的蜜饯。什么是橄榄？橄榄就是"青果"。我明白了，冬天我在水果店里见过"青果"，手指肚大小，珍宝般的色泽模样，没见过有人买，极贵，听说泡水喝能清肺化痰。我没有用手指触碰那块月饼，而是距离一寸悬在空中，指定"青丝玫瑰"。马爷爷说，你马奶奶当年也爱吃这口儿，明天早上。

今年的中秋家宴，没有梭鱼，没有螃蟹，只有两毛钱肥肉熬的洋白菜和籼米饭，每人一只月饼，"点心渣"馅。饭后父亲需早睡，我到马爷爷家去听收音机。马爷爷的四个孙儿来了，每人带着一块月饼离去；收音机中有个男人在播报，"我们国家既无内债，又无外债"，还有"湖南长沙马王堆出土了一座西汉早期大型墓葬"。我的"青丝玫瑰"盛在白瓷碟里放在桌上，在它后边靠墙立着一只相框，照片上的女人很年轻，细眉淡眼，浓发高高梳起，露出细长的颈项，身上的衣服有细碎花纹，是个日本女人。马爷爷说，这是你马奶奶，给我生了三个儿子一个女儿，然后回国去了。

第二天早上，我带着"青丝玫瑰"到学校，偷偷在书箱里掰成两半。一半给小夏，小夏说好吃。我吃另一半时发现，月饼馅果然有花香，里边有星星片片的胭脂色，应该是玫瑰；馅中还有一丝一丝青绿色的果肉，有一点硬，有一点涩，不太甜，这就应该是"青丝"吧。于是，我头顶一凉，心中一悚，仿佛学到了点什么,但又什么都没想明白,因此便没在意月饼里其余的馅料都是"点心渣",而且不曾被仔细摔过。

注释:

1,粘糕汤:日本春节食品,用糯米粘糕片烹制。马爷爷说的是抗战时期的事,天津没有糯米,且记忆有误。日本中秋节食"月见团子",猜灯谜。

2,点心渣:当年糕点店将整块糕点销售后剩余的碎渣,低价售给本店职工,是一种难得的福利。

3,古巴糖:当年从古巴进口的低品质红糖,虽甜,但有焦苦味道。

4,炙炉:与轻质砂锅同一种原料,灰色,扁圆形,圈足,面上有均匀小圆孔,普通人家的烙饼饮具。

5,撒网和拉网:单人使用的渔网。撒网是用双手将网抛出,使其张开成圆形落入水中,再拉网收笼,捕鱼入兜。拉网是用横杆撑起单面带兜网片,在水中拖动捕鱼入兜。

6,蟹篓:专门诱捕河蟹的竹篓。

7,支付定息:公私合营后,国家根据资本家入股资产的数量,定期定额向其支付股息。国家曾多次延长支付截止期限,直至1967年完全停止。

8,祥德斋:专营天津风味中式糕点的百年老字号。

9,起士林:天津著名西餐厅和糖果糕点店,附设有起士林食品厂。

10,青丝:青梅腌制的蜜饯,马爷爷口误,说成橄榄。

后　记

　　《宰相难当》这篇小说的写作源于一个观念,即"小说是对生活的隐喻",这个观念我至今仍然坚守。在创作方法上,我完全采用真实的历史人物,没有让任何虚构人物进入小说。我记得,写这篇小说时我有两个重要的学习目的,一个是通过史料发现并还原出近似的"历史真相",在这一点上,"揣摩"之功最为有效,将历史人物所面临的困局放在作者内心之中,发现与感知他们的情感和情绪,发现并体会他们在进行权衡和做出选择时的依据、方法和由此带给他们的情感积蓄,以及这些情感积蓄日后所产生的副作用等等。我的第二个学习目的是尝试发现古代人与现代人在面临大变革时,都会有哪些共通之处,也是为"小说是对生活的隐喻"寻找佐证。今天,在编这部新小说集时,我特意将1998年发表的这部旧小说收进来,也是基于同样的原因,是想请读者诸君看一看,1998年的变革、今天的变革与小说中发生在一千多年之前的变革是不是存在有丰富的隐喻关联。

　　1997年我刚开始学习写小说的时候,还不懂得"讲故事是说服读者的艺术",也就是说,我还没完全掌握虚构的技术手段。于是,我便想了个偷懒的办法——将虚构人物投入到真实的历史事件当中去。最初两篇小说,一篇叫《刺客》,另一篇叫《我只是一个马球手》,都是唐代故事。我当时想的是,因为相隔年代久远,即使写得不像,也可以藏拙。真正开笔之后,才知道讲故事有多难。第一个困难是,虚构人物进入真实的历史,既要让他的故事精彩有趣,又不能因为他的行动改变"历史真相"。第二个困难是,我用什么东西来让读者相信这个故事的"相对真实"。

  第一个困难的解决办法是,仔细研究选中的历史事件,研究出史书字缝当中的"应该"和"可能",当发现了这些与历史进程同步的"应该"与"可能"之后,虚构的主要人物便可以在这些领域活跃起来,让他顺应历史而动的行为变得有趣味,有内容,甚至有命运感。其实,即使在现实生活中,我们每个人的选择和行动都处在无数的"应该"与"可能"之中,在这一点上,整个人类历史是相通的。因此,这样的虚构人物既不会破坏"史书记载的真实",同时,又具有独立的人格趣味和行动趣味。第二个困难的解决办法来源于我写小说之前的工作。此前我曾长期研究中国古代生活史、近代城市史和中国革命史,其实,对后两项的研究也主要集中在日常生活上。这些研究虽然没有任何成果,但当我进行小说创作时,便成了最有力的,内容也最丰富的"证据"。也就是说,我通过大量有时代特征的生活细节、人物行为细节和思想细节,来向读者"证明"小说人物的真实与可靠。不论这些内容当中的哪一项说服了读者,读者便等于自觉地与小说家签订了一个"阅读契约"——他愿意主动接受你的虚构故事，不再质疑或顾及它的真实性，而是将注意力集中在主要人物的行为和命运上来。其实，当读者开始阅读一篇虚构故事时，这个契约便已经签订了，只不过，我们这些讲故事的人经常会反复违犯约定，直至读者忍无可忍。

2001年我开始完全进入虚构小说写作，也就是说，真实的历史人物不再与虚构人物共舞，而是故事中的主要人物全部都是虚构的。失去了历史人物和历史事件的依托，就像是丢掉了拐杖，刚开始很困难。无奈之下，我便想出第二个懒办法，就是用地域文化为自己遮丑，便将故事背景定位于近现代的天津市。早年我研究近代城市史，是沿着古代生活史的路子研究天津的日常生活，特别是租界生活，于是，这些积累便成了我的故事来源。这期间写的《暗火》和《深谋》，天津色彩很浓，将真实的地方生活特征注入到故事的发生、发展之中，让它变成故事的动因、转折点、证据和装饰物。我最初的想法是，北方读者会从中找到熟悉的细节和行为方式，并因此产生认同感；而南方读者可能会感到新奇有趣，且由此产生距离感。事到如今，我知道这些方法对天津读者还有些作用，但对于其他地方的读者会有什么效果，就不得而知了。

2005年我改写中国革命史题材，其实是写生活在城市当中的中国共产党人。其中包括《潜伏》和《借枪》，还写了几篇关于长征的小说和当代题材小说，完全都是虚构作品。这些小说说不上出色，我只从中拿出一篇来说明我学到的工作方法。这部中篇小说叫《长征食谱》，我写作之前研究了大量长征史料，也回忆了许多曾经读过的长征文艺作品，但总也找不到一个适合我个人的题材。我个人的经验是，做事要拣容易的做，但我以往在生活史中研究的"吃喝嫖赌抽，坑蒙拐骗偷"，在这里肯定用不上，租界生活也用不上，那么我还擅长什么？突然之间我想到，我还擅长"烹调"，我是个不错的家庭厨师。如果将这门手艺放到长征故事当中，就只有让炊事员成为主角了。只是，单纯是炊事员"无趣"，如果是个药膳厨师会怎么样？由药膳厨师我联想到长征途中的草药，又联想到吃皮带、皮鞋。由此，我找到了第三个懒办法，动手试验。小说要想讲得真实有趣，对有些关键细节，小说家不妨动手做些试验。药膳厨师"烹调"皮带和皮鞋，必定不同于炊事员，于是，我依照"发熊掌"的方法，揣摩长征中的艰苦条件烹制皮带和皮鞋，先用火烤，再用尿液代替碱水还原皮革的胶性，再入锅炖，成品虽滋味不佳，但毕竟可食——当然，炖的时候我偷懒用了高压锅和电磁锅。于是，烹制皮鞋、皮带成了小说主要人物的"烹调高潮"，我再由此往前逆推，自然便找到了烹调青稞、野菜的方法，还有识别草药的方法。更重要的是，我由此开始尝到了对小说中的某些关键细节做试验的乐趣，例如我后来曾经模仿中共地下工作者用化肥炒制炸药，两年后用在小说《古风》中。

  我说了这许多个人化的工作方法，目的其实很简单，就是想借此说明在虚构小说中建造"真实"没有固定的技术方法，小说家所需要做的，就是找到最容易发挥个人知识特长和行动特长的内容，然后再深入研究，将小说家个人最喜爱，也最有写作乐趣的部分挑选出来，成为作品的核心内容。虚构出来的"真实"，与小说家本人的知识和生活密不可分，如果一定要说这里边有什么技术的话,那就只有两条,一条是历史观,另一条是足以说服读者的细节。

《恭贺新禧》是我熟悉的题材,讲一名中共地下工作者历经多年艰险之后,惊讶自己居然还活着,于是便决定努力活下去。当然,在小说中我绝不会写他"畏死",其实他并不"畏死",只是"想活"。为此,我要让他有理由,有责任活下去,于是,我为他安排了一个养女和一次"必死的考验"。这样一来,故事便有了原始动力,用来驱动主要人物的行动和形成转折点揭示人物真相。我个人认为,小说写作最大的难点,在于怎样说服读者相信一个全然虚构的故事,而防不胜防的却是,作者写下的每一段文字,都有可能成为引发读者质疑的破绽。这一次,我要想用一个匆忙之中设计完成的故事打动读者,又避免露出太多破绽,就必须得借助一些技术性手段。

首先是逻辑手段。我将人物行为的核心定位在"必死的考验"上,将人物的外在逻辑设计成不可考据的线索,至少是在小说内部只有互证,没有互考。同时,将主要事件"必死的考验"设计成可以相互佐证,自圆其说的封闭结构。这样做的好处是读者可以通过作者在小说中提供的种种"证据",为小说人物的行为逻辑和人物关系逻辑进行自发的解释,从而说服读者自己。

第二是"障眼法"。在这篇小说中我用了两种最普通的"障眼法",即时间与空间的设计。我将故事的主场景设置在天津华界的大杂院里,这是第一个"障眼法"。大杂院居民的复杂身份很容易对读者产生迷惑性趣味,这种随处可见的趣味性就会分散读者的兴趣点,有效地遮掩故事主干上可能存在的漏洞。第二个"障眼法",我将故事发生的时间限定在1936年春节前后这二十多天里,一是要引进天津"年俗"作为分散读者注意力的工具,二是用每日内容不同的"年俗",将故事限制成简单明了的线性时间结构。故事进程与天津春节前后特殊民俗的结合,既找到了塑造人物的媒介,又用民间生活细节的趣味性对读者的注意力进行第二次分离。毕竟这篇小说的工作时间太短,我不认为自己能深思熟虑到消除所有漏洞,但有了这些"障眼法",就可以给读者造成复合的趣味,让他们即使有所疑虑,也会被下段文字的新趣味所干扰,难以形成一个怀疑的"观点",从而保证读者从小说开头读到结尾。

第三是篇幅问题。这次我把一个短篇故事写成了中篇小说,确实感觉很惭愧。小说要想写得既短又内容丰富,就需要耗费大量的时间。这次因为交稿时间紧,无法让我从容设计一个文字少而容量大的故事结构,只能采用最简单也最浪费文字的线性结构。另外,文字要想简洁,也很耗费时间。同时,为了使用"障眼法"遮掩可能存在的漏洞,我也不得不在细节上使用大量的文字。

《古风》这篇小说准备了很久。炒硝酸铵自制炸弹的实验,多年前我便已经在家中完成,但一直没有找到这篇小说的"灵魂",也就是"独特的人物"和"独特的戏剧结构"。

直到2009年春,我在与著名作家肖克凡聊天时,无意间谈到了天津大混混儿李金鳌,于是,有关"李金鳌二次折腿"的传说,有关天津底层道德的细节便一下子涌上心头。然而,我要塑造的是一位忠诚的共产党人,混混儿的生活用处有限,而天津的底层道德在精神层面上高度又不够。

设计小说如同作"八股",最重要的是"破题",但要破题就必须得先出题,也就是用小说题目暗示作家小说中应该具备的内容。这是个与"刺杀"有关的故事,这样的故事我写过一些,唐代的有《刺客》,抗战的有《借枪》,循着以往的经验,题目想了很多,要想让题目与内容紧密契合,就必须得达到隐喻、借喻,最好是反讽作用。说到反讽,我一下子便联想到《刺客列传》,想到"豫让刺赵襄子"的故事,再结合我的初衷——在这篇小说中探讨革命者的道德,于是,便有了现在这个题目《古风》,即"古人之风"。

好了,现在题目有了,下边就该"破题"了。主人公,一个背负宿命的"道德君子",面对他不能完成的任务,名字也叫李金鏊吧,既可以增加趣味性,在写作中还可以有其他妙用,万一完成后发现这个名字不好,改起来也不过是动动鼠标的事。

我清楚地知道,李金鏊这个人物设计虽然有足够的趣味成分和可开发利用之处,但达不到"人物原型"的水平,仅仅是"典型人物"而已,因此,为他找到"独特的戏剧结构",就显得尤为重要了。

一个革命者要刺杀一个汉奸特务,但又深受道德考验?那么,这个特务就应该与李金鏊有独特的关系。我设计了多种对抗关系,最终选定中国最传统,在道德上也最微妙的人物关系,即"主仆关系"。

小说中对抗人物的重要性仅次于主人公,而对抗人物的能力必须远远大于主人公。于是,对抗人物李善朴既是李金鳌的主人,又是他的导师、恩人,甚至是少年时的榜样。李金鳌曾经崇拜他,他对李金鳌也有养育、教导之恩。同时,在智力水平上,李金鳌远远不如李善朴。然而,领导却交给他一个任务,刺杀李善朴,而真实的目的,却是"内部清查",找出内奸,因为,李金鳌是最大的嫌疑人。

一个革命者如果没有女人,故事的趣味性便有了天然的缺陷。一个妻子?趣味单调。选择"通房大丫头"这个关系定位,最初只是为了对应李金鳌母亲的身份。小凤"变戏法"的手艺是随着事件进程,为了避免这个人物失去效用进行的补充设计,结果居然妙趣横生。只是,在故事的后半段,她身上的趣味性几近超过李金鳌,这就是技术错误了。

每一个革命者都有领导,下级与上级的关系很重要,但也容易僵化。于是,我便将李金鳌的上级设计成两个人,一个是内奸,一个是他的结拜兄长,这样一来,故事压力和矛盾冲突就可以进行部分的内部循环了。

对于事件的设计,则是遵循着从道德上考验李金鳌的目的来进行的,每一个转折点过后,主人公就会进入更高层面的、也是更深刻的道德"拷问",直至最后的高潮。小说结束时,李金鳌便再不是故事开始时出场的那个人了。

我一直有一个敝帚自珍的观念,认为应该在中短篇小说里隐藏起一部长篇小说。这是个技术问题,也是个文学观念的问题,同时也需付出极大的代价,例如诗意,例如小说语言因为过分追求效率,不得不放弃本身的阅读魅力等。不过,优点却是,中短篇小说虽然作为隐喻生活的一滴水,却能让读者品尝到大海的滋味;作为冰山一角,在文本之外还存在有可以想象的更丰富,更多彩的故事。不过,我近来时常担心,像《古风》这样的小说,也许过分强调技术了,因此会失去一些虽笨拙但更重要的东西,这需要等我有些进步之后,才能发现其中的关键。

　　这部小说集中,除了《宰相难当》,全部都是近几年完成,没有结集过的作品。《新女性挽歌》是我个人在叙事"语调"上的尝试,《少年三题》则是对"极简"叙事方法的尝试。今天一并将这个拼盘端出来以飨读者,无非是为了展示本人真实的写作状态而已。望自媒体时代的读者多多批评,有以教我。

恭贺新禧

宰相难当

新女性挽歌

古风

少年三题